影子，是光明的产儿

李大兴 著

北京出版集团
文津出版社

图书在版编目（CIP）数据

影子，是光明的产儿 / 李大兴著. — 北京：文津出版社，2024.11
ISBN 978-7-80554-903-3

Ⅰ. ①影… Ⅱ. ①李… Ⅲ. ①散文集—中国—当代 Ⅳ. ①I267

中国国家版本馆 CIP 数据核字（2024）第 049730 号

策　　划：高立志
责任编辑：陈　平
责任营销：猫　娘
责任印制：燕雨萌
封面设计：忒色西安・朱天瑞

影子，是光明的产儿
YINGZI, SHI GUANGMING DE CHAN'ER

李大兴　著

出　　版：	北京出版集团
	文津出版社
地　　址：	北京北三环中路 6 号
邮　　编：	100120
网　　址：	www.bph.com.cn
发　　行：	北京伦洋图书出版有限公司
印　　刷：	北京鑫玉鸿程印刷有限公司
开　　本：	889 毫米 ×1194 毫米　1/32
印　　张：	9
字　　数：	180 千字
版　　次：	2024 年 11 月第 1 版
印　　次：	2024 年 11 月第 1 次印刷
书　　号：	ISBN 978-7-80554-903-3
定　　价：	68.00 元

如有印装质量问题，由本社负责调换
质量监督电话：010-58572393

目录

那不曾熄灭的烛光	001
从钱锺书评价说起	009
抚琴弦断上西楼	019
春草忆王孙——怀念瞿同祖先生	031
被遗忘的学长——寻找杨联陞	047
风云丙午最无情——读傅雷	059
梨花庭院冷侵衣——搜索陈焜	067
时间的本相	081
关于《浮想录》的浮想	093

大木仓胡同树影依然——王小波逝世二十周年纪念	103
历史的温度	115
历史的容颜	125
多少沧桑入画图	135
批判与宽容	147
《昨日的世界》与茨威格之死	159
重来回首已三生	171
萧条异代不同时	181
一骑独行何处去？	193

不逍遥又怎能归去？	201
矫情任性与贵族精神	211
闲暇文化的境界	221
『美丽心灵』与『性情中人』	231
儒家世俗化与市民文学的勃兴	239
家国情怀与历史诠释	247
三百六十五里路	259
遥远的哈瓦那	269

那不曾熄灭的烛光

在午夜，我站在高架人行道上跨过三环路。周末的都市在灯光的川流里，如此拥挤而繁华，闪烁之间，看上去不真实的夜色吞没了匆匆驶过的背影。

饭局刚刚在南新仓结束，啤酒最近有些激发临屏口占的兴致："闻道新仓本旧巷，红楼如梦未如烟。"几位朋友都是年龄相仿的文史中人，话题自然是回顾往事，臧否人物。其中一位朋友是初识，虽然我记得四十年前一起打过一次扑克。他感叹钱锺书之后无大家，此言令人想起崖山之后，自有一种无奈与隐痛在其间。四十年前百废俱兴时，我曾经听老一辈在古旧的城市里期待明天，期待衣食足而知礼仪。近四分之一世纪以来的经济高速增长，当时是难以想象的。在父辈泰半凋零的今天，开始老去的我们，却似乎有些挥之不去的文化失落感。

在一个微信群里，有朋友对拙文《闲暇文化的境界》中提到的"贵族精神"有所质疑，认为魏晋南北朝的门阀士族并非贵族。关于中国历史上的士大夫是不是贵族，是不是知识分子，争论由来已久，见仁见智，大约会继续争论下去。"贵族"和"知识分子"两个概念，其实也是外来的，自然不可能完全匹配。贵族精神也好，知识分子传统也好，其实说的是几千年来思想文化中美好部分的传承。

日前去世的陆谷孙先生有言，"我觉得知识分子应有一个特点，就是精神上要做贵族，生活上可以草根一点"，大概也是对当下知识分子追求财富的一种有感而发吧。其实一千年前欧阳修在《梅圣俞诗集序》中就洗练地说过："诗穷而后工。"太洗练的话语或许不那么全面，不过生活得太舒服了往往写不出好作品这一点，是古今中外都差不多的。一般说起富贵诗人，就会想到与欧阳修同时代的晏殊。曾经两人并称"晏欧"，然而晏同叔终究未能跻身大家，若论情真意挚，咸以为尚不如其子晏几道。

晏殊并不是贵族，而是一位科举神童，十四岁被授秘书郎，他是升迁、功名来自考试的一个典型范例。北宋以后，皇亲国戚还是有的，贵族却没有了。由一个皇帝统率文官集团的模式从此开始，科举富贵全面贯彻的前提是社会的平民化。

没有贵族的年代，所谓"贵族精神"更多是一种比喻。在现实生活中，精神的高贵更多是在苦难的经历中呈现。如今我们时不时读到北宋时GDP世界第一、生活如何富庶的记述，不应忘记的是，此后几次朝代更迭，少数民族三度入主中原，文化与文明发生巨大的碰撞。

在起伏变幻、反复停滞的岁月里，总还有士林一脉的少数人维系着文化的传承与呼吸。八年前读到友人刘刚大作《文化的江山》，心有戚戚焉。文化史与政治史向来不是同步的，也出自不同的视角。南宋与明虽然亡国惨烈，其文化命脉却一息犹存。尤其是南明之后，当时处于地下的遗民文化在荒山结庐而居，点燃微弱的烛光，几百年后回首竟成为一个时代的风骨。

20世纪90年代我出差到江阴，夜晚从酒店望美丽的水乡，忽然想起小时候读到明末当地官民抗击清军，守城八十一天，城破后全城殉国，无人投降时的感动。详细记载这一段悲壮历史的《南天痕》和全祖望的《鲒埼亭集》是我最初接受的气节教育吧。当时只读懂了南明人的坚强不屈，长大后才理解清朝统一中国的残酷惨烈。也是长大以后，我才明白自己多么幸运，曾经在前朝遗民的关爱下成长，也目睹了他们的一段人生，才有缘在少年时阅读有关南明的史与诗。

∴

刚到日本留学时，日文里最记不住的就是外来语，都是片假名，往往又长又拗口。尤其是有些外来语，本来可以意译，偏偏用片假名音译，当时很不能理解，就觉得还是中文好，没有外来语。过了一阵子，恍然大悟：原来我们日常生活中使用的社会和人文科学方面的中文词语，有一大半是外来的，而且相当一部分是从日本转口进来的，既包括物理、化学、民主、科学、法律、金融这样的大词，也包括图书馆、纤维、铅笔、剧场等具体的词语。

后来再读了兰学、明治维新以来的日本近代史，更完整地了解到西学是如何东渐扶桑的。过去百余年来，语言文化、物质文明、生活方式的改变之巨，往往是人们难以想象的。历史与时间是一个缓缓消失的过程，经过前朝磨洗，留下来多少，又能够打捞出多少？

我曾经有一个想法：由于我们缺少宗教信仰，又经历了物质贫困，所以匮乏感忒强，导致缺什么想什么的倾向尤其明显。我的这个想法也就是一时的感觉，某日和朋友聊天，一下子说出来而已，没有什么依据，也不曾论证。好像是因为说起现在流行"情怀"、"读书"甚至"独立之思想"，我去国三十多年，反而很少听说这些词，大约由于它们本应是不言自明的，对于个体来说，是有则有之，无也无妨的自然存在，不应被流行与提倡。近来饭桌上几次见到一位朋友，读书很多，人也很聪明有趣，但据说中年以后就一直述而不作，改喝酒了。有时候觉得帝都在车水马龙、熙攘喧嚣、忙碌打拼的背后，自有一道半文人、半遗老、半平民、半官家的底流涓涓穿过，不管城市怎样在四十年里从胡同灰墙大杂院沧海桑田成水泥高楼公路桥。

大概因为在北美中西部平原隐居久了吧，每一次回到北京时，我总有一些人群拥挤而闲人也不少之感。尤其是近年来，熟悉的人多半过了天命之年，人生正在告一段落。闲暇其实是好事，精致的文化多半来自闲暇、缓慢、非功利之中。不过，现代人往往自觉自愿被生活榨取到一旦闲下来，除了下棋、遛鸟、抱孙子外只剩茫然。

当然无论在哪个年代，沉默的大多数都是茫然地存在着，那些能够投入某种闲事并且做到极致的人从来少见。在一幢看上去老旧的单元楼里，看张伯驹、夏承焘等老先生的墨宝辞藻，听朋友讲少年时亲眼看见徐邦达先生一幅画轴打开一小部分就能判断其是否伪作，如果是赝品就过，如果是真品就打开，然后就能判断年代乃至作者。这样的词宗与故事已虚无缥缈，恍如隔世，其实是不到半世纪前的真实。

讲故事的朋友本人的故事也有些传奇：他是"老三届"的高中生，自然逃不了上山下乡的宿命。但是他选择了当时看来是逃兵，如今看来却是特立独行的做法：从插队的地方溜回北京，再也没有回去。有六七年时间，他一直是一个社会闲散人员，有时还要为了躲避查户口而居无定所。然而由于闲散，由于自幼喜爱文史，也由于家世渊源，他得以追随几位当时被打入另册，或蛰居或受难的老先生。我可以想象，在社会边缘受屈辱的老先生看到一个眉清目秀、好学深思，对他们发自内心地崇敬的弱冠青年，心中会有怎样一种温暖的感觉。他自觉遵守"有事弟子服其劳"的古训，然而当老先生有意收他为徒时，他却出于高山仰止的惶恐，不敢应承。

略微灰白的日光灯下，我和这位兄长级朋友酌着茅台，他如今自然也已两鬓斑白，说起20世纪70年代初的种种奇遇，露出孩子般的快乐笑容。当故事说完，夜色已深，茅台酒也见了底，朋友忽然神色黯然："这些人已经都不在人世了。"我们一时无语。他送我到地铁站，夏夜小街上还有许多人纳凉，大路上飞驶而过的车灯流成一束光。

●●●

见到四十年前一起打扑克的朋友是一个小概率事件，不禁在半醺的归途上心生感慨："半生多少好风景，月映杯空夜半烟。"

我告诉朋友在美国长大的孩子：我十四岁时第一次喝白酒，然后就睡着了。小伙子瞪大了眼睛，用英文说"叔叔，你是个坏蛋！"。我没有告诉他1975年的我不仅喝酒，还抽烟，还写诗，还跑到野湖边唱当时流行的革命歌曲《回延安》："眼望你壮丽的山河，我心潮澎湃忆当年……"

我并非双子座，却在少年时已经显示出多面性的自我：安静时我从早到晚读《全唐诗》，喜欢"秦苑已荒空逝水，楚天无限更斜阳"这样的句子。我没有同龄玩伴，所以总坐在长辈旁边听他们聊天，谈政治及其他。

●●●●

那天晚上我没能赶上最后一班地铁，只好花了一百多打的回家。在的士上又默念了一次："这些人已经都不在人世了。"我想起小时候背过的古文："逝者如斯，而未尝往也……自其不变者而观之,则物与我皆无尽也……"

又过了数日,有机缘去资先生家拜访。资先生是近年来很受敬仰的学者,她笔耕不辍,发表了许多基于常识的大作。今年3月,专栏作者聚会时我有幸见到资先生。饭局后送她回家,一路上又闲聊了一会儿。资先生思维非常敏捷,她的态度和语言都很温文尔雅,反而更衬托出观点的犀利。我向来以为,坚定的思想并不需要激烈的语言,宽容与温和中的执着,会坚守得更长久。

这一次拜访是去听资先生和一位小友合作演奏《贝多芬第五小提琴奏鸣曲》,如果不是现场聆听,很难想象资先生在八十六岁高龄时,钢琴弹得还是这样美妙有力。资先生少时习钢琴,上大学以后进入革命年代,就没有了闲暇。她三十年不触键,到20世纪80年代才重新买了一架钢琴恢复练习,然而如今她弹奏的音色与力度,令人难以相信她并非专攻音乐。

蒙资先生茗茶款待,听她讲钱锺书先生在清华大学教课时的轶事,也提及漫长一生点滴、对许多事情的看法,娓娓道来,平和直率,令时间不知不觉流走。美好时光总是短暂,过去后才能渐渐体会到其中三昧。我以前读过一些资先生的文章,终究仅仅是文字,令人佩服的更是她的见解与勇气。在北京市东南一间通透的公寓里听资先生的琴声,则是一次难忘的体验。在琴声里闭上眼睛,我仿佛看见一段真实的人生。我一直倾向于历史不是那些干巴巴的数据或者若干条必然规律,而是鲜活的个人打通此刻与历史,引领我们穿过时间的隧道，感受过去的一切，无论明亮还是阴暗，无论多么错综难辨，终竟成为我们现在生命的一部分。

在某一个夜晚，大雨瓢泼，我撑着伞踏着积水归来，却发现老屋忽然断电了。我找出一支蜡烛点燃，在微弱的烛光里，听窗外的雨声起伏。每次遇到停电的时候，我都会真切感觉到，如果没有电、没有网，现代人的生活将怎样坍塌。然而令人欣慰的是我们还有烛光，在周遭幽深的雨夜回想历史，不管在怎样的时间里，烛光并不曾熄灭。即使在一些情形下，由于种种因素没有留下文字记载，依然会点燃在一些人的心里。

从钱锺书评价说起

不久前杨绛女士在一百零五岁高龄仙逝,自然是喜丧。在波澜壮阔的20世纪能够活下来真的并不容易,媒体与自媒体的铺天盖地,也在意料之中:这个时代实在是太缺少与众不同的知识分子了。就连那些假冒着杨绛女士名字的鸡汤格言,也不足为奇:如今时不时有人造谣,而且往往就有更多人相信。真实成为稀缺,让人往深想想竟然有些不寒而栗。

我在20世纪70年代见过杨绛女士几次,印象不是很深,多半是钱锺书先生给人印象太深的缘故。她是一位很正常、有些锋芒的民国女知识分子。她的学问自然也是好的,但是比起钱锺书先生还是有相当的距离,事实上,杨绛女士毕生主要还是传统的女性角色,自觉自愿地辅佐支持夫君。她的当代传奇,首先还是因为她是钱锺书夫人,其次大概是由于她的长寿,我们自古以来就是渴望长生不老,有着长寿崇拜的民族。

杨绛女士去世,由此又引发了不少有关评价钱锺书先生的文章。钱锺书先生的学术著作,绝大多数人没有读过或者读不懂；就连他的《围城》，更多的人只看过小说改编的电视剧，认识陈道明扮演的方鸿渐。杨绛女士的文字，要平易普通很多，但也绝对不是广大群众喜闻乐见的那一种。他们这对伉俪晚年或身后成为人所共知的明星人物，很难说和他们本身有多少关系。

大概是因为见过不少历史人物本尊吧，我更倾向于叙述往事，而不是臧否人物。中国人最常做的事情之一，就是根据个人好恶，做道德人品的判断。学问公器，还是可以有一定的标准的。在我看来，20世纪的中国大学问家，在历史学方面首推陈寅恪，在文艺批评方面当数钱锺书。如此评价他们的第一人，似乎是另一位著名学者吴宓。

至于大思想家，那是一个也没有的。不必以思想体系去要求他们，陈、钱都是谨守分际的学者，而且从不同的角度对任何思想体系都抱着怀疑态度。陈寅恪先生的史学不用说是实证的，钱锺书先生的文艺批评也是十分具体的。事实上，对思想体系的推崇与追求，往往是长期浸泡在宏大叙事话语中的结果。基于思想大于学问，有思想比有学问更为重要这样的判断，人为地把思想和学问对立起来，分出高下。我看到一篇比较钱锺书与维特根斯坦的文章，大意是说钱锺书有学问没有思想，维特根斯坦很少读书却是思想天才。且不说这种随意比较本身相当可疑，令人有种关公战秦琼的感觉，而作者在另一篇文章里更加苛责："知识人的特征其实就是具有批判精神与批判能力的人。批判精神表现为主动发现问题与揭示问题的精神，主要体现为意向和勇气。批判能力是他的知识结构、洞察力与创造力的体现。用这个标准，写《管锥编》的钱锺书还算不上知识人身份，充其量是个知道分子。他的所谓学识渊博只是给自己找了一个逃避现实的玩意儿，放弃自己的时代责任和担当，体现了一种油滑的犬儒人生态度与卖弄渊博的儒家文人心态。那种掉书袋式的注释的学问，如果说在传统治学方法上还有点价值的话，那么现在在电脑、互联网时代连个大点儿的U盘都不如。"话说到这份上，我真是无语，只能相信作者恐怕从来没有读过《管锥编》了。

勇气用来激励自己可以，去评判别人则多半不着边际。或许是从小学习雷锋、刘胡兰没有学明白吧，总有人习惯用英雄的标准要求别人。从道义勇气的角度去评判钱锺书那一代知识分子，仅仅是看上去大义凛然而已。关于钱锺书研究的是冷冰冰的死学问，没有思想价值，或者说他是继承乾嘉之学，逃避现实，缺少勇气，等等说法，和那些没怎么读过他的书却一味追捧他的话语一样可疑。这种评价的背后，是以有思想理论，对现实有意义这样一种逻辑为前提的。持此逻辑的人，看不到学问乃至思想，往往是无用的或者说与时代现实无关的。

需要留意的是，中国人的国家观念其实相当淡薄模糊，所谓亡国遗民的忠诚，更多是对于前朝。从民国时过来的知识分子，长期不被当成自己人，如果没有功名心，沉默与边缘化实在是最合理的选择。仔细读一下过去一甲子多的历史，就可以看出那些大声疾呼的知识分子或者热血青年，或者在党内有自己思想的人,他们的共同点是有主人翁意识,这是那些认为其是旧时代人所不具有或者不敢具有的。

..

有意思的是,陈寅恪先生和钱锺书先生都是在海外游学多年,精通若干门外语的,而他们的主要著作都是以文言文写成。从《隋唐制度渊源略论稿》到《柳如是别传》,从《谈艺录》到《管锥编》,百年白话文在这里杳无踪迹。其实无论治学方法还是日常生活习惯,两位先生都是深受西方影响之人,绝非食古不化、崇尚国学的冬烘先生。不过学问的起点,可能真是在于旧学的根基。这个根基的断裂,倒不必归咎于白话文,更多是世事播迁中其他因素所致。

一部20世纪中国学术史,大半是主义先行,概念大于研究。引领风潮的学者,留下的多半是通论。像陈寅恪先生和钱锺书先生这样毕生沉浸在细节中的学者,作品数量不多,在当时影响也不大。他们在20世纪90年代开始成为传说,固然有当时的具体原因,还有一点很重要——他们是不可复现的。从时代上讲,陈寅恪是新文化运动时人,钱锺书则是后新文化运动一代,但他们都是新旧交替时节旧学新知兼备之人。陈寅恪先生的"不中不西,不今不古"虽然有自谦的一面,却也道出了事实。他上承乾嘉,又留德多年,对兰克史学方法论了然于胸;晚年着眼于从个人遭际考察时代,更与西方史学战后由研究政治经济向研究社会史、个人史倾斜的变迁多有契合。钱锺书先生的术业我所知不多,不敢妄议。他博闻强记、精通中外典籍,考证自然十分扎实,然而中西互证互文的方向,应当更多是来自西方比较文学的方法吧。

陈寅恪先生的《柳如是别传》从牧斋暨同时代人的诗文中考察河东君行迹,其阅读之广泛、梳理之细密,非常人所能及。比如通过钱柳互相赠诗,两人的相遇与相爱情景得以复现。钱锺书更不用说,"管锥"一语,就出自"以管窥天,以锥刺地",他自己也自谦是"识小积多"。《管锥编》一书见微知著,发前人所未发之集大成。书里使用多种语言、无数典故,确实不是一般人能够读的。但是这部书本来就是研究著作,不是给一般人读的。

陈寅恪考证杨玉环入宫时是否处子,连钱锺书先生都以为"琐碎";而钱锺书先生的著作最常被人诟病的也是碎片化、缺乏理论。然而两人在本专业内几乎从未被这样批评,后辈学人对他们的景仰多出于其学养之深厚与不可企及,这种景仰与坊间的追星完全不同。

在某种程度上,有关陈寅恪和钱锺书思想性的批评和近一个世纪前的"问题与主义"之争一脉相承。有一种戏说:留欧美的重视学问,留日的倾向主义。陈寅恪和钱锺书自然都是在多研究些问题那一边的,历史学也好,文艺学也好,都是具象的,不需要高屋建瓴的理论创新。不过他们的不同之处也是很明显的:陈先生治史,求真求实;钱先生论文,要在审美。史学家的问题意识里,终究不免现实关注,何况陈先生有着很强的"天水一脉"文化传承意识；审美意识需要更多的超越精神，于当下本应保持距离。文艺批评说到底是门无用的学问，钱先生虽然没有专论，但他应该是同意"恺撒的归恺撒"，从来没想越界做什么具有批判精神的思想家。正是因为不同，所以陈先生关于杨贵妃的考证应该是与原本出自胡人的唐朝宫廷道德风俗有关，而钱先生似乎未曾看到这一层深意。

陈寅恪先生因为名气大，还是颇受优遇的；钱锺书先生因为谨慎，也没有过多被整。不过在运动频仍的年代，日子都不好过。陈先生最终在"牛衣对泣"中死去，钱先生也经历了女婿的自杀，在"记愧"一文中自嘲怯懦。《干校六记》自不待言，《洗澡》在我看来也是可以当纪实文学读的。二位的同代人在后半生留下著述的，多半是活得长、身体好，进入20世纪80年代后还能够动笔的。能够在艰难时代不曲学阿世，以笔写心，留下属于自己的巨著者寥寥无几。

钱先生在中国科学院哲学社会科学部（简称学部，中国社会科学院前身）交游并不多，是一个神秘的话题人物。他的学问和才气太大，20世纪70年代初在河南干校就成为一个传说。我在20世纪70年代末随父亲去他府上，默默地看见钱先生是怎样世情练达，嬉笑反讽，眼高于顶，根本不在意别人的评价。他极具幽默感，语多讥刺，对晚辈却很温和。我从小不怵名人而且多嘴，大概问过不少傻问题吧，钱先生总是很耐心，也回答得很暖心。我至今没有请名人签字的习惯，但我很珍视钱先生签名赠我的《宋诗选注》。在一个晴朗的夏日，费孝通先生、杨绛女士、父亲和我坐在南沙沟客厅里，每人手里一把大蒲扇，听钱先生独白。我当时就有一种感觉，他其实没有谈话对象，更多生活在自己的世界之中。

钱先生不以诗名，二十多年后，我才读到《槐聚诗存》，窥见他内心的另一面，沉痛只是偶尔写在诗里：

> 阅世迁流两鬓摧，块然孤喟发群哀。
> 星星未熄焚余火，寸寸难燃溺后灰。
> 对症亦知须药换，出新何术得陈推。
> 不图剩长支离叟，留命桑田又一回。

...

当代著名新儒家，在香港中文大学任教多年的刘述先先生于2016年6月6日晨逝世，享年八十二岁。在网上读到一篇刘述先先生自述平生的访谈，其中提到他的父亲刘静窗与张遵骝的交往："我父亲在北大时有一位非常要好的朋友，叫张遵骝，他是张之洞的曾孙。张遵骝是学历史的，专长在佛学，钱穆先生、熊先生都教过他。牟宗三先生当年没钱，还靠他接济。他后来主要跟从范文澜，范文澜著作中有关佛学的部分，主要就出自张遵骝之手。张遵骝解放前在复旦大学任教，解放后才移到北京。"1954年，熊十力先生自北京移居上海，张遵骝先生写信给刘静窗，为他和熊十力牵线，熊刘从此交往颇密,在一起谈儒学佛教,其中的书信部分被刘述先之弟刘任先保存在阁楼里,安然度过"文革"风暴,出版为《熊十力与刘静窗论学书简》。

刘述先回忆他的父亲1949年曾经想走而没有走,只是把他和堂哥送出去读书。从此刘述先一路顺风顺水,读书、任教、留学,学成后在美国和港台任教研究,卓然有成。熊十力与刘静窗留在上海,虽然有幸没有在历次政治运动里受到大的冲击,但也无处著述,只好在孤独与沉寂里度过余生。

我以前只知道张遵骝先生是熊十力的弟子,不知道他还曾经受教于钱穆先生。他三十岁就已经是复旦大学副教授,但是除了帮助范文澜编著《中国通史》里面的佛教史部分,没有自己的著作。所以张遵骝先生的学问见识怎么样,现在除了回忆已不可考。然而对同时代人一般评价相当苛刻的钱锺书先生曾经说张遵骝"博究明人载籍,又具史识,搜罗而能贯串焉"。张先生和父亲的交情在"文革"后期好到可以经常辩论,因为父亲是资深老党员,所以张先生在辩论中时不时就会引用马恩列斯,信手拈来,往往能够说出在第几卷第几页,当时令我目瞪口呆,如今想来颇为荒诞。

因为没有文字流传,张遵骝的名字如今早已被遗忘,似乎也就是我时常提起这位我少年时的启蒙长者。我在网上搜索,竟然找不到一张他的照片,只有一张"国立复旦大学副教授"的名片,被作为文物保存下来了。不过在20世纪30年代毕业于北京大学哲学系的张先生际遇还是相对平稳的,我搜索到张遵骝的一位同学,不知其名,只在网上看到照片和墨宝。这位先生相貌清癯,写一手好词好书法,却因为抗战期间给美军当过翻译,镇压反革命时被押送回浙江原籍劳改。1951年去香港的大门还没有关,他的夫人和孩子去了香港,不久后张爱玲也是走的这条路。他在故乡似乎已没有亲人,孤身一人做了十多年农活,在三年困难时期和村里一个时常照料他生活的寡妇结婚,相依为命。他的案子到20世纪70年代末才平反,晚年他在浙江一所高校里教英文。他教过的学生,三十年后还对他感激不尽。我就是从他的一位学生的博客里读到了他的生平,还有一首词:"万斛柔情,都付与镜中花月。勘破了诸般色相,但余凄切。孤冢埋妻魂梦杳,天涯有子音书绝。剩萧条白发一慈萱,分艰孽。亲故断,尘缘灭,心力瘁,生涯竭。任儿嬉狗吠,腼颜偷活。冷炙残羹和泪下,荒村野径吞声越。看年年寂寞走江乡,何时歇?"

在我看来,研究历史的人,未必要通古今之变,但不可没有同情之理解;未必要宏大叙事总结历史规律,但不应缺乏对个体生命与内心的关注。20世纪知识分子的个人命运,是一个远远没有说完的话题。每一个个案都有不同的情境,有人令人尊敬,有人值得同情,也有人不必原谅。需要避免的,恰恰是从抽象的思想高度或者勇敢程度轻易评价。在过去的几十年里,我们亲身经历了那么多变化,多到我们往往不知不觉就忘记了上一代人的艰辛。我们甚至往往意识不到,忘记历史会让人做出怎样错误的评价与判断。

抚琴弦断上西楼

据《陈寅恪的最后20年》记述，1964年5月29日蒋天枢（字秉南）抵达广州，陈寅恪先生向弟子托付后事，委托他编辑出版毕生著述。蒋天枢并不是与陈寅恪渊源最深的学生，专攻方向也是古典文学而非历史，然而屡遭弟子背叛批判的陈寅恪看中了他的忠诚与倔强。在这次师生最后的会面时，陈寅恪写下了著名的《赠蒋秉南序》："默念平生固未尝侮食自矜，曲学阿世，似可告慰友朋……虽然，欧阳永叔少学韩昌黎之文，晚撰五代史记，作义儿冯道诸传，贬斥势利，尊崇气节，遂一匡五代之浇漓，返之淳正。故天水一朝之文化，竟为我民族遗留之瑰宝。孰谓空文于治道学术无裨益耶？"《甲辰四月赠蒋秉南教授》的第二首更是坦诚："草间偷活欲何为，圣籍神皋寄所思。拟就罪言盈百万，藏山付托不须辞。"陈寅恪先生看得很准，这位当时已经年过花甲，但仍在双目失明的老师忘记招呼他坐下时就一直站着听老师说话的弟子，果然不负所托，晚年倾全部精力于恩师著述的传世。1980年6月，上海古籍出版社出版了由蒋天枢编辑整理的陈寅恪文集之一《寒柳堂集》，此后陈寅恪遗著陆续问世，得免湮没。蒋天枢先生更著有《陈寅恪先生编年事辑》，为后人的陈寅恪研究奠定根基，他与恩师这段生死高谊，也是当代极其难得的学林佳话。

我手头的这本《寒柳堂集》，是张遵骝（字公逸）先生在1980年送到我母亲手中的，几十年过去，书页已经微黄。我第一次得闻陈寅恪先生的大名，就是从张遵骝先生那里，但是很久以后我才知道他本人和陈先生半师半友的交情，陈寅恪还曾在张先生结婚时写下《贺张公逸先生、王宪钿先生嘉礼》一诗。张遵骝先生和蒋天枢先生则是在复旦大学同事多年，交谊很深。在编辑整理陈寅恪文集过程中，蒋先生如果在北京有事或者有资料需要查找，似乎都是找的张先生，所以书还没出来，我就听说了。甫一出版，蒋先生就寄来若干本给张先生分赠亲友。大约数年前，陈寅恪研究专家张求会教授曾经买到其中一本，是张先生送给外甥的，由此写了考证文章《有这样一本寒柳堂集》。那一年我在《读书》上发过一篇《遥远的琴声》回忆张遵骝先生，张求会教授由此曾经和我有文字往来。

张遵骝先生和王宪钿先生无后人，身后书籍和信件不知所终。当年他和蒋天枢先生的通信如果被保留下来，或许能够找到一些线索。据钱锺书研究专家范旭仑讲，蒋天枢先生曾在《陈寅恪先生编年事辑》中向"钱默存、张公逸两先生"致谢。钱锺书先生在致夏志清教授信里也提及"我正受人恩托，审看一部《陈寅恪先生编年纪事》稿"。范旭仑推测

"张遵骝可能是居间者"。《陈寅恪先生编年事辑》"题记"写于1979年,出版于1981年,请钱锺书审看,应该是在1979年左右吧。关于张遵骝先生和钱锺书先生的交往,《容安馆札记》第八百一则"跋《个山遗集》"云:"吾友张君公逸遵骝,与吾同患气疾,相怜甚而相见不数数,然见必剧谈,虽伤气无所恤也。君博究明人载籍,又具史识,搜罗而能贯串焉。余闻言辄绝倒,改易耳目,开拓心胸,亦浑忘其伤气矣。一日问余曰:'明末有奇女子刘淑,知之乎?'曰:'不知也。'曰:'刘名挂君乡孙静庵《明遗民录》中,其书君先人尝序之。'因出示此集,盖虽六十年间一再印行,而若存若亡,去湮没无几尔。"

这里钱锺书先生写得很传神,张先生年轻时就有哮喘病,在"五七"干校大发作差点儿死了,从此身体虚弱,基本不上班,一直深居简出,但也确实是一旦说得兴起,就会滔滔不绝,全然不顾伤气。钱先生的评价也是准确的:张先生对于明史尤其是南明史极为熟悉。我至今保存着张先生借阅我书时亲笔写的一张书单,计有《南天痕》《海东逸史》《鲒埼亭集》《续甬上耆旧诗集》等书,都是没有下过深功夫不会了解的著作。可惜我当时太小读不懂,后来又走了完全不同的方向。顾亭林、黄宗羲、李卓吾、陈子龙倒是囫囵吞枣地读过,但是我想留下的影响主要在气节与气质方面吧。

张先生家住永安南里8号楼3单元305,和我家仅一楼之隔。我从十一岁起有五年多,每星期至少会去他家一次,借书、听讲、听他和朋友聊天。张先生和王先生待我如子，我所能做的，仅仅是有时给他们去菜市场买菜而已。就我记忆所及，没有听说张先生和钱先生来往，即便有应该也很少吧。我推想原因其实也很简单：张先生身体不好，常年足不出户，脸色白得透明，而从礼数上，钱先生年长，应该是张先生去看钱先生。不过1979年的情形我不太清楚，那两年是老先生们心情较好的时候，一高兴走动得密切些也是正常的。

如范氏推断，张先生代蒋天枢托钱锺书"审看"的可能性是完全存在的。但是为什么要这样做呢？毕竟钱锺书先生专攻方向和史学相去甚远，是不是还有其他原因呢？那一年钱锺书参加中国社会科学院代表团访问美国，引起一阵轰动，在中国社会科学院的存在感骤然上升。时任院长的胡乔木对他很尊重。先父当年和钱先生一起访问美国，相处甚欢，回来后经常去拜访，我也跟着去了好几次南沙沟，见证了钱锺书先生的才气纵横、神采飞扬。陈寅恪著作的出版在当年是件大事，可能也不是件容易的事，似乎不能排除一种可能性，就是蒋先生的著作需要有钱锺书这样的大学者背书。究竟如何，有赖于相关史料的打捞。

∴

随着《陈寅恪文集》的出版，张遵骝先生将其一本又一本地送到我家。然而我自从上学后，就再也没有聆听过张先生的教诲。当时忙忙碌碌，没有觉得怎样，如今想来未始不是莫大的遗憾。高考、上大学、出国培训、留学一连串的过程已经占据了大部分的生命，余下的时间交给了青春的悸动——恋爱、写诗、读杂书。骤然开放的年代里，西学压倒性地东渐：弗洛伊德、萨特，《异乡人》《第二十二条军规》，还有金斯伯格的《嚎叫》，都更加迷人。等到安静下来，重新开始读中文书，感受中国学者的魅力，已经是20世纪80年代中期，在日本东北大学图书馆的地下书库里。

大约1985年我在日本读书时，读到了《陈寅恪〈论再生缘〉书后》和《陈寅恪晚年诗文释证》，才进入陈寅恪诗中的世界。还是赠蒋天枢的诗"孙盛阳秋海外传，所南心史井中全。文章存佚关兴废，怀古伤今涕泗涟"（《广州赠别蒋秉南》之二），读得真是令人悲从中来。在此之前，我虽然读过陈寅恪的《隋唐制度渊源略论稿》，知道他是中西贯通，考证极其扎实的大史学家，却不了解他的见解与心境；虽然早就翻过《柳如是别传》，却不清楚他的写作意图，更没有想过他何以走到以诗证史这一条曲径通幽的治学道路上。

不过陈寅恪以诗证史并非始自《柳如是别传》，早在1951年他的《元白诗笺证稿》就已出版，《柳如是别传》原题也是《钱柳因缘诗释证稿》。还是在抗战期间，陈寅恪任教于西南联大，山河破碎，偶尔买到一颗常熟钱谦益故园中的红豆，于是有了写柳如是之念。然而真正动笔要到双目失明后的1953年，写了十一年才完成。先生晚年几尽全力于著述此书，或有人不解：他为什么不写《中国通史》这样的著作。姑且不论陈先生当时具体的处境和其他原因，他选择柳如是这样一个名姝的生平以及她与钱谦益的故事为主线，由此写南明史，需要的眼光与功力，非常人所能理解。吴宓评论为"借以察出当时政治道德之真实情况，盖有深意存焉。绝非消闲风趣之行动也"。也许陈先生咏河东君的这首诗会有所帮助吧："高楼冥想独徘徊，歌哭无端纸一堆。天壤久销奇女气，江关谁省暮年哀。残编点滴残山泪，绝命从容绝代才。留得秋潭仙侣曲，人间遗恨终难裁。"

其实从诗文钩沉史实源自传统史学，以柳如是身世考察南明史也不算创新。前辈历史学家孟森就曾经研究董小宛是否鄂妃一案，其意图自然也与八卦无关。然而陈寅恪释证钱柳因缘，时代更为久远，更加依赖文本。据说钱锺书也对陈寅恪以诗证史颇有微词，从文学评论的视角来看，诗意不宜坐实太多。不过陈寅恪的着力处在于发掘诗中隐含的历史，所求原本在文学之外，"释证钱柳之作，只限于详考本事"。进一步说，他是"天水一朝"传人，是入世的，心怀忧患，致力于洗净光阴的尘埃，擦拭出历史的闪亮。钱锺书的文字情趣、审美意识，完全是另一个路向：更多是出世的，与现实疏离的美学追求。

1985年的阅读改变了我的很多想法与方向，让我看到民国一代学人曾经达到的高度，也了解到他们虽然浸淫于西学，却选择回到国故背后的文化使命感。在青年时代朦朦胧胧之中，我也还是心怀使命感的，虽然我从来不是一个有高远志向和野心的人。在考大学时，我觉得自己没有根基，而且外面的世界很精彩，所以选择西方文学或历史，幻想将来在大学里做一个西学绍介者。然而留学几年以后，渐渐明白老一代学者的学问之所以好，在于其文字与旧学根底，而自己在断裂之后的沙漠里长大，对本国文史知识认识残缺而且多有偏颇。

在1988年，我曾经想回归转向中国思想史研究。那一年李宗一先生到日本庆应大学客座研究，他为人谦和而能干，虽然不谙日文，却谢绝校方安排接他，而是每天看着路牌上的英语标记换两班地铁去大学，令日本同仁很佩服。我陪他参加日本东洋史学会，为他的演讲和座谈当翻译，由此结识许多优秀的师长，其中几位教授都表示愿收我于门下。然而世事难料，不过一年多后，我不但没有转成，而且离开了日本。有一段时间，我为自己平生所喜所学皆是无用之学感到悲哀，也失去了继续的愿望。好几年我都没有再去想陈寅恪，直到读到陆键东先生的《陈寅恪的最后20年》，方知自己终不能忘怀。

...

《陈寅恪的最后20年》对于先生在中国的重新被发现厥功至伟，自然之后引发他人写出不少关于陈寅恪的通俗读物。柳如是也终于在沉寂三百多年后火了起来，有关她的评传、电影不一而足。"陈寅恪热"在中国已经超过二十年，他的诗如今已经相当广为人知，不再是"一生负气成今日，四海无人对夕阳"了。然而多数人对陈寅恪的认同在于其主张"独立之人格，自由之思想"，这也是缺什么想什么，在前贤的榜样光辉中寻求精神上的提升或者安慰。我并不认为他的著作有很多人读过，或者说读得懂。虽然柳如是的生平也仰赖《柳如是别传》而得以澄清传诵，但这部著作根本不是一般意义上的传记，而是内容密度极高的考据文章。

20世纪90年代中期，我常常到江南出差。在某个晚上难得没有安排，便独自去秦淮河畔船上餐馆，饮一樽女儿红，听数曲弹唱。温暖的春风吹过河上，灯火繁烁、高楼四起的都市，或许更适合一曲爵士和西装革履、长发飞扬的现代红男绿女，而孔尚任笔下的六朝幽幽已杳无踪影。

中国历史上一个朝代的衰落，往往并不是因为土地兼并、阶级剥削、民不聊生，更多是由于统治能力的低下弱化。黄仁宇《万历十五年》呈现的正是这样一幅图景，这种时期虽然表面上道德高调越唱越高，实际上世风弛颓。士大夫阶层的两面性毕现无遗，卫道与放浪经常在同一个人身上并存。明朝是皇权与宦官空前强大的朝代，对文官集团的压迫与思想禁锢也是未曾有的，明末士人精神的萎靡与青楼文化的风行恐怕皆与此有关。陈寅恪先生研究柳如是的着眼点以及他晚年感慨"著书唯剩颂红妆"也都是有深意的。柳如是名列"秦淮八艳"，其他七位也是大大有名，包括董小宛、李香君和陈圆圆等。在我看来，以柳如是性格最为刚烈，结局也最是决绝。

在柳如是美丽的名字背后，是生年与真实姓名都不可确考的身世。从宰相家的使女而入妓院，在这两个地方竟然受到了良好的教育，成为精通琴棋书画、文采斐然的名妓，可以想象其自幼便是天才出众。她在二八年华已名动金陵，早年的情人是明末极其优秀的文学家陈子龙。陈子龙当时也不过二十五岁，但已是几社领袖，引领文坛。陈子龙的诗与钱牧斋（谦益）、吴梅村（伟业）并称，沉郁苍劲，却尤以词名，被认为是明代三百年词人之冠，其词婉约，赠柳如是有："两地魂销，一分难说，也须暗里思清切。归来认取断肠人，开缄应见红文灭。"而柳如是也在《梦江南》里追忆："人去也，人去梦偏多。忆昔见时多不语，而今偷悔更生疏，梦里自欢娱。"

但是柳如是并不仅仅是一个多情女子，也不仅是"妍质清言，风流放诞"。自古青楼名姝，因其特殊身份，反而不受日常伦理道德的束缚，工诗词，善书画，与文人墨客唱和往来，半风流雅事，半男女之情。然而女性的结局大半并不美妙，士大夫风流归风流，礼法大防还是高墙严筑的，她们就算是嫁入官宦书香人家，也多半是作妾。即使在明末的乱世，所谓礼崩乐坏的年代，人的观念也并没有什么改变。柳如是个性极强，富有反抗精神，不肯屈服于命运的安排，所以虽然从少年时一直有许多江南名士拜倒在其裙下，却一再弃之不顾，直到遇见钱谦益。

世人对柳如是的关注，多半在爱情与婚姻上。在娱乐的时代，那些故事无疑更具有话题性，至于结婚以后怎么样，就不大有人知道了。然而导致陈寅恪索隐柳如是生平的原因，恐怕至少有一半是，她和钱谦益结婚后的二十多年里，她不仅仅是妻子，更是清军南下后抗清运动的参与者。钱谦益能够在被迫降清后不久就辞官南归，继而参加地下抗清运动，多半是由于柳如是的坚守气节与支持。

1664年钱谦益去世，南明复国之梦，也已烟消云散。柳如是在国破家亡之后，自行了断，绝不妥协。她始终是一个勇敢而且独立的人：在严厉的礼教下敢于女扮男装、自由恋爱；在家国存亡之际，毁家纾难，从未动摇。她虽然只活了四十六岁，却一直自由自在，敢爱敢恨，光彩夺目，的确是中国历史上女性中的异数，当得起陈寅恪先生的推崇。

曾经在年轻时与柳如是深深相爱的陈子龙，后来是江南著名的抗清志士，屡败屡战，多次起事不成后被捕，投江自杀身亡，年仅四十岁。大约在我十二岁的时候，张遵骝先生在他家客厅昏黄的台灯下，给我讲了陈子龙、夏允彝和夏完淳的故事，然后我抱着线装的《陈子龙全集》回家。在冬天的下午，读到"极望苍茫寒色远，数声清角满神州"，南明史的惨烈、孤臣坚守的悲凉就这样浸透了少年时的我。我一直不知道这些故事在我的一生中有着怎样的影响，四十年白云苍狗，从动荡岁月走进商业技术时代，过往的一切似乎已经那么遥远。

柳如是去世整整三百年以后，陈寅恪先生把他的手稿托付给蒋天枢先生。再过五年，陈先生在红豆生长的南国离开了尘世,一个半月以后,他的妻子唐筼女士在11月的凄风苦雨中追随他而去。

时光缓慢流过,到了2007年9月,夏日最后一朵玫瑰凋零,只一夜便已天凉。我独自在园中饮啤酒,读《寒柳堂集》,偶成一律:

把酒西风意未休,抚琴弦断上高楼。
新人犹唱前朝事,早岁哪知今日忧!
如此天涯如此夜,为谁明月为谁秋?
从来青史多迷眼,自古书生欠砍头。

春草忆王孙
——怀念瞿同祖先生

我第一次见到瞿同祖先生，是张遵骝先生陪着瞿先生到我家。他身材不高，相貌清朗，说话温和，声音不大，一口老一代的北平官话。张先生平常闭门索居，除几家亲友以外极少与人来往。其实他是一位十分健谈、满腹学问与不合时宜的人，所以每次到我家来，都是张先生滔滔不绝。这一次也不例外，本来是张先生介绍我父母认识瞿先生，不知不觉变成张先生独自侃侃而谈。瞿先生话不多，目光与嘴角带着微笑。当时只觉得他谈吐举止看上去和周围的人很不一样：那份儒雅、那份真诚和一个粗鄙的环境有些格格不入。母亲对瞿先生很恭敬，我是第一次听到"学长"这个词，瞿先生不仅是母亲的学长，还在毕业后留校任教，可以说是老师辈的。

关于瞿先生的故事，最早都是张先生讲的。学问有多大，专攻是什么我完全不懂，只知道瞿先生一直在北美当教授，1965年回国，没多久就赶上"文革"，我不明白他那时候回来干吗！事实上，他回来以后也确实无事可做，一个人在华侨饭店住了整整六年才回到湖南老家,直到1971年才去了长沙与家人团聚。

我已经记不清他第一次来我家是哪一年,那时候尼克松已经访华,中美联络处已经建立,美籍华人学者已经回来过好几拨。

1972年7月最早访华的"美籍中国学者参观团"里,就包括张先生的妻弟王宪钟教授、挚友刘子健教授,他们的到访极大地改善了张先生的处境。在他们到京前,"文革"中"掺沙子"住进他家的一户人家被命令迁出,张先生家恢复了完整的三室一厅住房。在新华社关于参观团抵达北京的报道中,到机场迎接的人员名单上出现了张遵骝。在"文革"时期,名字在报纸上出现意味着政治上的安全。

> 新华社一九七二年七月七日讯　由团长……任之恭教授,副团长……林家翘教授率领的美籍中国学者参观团,来华进行观光、探亲,于今天晚上乘飞机到达北京。
>
> 参观团成员包括:……王宪钟……刘子健……学者,以及他们的家属,共计二十七人。
>
> 前往机场迎接的有关方面负责人、科学工作者和参观团成员的亲友有:周培源、秦力生……王宪钧……张遵骝等。

美籍华人教授的风光无两令人印象深刻,也就更不能理解瞿先生为什么会回来。刘子健先生是著名宋史学者，似乎他事先未获批准私下去看过瞿先生，后来杨联陞先生回来想见瞿先生就被拒绝了。

张先生告诉父母，瞿先生在长沙生活状况不是很好，地方上相对来说条件差，也没有人照顾。在混乱贫瘠的年代，北京无论如何是首善之区，也是瞿先生从小长大的故都，他想回来是再自然不过的。张先生介绍父母认识他，就是为了请时任《中华民国史》主编的父亲帮忙调瞿先生进京。

我至今找不到张先生的照片，牟宗三先生曾经这样描述20世纪40年代的张先生："遵骝，张文襄公之曾孙，广交游，美风仪，慷慨好义，彬彬有礼。家国天下之意识特强，好善乐施唯恐不及，恶恶则疾首痛心。"20世纪70年代我见到的张先生面白无须、细皮嫩肉、慈眉善目。他声音有点儿细，因为常年哮喘，说话多了就有点儿喘不上气，但仍然要说下去。如今我已经和初次见到的张先生同样年龄，才明白他无论对谁都十分谦和，不仅是因为修养，还出自内心高傲。他记性极好，各种典籍和八卦都了然于胸，貌似东拉西扯的聊天背后，有许多对人情世故的感慨与洞察。

张先生自然明白说动父亲帮忙，关键在于母亲。母亲勇于任事、乐于助人、反应机敏、有决断力，在家说一不二。更重要的一层原因是，张先生与母亲有一重在"文革"时刻意不提起的渊源，那就是他的曾祖父张之洞任湖广总督时，母亲的曾祖父于荫霖任湖北巡抚。张之洞与于荫霖此前在广东共事，相知甚深，虽然两人政见颇有些不同，但一直彼此敬重，后人相见自有一种连带感。张先生谨慎到偶尔会显得惊惶，但他和母亲无话不谈，甚至曾起争执。

张先生和瞿先生渊源更深：清朝末期，张之洞是洋务派领袖，出将入相，官至体仁阁大学士；瞿先生的祖父瞿鸿禨是清流首班，历任枢臣，由军机大臣而协办大学士。两人同为清末新政的主要推动者，并以清介著称。瞿先生生于1910年，在北京教会学校毕业后，被保送燕京大学，与费孝通同学，师从社会学家吴文藻（作家冰心的先生）。他1934年入燕京大学研究院，其硕士论文《中国封建社会》1937年出版后备受好评，被认为是中国古代社会史研究的重要著作之一。抗战爆发后，瞿先生奔赴大后方，任教于云南大学和西南联大，在生活艰苦的环境中写出了他一生最著名的著作《中国法律与中国社会》。这本书的英文版于1961年被改名为《传统中国的法律与社会》，成为中国古代法律史研究的经典。

张先生小瞿先生六岁，抗战期间毕业于西南联大哲学系，是熊十力先生的弟子，后任教于华西大学、金陵大学、复旦大学。南皮张氏与义宁陈氏是世交，陈寅恪在1945年写的四阕七律《十年诗用听水斋韵》就是给张先生的。其序云："乙酉七月与公逸夜话作也。诗凡四篇，篇有十年意，因以为名焉。"研究陈寅恪的学者张求会教授早就注意到这一点，在他的文章里有很详细的考证。"用听水斋韵"是指用同光体诗大家陈宝琛韵，其第一阕如下：

天回地动此何时，不独悲今昔亦悲。
与我倾谈一夕后，恨君相见十年迟。
旧闻柳氏谁能次，密记冬郎世未知。
海水已枯桑已死，伤心难覆烂柯棋。

❖❖

我没有考证出张先生和瞿先生两家先人是否来往密切，虽有先后之不同，张之洞和瞿鸿禨同为清流名臣，政见亦接近，有一定私交是完全可能的。瞿家与陈家的交谊很深，陈寅恪的父亲陈三立曾经在瞿鸿禨身后为《瞿文慎公诗选遗墨》作题记，陈寅恪和瞿鸿禨之子、著名学者瞿兑之交谊颇深。我不知道张先生和瞿先生两人何时相识。但他们在西南联大有交集，而瞿先生1945年去了美国，以此推论，他们应当至少是自抗战时起的旧友。

瞿先生的眼神里面有一种亲切和信任，在当时并不多见。那年头人与人之间彼此缺乏信任，怀疑戒备是常态，久而久之是会反映在眼神里的。他的风度气质，也让我想起曾经见过的美籍华人学者，现在记不得是王宪钟先生还是刘子健先生了，不同之处在于后者穿的是西装外套，而他穿的是中式棉袄。我后来到美国居住许多年后，体会到瞿先生长年在北美象牙塔中，人际关系相对简单，习惯信任他人。

瞿先生对张先生言听计从，张先生对瞿先生的事情关心备至。瞿先生就读的中学是育英中学、汇文高中，母亲小瞿先生十岁，就读的中学是与之对应的教会女校贝满中学、慕贞女中，同样被保送燕京大学，自然和瞿先生一见如故。

瞿先生去美国和加拿大二十年，在哥伦比亚大学和哈佛大学任研究员、在不列颠哥伦比亚大学任教，一直潜心做学问。他本来就是一个不问世事的书生，曾经被问及何以能在各方面条件都很差的大后方完成有分量的专著，他回答是因为反正没有别的事情做。在美期间，瞿先生又完成了《清代地方政府》《汉代社会结构》，前者在西方汉学界极负盛名。瞿先生是以社会学方法研究中国历史的中国第一人，其研究成果迄今为止尚无人超过。

然而社会学在20世纪50年代初由于被认为是资产阶级学说而遭禁，过了整整三十年才恢复。所以20世纪60年代瞿先生回国时，极少有人了解他的学术价值。瞿先生原本是通过翁独健先生联系去中国科学院哲学社会科学部所辖的历史研究所，然而在"文革"前夕山雨欲来风满楼的氛围里，历史所不敢接收他。国务院侨委华侨事务委员会让他回老家湖南，湖南方面却要求北京安排。瞿先生就像一只皮球一样被踢来踢去，直到1971年才被安置在湖南省文史馆。

瞿先生回到长沙，终于和分别了二十二年的妻子赵曾玖团聚。赵先生出身于安徽曾经出过四代翰林的书香世家，比赵朴初高两辈。她是瞿先生燕京大学的学妹，甫一入学即成婚。一方面，1949年冬天她带着一对儿女先期回国，瞿先生本打算研究工作告一段落也回国，然而国际形势的变化、冷战期间中美的敌对关系使回国变得困难。另一方面，赵先生回国后被怀疑是特务,被分配到贵州教英语。在这样的情况下,瞿先生的回国就拖延下来。

瞿先生为和家人在一起,1956年谢绝了胡适先生介绍他去台湾东海大学任教的美意,1962年离开美国去加拿大以方便回国。1963年他终于被允许回国探亲,见到了妻子儿女。两年后他辞职回国,不料回来以后又因为"文革"与家人继续分居两地多年。瞿先生和赵先生结婚四十多年,聚少离多。赵先生从贵州退休回长沙,不过五年就因胃癌去世了。

1976年,刚刚经历丧妻之痛的瞿先生来到北京,住在东单三条里一条南北向的小胡同,不清楚是女儿泽礽的家还是亲戚的家。20世纪70年代户口管制十分严格,想要进北京难似登天。父亲做的第一步,是借调瞿先生到近代史研究所,将工资、医疗关系转入。似乎湖南省文史馆并不想留人,一联系就放行。倒是近代史研究所这边,谁也不知道瞿先生的大名,颇有人质疑为什么要调入一位这么大年纪的老先生。父亲其实对瞿先生的学问也一无所知,但是他知道不能让瞿先生一个人留在湖南,身边没有亲人。父亲当时在近代史研究所没有多少话语权,不过和管人事的人关系还不错。父亲为了瞿先生的调动,带着我去看一位很有实权的熟人。虽然也认识几十年了,但父亲似乎对他有些看法,这一次是不得已去求他办事。父亲貌似嘻嘻哈哈,其实很有定见,有时臧否人物相当尖刻。那天晚上我亲眼看见他的熟人用一番官腔打发了他,两人还是在和谐的笑声中道别。我和父亲走在昏暗的路灯下，我从侧面看见他面如沉水。我记不清对他说了什么，只记得他忽然叹了口气：还是有权才能办事啊！

瞿先生不久就以借调人员身份到近代史研究所工作了。接下来的问题是住房，寄住东单三条非长久之计，再说住在没有暖气的平房冬天相当难过。在住房高度紧张、人均面积只有三平方米的年代，解决住房的难度和户口进北京不相上下。然而中国的事情，自古以来取决于势与人。所谓"势"者时势也，随着"四人帮"的倒台、"文革"的结束，世风剧变，瞿先生这样的人开始受到尊敬。父亲在1977年成为近代史研究所主要负责人之一，有关瞿先生的事不再遇到巨大的阻力。不过最关键还是要有运气，和我家隔一幢楼的永安南里9号楼素来十分紧俏，然而那一年一单元三层的王姓夫妇因工作调动而搬走，由于认识他们，所以父亲早早就得到了消息。想必又费了不少力气，办了不少手续，最终这套房子竟然分给了瞿先生，于是他就成了我家邻居。

不久前朋友发来永安南里的照片，7号楼到10号楼还在，但是外观已经变得认不出来了。这四幢楼建于1964年，被称为永安里学部宿舍。学部宿舍有几处，最主要的两处是这里和干面胡同的宿舍。这四幢楼有淡红色砖墙、开放式阳台，7号楼和8号楼从三室一厅到五室一厅，9号楼和10号楼则是两室一厅和三室一厅。当时的叫法不是"室""厅"，而是说一套几间。学部宿舍有一套两间、三间、三间半、四间和五间五种居住面积不同的房型，按照级别分配。住进一套五间的有学部领导或研究所的正职领导，更多是一级或二级研究员。现在还想得起来的，有7号楼的关山复、尹达、曹葆华，8号楼的夏鼐、吕叔湘。两幢楼之间原本是花园，不过"文革"中逐渐失修，唐山大地震后更是地震棚四起，从此乱七八糟。

瞿先生这套在永安南里的两居室是最小的一个房型，但是无论如何，他终于在北京有了自己的家。我记得张先生特别高兴，好像还专门在家里请了一次客庆祝。张先生因为哮喘病很少出门，他请客的方式很特别，有时由夫人王宪钿先生或者某位小辈去新侨饭店买一些。那时饭店不提供饭盒，端菜要自己拿着饭盒去，从三层的铝饭盒里盛出罐焖牛肉、火腿沙拉的情景至今难忘。

瞿先生很淡泊也很随和，他说话时偶尔会停下来，自嘲地笑一下。他从来不抱怨，反而会说他觉得自己还是幸运的，在"文革"时没有挨整，如今又有了自己的家。瞿先生屋子里堆满了书，好像还有几箱黑胶唱片，他从美国回来时还带了一些唱片。"四人帮"倒台后，很多知识分子十分兴奋，纷纷计划著书立说。瞿先生也曾经想恢复自己的研究生涯，然而跑了几次手续烦琐、门禁森严的图书馆以后，他意识到自己的体力和外部研究条件的局限性。他是一个不肯重复自己，更不能降低研究水准的学人，从此放弃了研究，改为偶尔指点后进，静心颐养天年。据说他晚年经常在家闭目听黑胶唱片。

瞿先生的公子泽祁十岁多随母亲回到中国,他能够说中文,但是不会写,据说是俞平伯先生亲自教他。他在父亲的母校读书,位于灯市口,原本是教会学校的育英中学改成的北京第二十五中学。现在的育英中学则是从根据地进城的学校,前身是在西柏坡成立的中央直属机关育英小学。二十五中高中部后来又改为六十五中,瞿公子在那里高中毕业。由于他特殊的身世,大学毕业后被分配到东北深山老林。瞿先生在北京安顿下来后,瞿公子回京照顾父亲,后来因为"落实知识分子政策"也终于被调进北京。

那时我不知道瞿公子的大名,一直称呼他"刚刚哥哥"。他其实已经年近四十,可是看上去就像一个二十多岁的小伙子。他酷爱运动,身体健壮,皮肤黝黑;他性格非常阳光,总是兴致勃勃,一会儿提议去这里,一会儿提议去那里;他喜欢打篮球,骑自行车去郊外远游;他喝啤酒就像喝水一样,一扬脖子就下去一瓶。和瞿先生的温文从容不同,刚刚哥哥语速很快,而且有一种说不出是哪里口音的音调,据说是小时候说英文的缘故。他自称不爱读书也不多想,就喜欢运动和玩儿,所以总是很快乐。他和我身边的大多数人完全不同,也和激荡又沉重的时代气氛格格不入。我们都很喜欢刚刚哥哥,私下里称他为"美国人",他也确实和我在美国接触到的许多在美国长大的华人孩子一样,心地单纯,快乐向上。

也许正是因为这样的天性,刚刚哥哥从纽约到北京,再从北京到林海雪原,与父亲分别二十七年,与母亲也是二十年来聚少离多,然而这一切在1977年似乎并没有在他身上留下许多痕迹。当然,也可能这仅仅是表象,隐痛深深埋在心里。不知是不是因为童年记忆,刚刚哥哥对美国的体育兴趣盎然,如数家珍。我最初关于篮球、美式足球和棒球的知识,好像就是从他那里听来的。

刚刚哥哥是如此爱对我们兄弟讲美国的事情,以至于此后很多年我一直有一种错觉,以为他是在美国高中毕业才回国的。想来他的童年幸福而印象深刻,在艰难岁月里成为内心的慰藉。

为写这篇文章搜寻资料时,读到杨联陞的公子杨道申先生据乃父日记所辑"瞿同祖与杨联陞交往记录",仅1947年,在瞿先生家里竹战(亦即打麻将)就有十七次,而且往往是打通宵,输赢不大,其乐融融。

如今知道杨联陞先生的人不多了,他是陈寅恪的弟子,更是哈佛燕京学社第一位华人讲座教授。他的学问博而精,在世界汉学界享有盛名,然而因为后半生一直在国外,著作以英文发表,在国内反倒名声不彰。在我看来,杨先生是我的母校北师大附中出的真正大学者,然而估计大多数校友知道的只有钱学森吧。与此相似的是,瞿先生的著作大部分也是在国外完成,在国内至今只被少数学者重新发现,以至于其身后被称为"中国社会学史上的失踪者"。

杨道申先生是杨联陞的长子,不知何故也留在国内,与刚刚哥哥从小学到高中一直是同学。瞿先生1955年从哥伦比亚大学转入哈佛大学任研究员，也是杨先生推荐的。他发布的父亲日记，部分展示了老一代学人日常生活的侧面。除了方城之戏，还有接字游戏、打油诗、编撰故事章回目录等，其中尤以章回目录对仗之工整令人印象深刻，比如他们一行的"玛萨葡萄园岛消夏小记"回目里有：

碧海平沙双车游橡港，长空明月二美访欢头
海上看松鸥一教授挺身得意，门前闻对燕两夫人侧目惊心

  日记中还提到瞿先生自订竹战规则、炒虾段受好评等，读来予人亲切感与想象空间。我不禁有些遗憾，未曾有机会和瞿先生打一次麻将。家住永安南里时，我家是时不时开牌局的，留学以后也曾几度制订规则，聚集同学，竹战而不知天之将晓。这大约是与前辈学人唯一相接之处，至于其他需要更多文字功底的游戏，则只有兴叹的份了。
  读杨先生日记，可以看到20世纪50年代在美国的华人学者虽然有种种家国之痛，在大学里也未必待遇很好，但生活基本安定，学术环境无虞，多数人因此留了下来，而瞿先生思念家人，选择了归去。
  晚年接受采访时，瞿先生曾经说："有时候人们的提问很不合理，像'"文革"时你为什么回国来'这样的问题，就无法回答。国内发生'文革'，我怎么知道呢？……"一

位青年学人吴景键校友于2017年3月发表《一九六五，瞿同祖归来》，文中引用"孔夫子旧书网上所见国家科委专家局旧藏瞿同祖档案"，史料珍贵、内容丰富。其中提到瞿先生临回国前关心的，是能不能买一台唱机带回去听古典音乐唱片。

····

1978年，瞿先生的户口终于进了北京，正式调入近代史研究所，然而没有人了解他的学问，有能力做他的助手。那时的图书馆开门时间不长，很多书不外借。瞿先生年事已高，每天跑图书馆跑了两年，大病了一场。在他年轻时就给他看过病的协和医院名医张孝骞指出，"你不能过于焦虑，你的病是想写书而写不成书就焦虑引起的"。瞿先生因此不得不放弃再写一本著作的念头。

瞿先生说得很清楚："我不认为数量的多少是重要的。学术是对知识的求证过程，没有结论的求证是缺少实质意义的。所以，我对自己的要求是：如果没有新的观点、新的见解、新的方法，没有自己独到的思想，就不要写文，也不要写书。"

由于是以这样的标准自我要求的，在"各方面的条件都不允许"的情况下，瞿先生回国后的四十三年一本著作都没有写。出于同样的理由，虽然他被评为二级研究员、第一批博士生导师，但他谢绝招生，最终一个弟子也没有收。

20世纪80年代初,瞿先生搬到崇文门大街新盖的一套大一些的房子。2008年秋天,瞿先生在安居三十年后仙逝。听到这个消息我写下了一段札记:

> 瞿同祖先生于10月3日在北京逝世,享年九十八岁。先生字天贶,后改天况,1910年7月12日生于湖南长沙。先生出身世家,祖父瞿鸿禨是晚清重臣。先生曾就读于北京育英中学、汇文中学,1930年被保送燕京大学,1934年入燕京大学研究院,师从吴文藻,为最早从事中国社会史研究学人之一,1937年出版《中国封建社会》。抗日军兴,先生南下大后方,任教于云南大学、西南联大。其间撰写《中国法律与中国社会》一书,是中国法制史和社会史研究的名著。先生于1945年赴美,先后在哥伦比亚大学、哈佛大学从事中国历史研究,1962年转加拿大不列颠哥伦比亚大学任教。在北美期间,以英文著述《清代地方政府》《汉代社会结构》,均为评价很高的专著。先生为与家人团聚,于1965年回国。由于"文革",数年工作无着,1971年始被安排在湖南省文史馆。1976年,先生以借调方式入近代史研究所,1978年正式调入。先生治学极严谨,从不妄言,晚年以缺少突破自谦,鲜有著述。先生晚岁,宠辱不惊,淡泊自甘,谢绝虚名,静养天年,固一代之学者,亦逸世之高人。

父亲和家兄都去看望过他,听说他晚年过得非常宁静,除了家人很少与人过从,一直保持着听古典音乐黑胶唱片的习惯,每天喝一杯咖啡。

张先生是1992年走的,享年七十六岁。据吴宓记,张先生二十多岁时陈寅恪先生就"欣张公逸之资禀"。但是他毕生一部著作也没有留下,现在唯一可考的,是范文澜主编《中国通史》里"唐代佛教"那一部分,主要是张先生收集史料并执笔。佛教的事情我完全不懂,但曾经听方家评论,说张先生写得非常好。

我不知道张先生晚年是无力写还是不想写,但我知道他和瞿先生一样,是不会轻易为文的。陈寅恪先生有云:"默念平生固未尝侮食自矜,曲学阿世,似可告慰友朋。"在风云变幻的20世纪里,能够做到不曲学阿世,并不是一件容易的事。他们那一代学人承旧文余绪,开新学先河,本应有更多成就,却多半湮没在世事茫茫之间。如今我们与先贤隔着巨大的断层,自身根底多半先天不足,就连对他们的"同情之了解"都渐渐稀缺。

瞿先生之所以取名同祖,是因为他出生的1910年是庚戌年,恰是祖父瞿鸿禨还历之年。瞿鸿禨亲自为他启蒙,教授《论语》。自1906年被罢黜后,瞿鸿禨一直清廉自守,坚持气节。辛亥革命后,他拒绝出仕,赋诗自娱。他平生不纳妾、不抽鸦片,几乎素食,生活节俭,家教严谨。这种家风,自然有潜移默化的影响。

当清末民初之际,瞿鸿禨并不以诗或书法名于世,然而今日回望，皆有可观。康有为《题瞿文慎公像》的第一句"清癯风骨过来人"不仅于瞿鸿禨平生事功，于其相貌、诗墨都很贴切。我读到瞿鸿禨这首《樊山有诗留别同社索和与乙庵同次原韵》时，正是清明时节，窗外新绿，令人"春草忆王孙"。

从来乐道不忧贫，天问终难测盖浑。
昨夜微霜催客子，明年春草忆王孙。
飘萍聚散真无定，蟠木轮囷自有根。
梦里东华风景异，铜驼应感止车门。

被遗忘的学长
——寻找杨联陞

我第一次见到杨联陞先生的大名，是20世纪80年代中期。

我好歹也是历史系的学生，父亲也是研究历史的，然而少年时对于近现代史学家的了解，中国史限于郭沫若、范文澜、翦伯赞等马克思主义史学家，世界史限于周一良、吴于廑等有数几人。改革开放之初，久闭的国门渐渐开启，人们热衷于引进西学，对于民国时学人开始零星接触，但是还没有从整体上了解他们的历史位置。至少到20世纪80年代初，孟森、吕思勉、张荫麟的书是罕见的，即使历史系的学生也没有多少人知道他们。

出国留学的头两年，我和一般青年一样，对以前不熟悉的外国学者充满新鲜感，比如社会学的韦伯、哲学的维特根斯坦、历史的兰克，若论中国史，也是内藤湖南令人茅塞顿开。缺少对本国学者的关注，在那个时期，在远离故国的环境下，是相当自然的事情。大约从大学三年级开始，我在学校图书馆打工，最大的好处是可以随便出入书库。里面中文书不是很多，但从程朱理学到明清艳情小说，覆盖面也颇广。当时两岸还处于敌对状态,因此台湾出版的书籍更引人好奇。我少年时就听说陈寅恪学问如何了不起,但没有读懂他的诗,此刻竟有发现新大陆的感觉。

我虽然知道赵元任先生不仅是写过《教我如何不想她》的作曲家,而且是哈佛大学的著名学者,但是此前很少留意与涉猎海外华人学者及其著作。赵先生的语言学我完全不懂,不料在他的著作里见到了杨联陞这个名字。他是历史学家,似乎还是一位语言学家,这多少令人印象深刻,不过地下书库里没有他的书,我的专业还是风马牛不相及的英国史。

于是时光流逝,我离开象牙塔到达美国,安顿下来以后,晚上或者租电影录像带,或者借中文书看。20世纪90年代初中文网络还在草创阶段,读中文书报,要开车去五十公里外的中国城图书馆或者去三十多公里外的侨教中心。那里,除武侠小说外,文史类的不多,几乎没有国内出版的书。读《胡适文集》就是在那时,其中里面又提及杨联陞,我这时才知道原来胡适先生和他有二十年的交往,十分称许他。

1991年初,我在《时报周刊》上读到一篇文章,才知道杨联陞先生已于前一年去世,从这篇题为《中国文化的海外媒介》的长文中,我才约略了解到杨先生的生平。文章中文字诚挚,评价极高:"杨先生无论在西方汉学界或中国史学界都一直处于中心的地位。他的逝世,在中国史的研究方面,也象征着一个时代的结束。"

那一年好像是亚洲学会在芝加哥召开,应该也是在会上,我问起刘子健先生,听说他在病中,只好打消了去请教的念头，过了一两年他就去世了。刘先生是宋史大家，尼克松访华后最早回国的美籍华人学者之一。父亲当时刚刚从"五七"干校回来，继续完成已在1969年去世的范文澜未完成的工作，在近代史研究所负责中国通史组。他因此是中方接待刘先生的成员之一，又有与刘先生相识多年的张遵骝先生居中美言，初次见面就相谈甚欢，后来虽然父亲转向民国史，和刘先生不再有专业上的交集，但一直交往到20世纪80年代末。

刘先生也是母亲在燕京大学的学长，好像是十七岁就入清华大学，因北平沦陷，清华南迁，而转入燕京大学。他在校时是洪业先生高足，珍珠港之役后，燕京大学被日军查封，他和乃师被捕，两次坐日本人的牢。抗战胜利后，他作为中方代表团成员参加了对日本战犯的东京审判。之后他负笈渡美，在匹兹堡大学研究比较政治学获得博士学位并留校任教，后转攻宋史，十年磨一剑，以《宋代中国的改革：王安石及其新政》一举成名，后来任教于斯坦福大学和普林斯顿大学。

据说刘子健先生的三个兄弟都死于"文革"之中，然而他似乎不曾提起这段痛史。他致力于与国内的学术交流，多次回国，据说一直对时事保持关注与清楚的了解，直到20世纪90年代初心情与身体都每况愈下。他晚年著作《中国转向内在》，篇幅不大，分析南宋时变革的顿挫、皇权的强化，写得十分清醒。他的一个笔名——"半宾"，直道出他无论在美国，还是在中国，都是"一半是家，一半羁旅"的心境。

虽然没有见到刘先生，但读到了他回忆杨联陞先生的文章，由此知道"那位杨君真是天才，不但是学生领袖之一，并且已经有学术论文，发表在第一流的期刊《食货》上。本科学生，如此出人头地，向所未有，难得至极"。

杨先生1933年考入清华大学，主修经济却对历史极有兴趣和功底，大三时就在《清华学报》上发表论文《东汉的豪族》，毕业论文《从租庸调到两税法》由陈寅恪先生指导。他上学的时候，正是清华大学的黄金时代，就连教基础课的教授都十分不凡：大一教国文的是朱自清、教英文的是叶公超。杨先生去经济系是遵父命，他除了本系的必修课，还选修旁听许多文史方面的课：陈寅恪的隋唐史，陶希圣的经济史，张荫麟的学术史，雷海宗的通史、秦汉史，俞平伯说词，闻一多讲楚辞，杨树达论说文解字，还有唐兰的古文字学、王力的中国音韵学。这些大宗师中，他尤其得到陈寅恪、张荫麟两位先生赏识，时常去他们府上请益。

民国时代的西学，有一半是经由日本转口进来的，所以通晓日语非常必要，杨先生因而从钱稻孙学习日语。钱先生是钱玄同的侄子，生长于比利时和日本，通晓日语、法语、意大利语等多种文字，是从原文移译《神曲》、《万叶集》和《源氏物语》的大翻译家，但是因为抗战期间出任伪北京大学校长，从此湮没无闻，战后在北京闲居，一直活到1966年。

杨先生上大学时曾任清华学生会主席。一二·九运动时,他是清华历次大会的召集人,然而他此后远离现实政治,勤奋于学术,这一选择与这一段经历有怎样的关系,如今已不得而知。同时,他在大节上一直清醒,虽然1937年毕业后滞留北平,生计颇成问题,但还是拒绝钱稻孙的伪北京大学讲师聘书。钱稻孙误以为他是觉得职位不够高,便以副教授之席聘请,仍被婉拒,始作罢。

杨先生没有工作,便经常去燕京大学读书。时哈佛大学助理教授贾德纳在北京访学,周一良担任他的中文和日语助理。周一良将赴美,急需一人替代,杨先生因为钱稻孙和周一良二位先生的推荐,继周一良之任。贾德纳极其欣赏他,回到美国后,主动提出再雇他做助理,并帮助他入哈佛研究院,杨先生就这样半工半读到了美国。

此后杨先生的学术道路堪称一帆风顺,于1946年在哈佛获得博士学位,在联合国短暂工作后,回哈佛担任助理教授,从此在学术阶梯上拾级而上,是哈佛燕京学社第一个华人终身教授。二战刚刚结束不久的美国和现在完全不同,在1964年通过《民权法案》之前,种族歧视还是相当普遍的现象。如今几乎连社区学院里都有不少华人教授,而那时华人当上教授是很不容易的。在哈佛大学更是如此,连赵元任、洪业在20世纪40年代回归哈佛,都没有得到终身职或者教授头衔。杨先生1958年升正教授,1965年成为讲座教授,"在50年代中期,杨先生毫无疑问已是世界汉学界'第一流'而兼'第一线'的学人"。这"第一流""第一线"的说法出自杨先生本人,大意差不多是一流学者并且在学术前沿的意思。

杨先生在西方汉学界被认为是伯希和一流的人物,这样的评价自然不是幸致,据刘子健回忆,杨先生每每工作到深夜,"四周都黑了,只有他那间屋子的灯光亮着。遥见他的人影,在架前桌前,忙个不停"。

从胡适起,前辈与同代学人都公认杨先生的渊博。他的史学方法继承了陈寅恪先生的见微知著,又因为有经济学的根基和受陶希圣社会史的影响,而擅长融乾嘉考据、实证史学与社会科学为一体,在精密的训诂中呈示大的历史脉络或特征。部分由于兴趣的广博,部分因为在西方汉学界教学研究的需要,杨先生的学问更多是百科全书式的,他曾经响应胡适之邀回北大,在信中写道:"假如我能到北大来,教的东西您可以随便(点)制定,大约中国史,秦汉到宋,断代史都可以来,通史也可以勉强。专史则除了社会经济史之外,美术史、文化史、史学史等也可以凑合。日本史也可以教,但明治以后不灵(得大预备),西洋史很糟,必要时可以教英国史。如果国文系能开一门《国语文法研究》,颇想试教一下,指导学生的事情当然很高兴做。(东西洋学者之汉学研究也可算一门。)"

然而,就在升正教授的那一年,杨先生突发抑郁症(据说诱因是服用大量降压药,详情不明),严重到入精神病院被捆绑并接受电击治疗。此后周期性发作,病一年,好两年,困扰他三十多年直至去世。抑郁症病因是很难确定的,杨先生性格开朗,待人温和,本不应至此,不知是否与他长年辛劳、精神压力累积有关。他原本是打算回国任教的,却因为时代原因，终究定居美国，留下母亲和部分子女在北京，四分之一世纪后才得相见。家国之思，毕竟是内心隐痛，虽然他自我宽慰："故国梅开几度花，余香惹梦到天涯。封侯拜相他人事，养得妻儿便算家。"黄仁宇在《母亲》一文中说："1965年的一天，我与哈佛的杨联陞教授、普林斯顿的刘子健教授同在芝加哥大学的何炳棣教授家中晚餐。饭后，何唱《霸王别姬》，刘唱《四郎探母》，都是慷慨悲歌。杨即席说：'我们为中国的母亲同声一哭！'"

...

我撰写有关瞿同祖先生的文章时，发现他和杨联陞先生有很深厚的交谊。瞿先生到美国后在哥伦比亚大学从事研究多年，1955年面临项目裁撤时，杨先生为他提供了在哈佛任研究员的机会。他在那里工作了七年，和杨先生交往密切。由此我开始寻找有关杨先生的记述，首先看到的是周一良先生的文章。

早期留美学生中也有"哈佛三杰"之说，一般是指陈寅恪、吴宓、汤用彤。有了这个典故，才有了周一良先生写20世纪40年代的"哈佛三杰"，其中最突出的一位便是杨联陞。周一良先生本人年轻时极其优秀，他是陈寅恪先生的得意门生之一，也深得胡适先生赏识，日语好到能在哈佛当上教日语的助理教授。他40年代后期回国，先后任教于燕京大学、清华大学，最后因为1952年所谓的院系调整，清华大学文科被撤销,落脚到北京大学历史系。他早年治魏晋南北朝史,20世纪50年代为了革命需要改行世界史,和吴于廑先生共同编写了《世界通史》,我们这代人最早读的外国史大多是这本书。他和杨先生结交于青年时代,"文革"后又来往颇多,相知很深,笔下翔实生动。比如杨先生婉拒伪北京大学教职时有言:"八毛钱一斤的酒我不喝,一块二的酒我也不喝。"当时讲师月薪八十元、副教授一百二十元,是相当丰厚的待遇。

据周一良先生描述,杨先生谦和无争,虽在美国几十年,但本质上依然是一个中国旧时的读书人。似乎杨先生一直没有适应美国文化中高度的自我表现,习惯言之凿凿、咄咄逼人的一面。费正清、孔飞力身为汉学界领袖人物,自不免如此。杨先生在日记中对他们也有所批评。他严守以史料为依据的分际,警惕对历史的过度理论化,曾经指出美国人研究中国史往往富于想象力,"误认天上的浮云为地平线上的树林"(mistake some clouds in the sky to be forests on the horizon)。此言出自傅斯年先生讽刺拉铁摩尔,傅斯年先生主张的是民国时的实证史学传统。

周一良先生特别提到杨先生从无门户之见,又好结交朋友,在哈佛三十多年,尤其是身体健康时,家中经常高朋满座。杨先生不愧是历史学家,他留下了几十年的日记,还有许多本客人的留言册。从留言人的名单,几乎可以看见一部海外华裔文史学人简史。那些回去的,多半经历坎坷,浪费了几十年的光阴。周一良先生的后半生,因为卷入"文革"

风云而广为人知，既是他自己的选择，也是知识分子曲折命运的一种写照。那些留下来的，大多在其治学领域卓然有成。然而那一代人的初心，是回到本国投身学术并延续自己的学术传统，而不是在其实位于象牙塔边缘的汉学界里，多少处于边缘人的状态。他们能够有安定的生活、良好的研究环境，已经是非常幸运，不过内心深处，多少有些身不由己的感觉。杨先生在荣升哈佛讲座教授时作诗云：

古月寒梅系梦思，谁期海外发新枝。
随缘且上须弥座，转忆当年听法时。

"古月"是指胡适，"寒梅"是指清华老校长梅贻琦，饮水思源之间，别有一份感慨。

我对杨先生最感亲切的，是日记里记载他三十多岁时经常通宵打麻将，还喜欢打桥牌，自创有杨氏牌经。我虽然不学无术到连杨先生的许多著作都没读过，但在麻将和桥牌方面倒是有所继承，留学时经常通宵打麻将。进入21世纪在芝加哥也曾聚集一群麻友，自定李氏麻将规则；在桥牌方面，更曾经创办华人桥牌俱乐部，全盛时会员百余人。

真正的惊喜，是发现杨先生竟然是我的高中校友，当然是近半个世纪前的老学长。杨先生在校时是北师大附中国剧社的创办人和主力成员，擅长言派老生，唱了一辈子《武家坡》。他们六个少年京剧票友义结金兰，杨先生是老大，老六就是后来成为程派传人的赵荣琛先生。北师大附中建校于

1901年，据说是我国历史最悠久的公立中学，除了"文革"中改名"南新华街中学"的那些年，也一直是北京最好的中学之一。百余年校史上名人辈出，最广为人知的大概是钱学森，此外如张岱年、于光远、李德伦、于是之等，耳熟能详的名字不可胜数。我打开北师大附中的网页，里面有"一百个附中人的故事"。其中有一篇关于赵荣琛生平的文章，文中有一处提到了杨莲生（联陞）。除此之外，这位哈佛大学第一个华人教授、在西方汉学界大名鼎鼎的人物，似乎不曾出现在北师大附中的校史里。

杨先生终其一生，没有撂下他的京剧功夫，尤其是每到港台讲学，一有时间就和当地琴师合作清唱。老五曾世骏定居香港，是著名程派琴师票友，每次相聚，都要录音留念，持续二十多年，留下十卷大盘录音带。他们六兄弟一半留在国内，一半去到国外，杨先生屡屡提及要办一次重聚，却最终是一个不曾实现的愿望。那是连家人都长久隔绝的时代，杨先生数十载不辍，晚年退休后，每在自家地下室吊嗓唱做，除却对京剧的热爱，又何尝没有一份对老北平的怀念呢？

"文革"后，赵荣琛先生应邀赴美传播京剧艺术，杨先生闻讯后写下一首七律：

怀师大附中诸友人

辛酉初夏，闻赵荣琛将访美，因怀师大附中国剧团诸友人。

卅年离别阅沉浮，门巷宣南记几秋。

绿鬓弦歌犹入梦，白头哀乐已难收。

也希物换开新运,且惜身衰忘杞忧。
明月乡心同异处,团圞不说此生休。

1981年秋,历尽劫波的赵荣琛和曾世骏一起到波士顿郊区阿灵顿镇看望杨先生,在一起好好唱了一回。在杨先生的留言册上,赵荣琛先生写道:

与莲生大哥阔别卅余载,今又海外重聚,畅叙往事,复欣聆嘉音,犹如梦境,惜乎即将天各一方,书此以志,更盼珍重,期待聚首于他日耳。小弟荣琛临别题书。
1981年9月25日于波城莲生大哥寓所

去年春天此时,我去波士顿曾路过阿灵顿镇,那是一个四万多人的安静小镇。那时我不知道,曾经有一位如此杰出的校友退休后在这里隐居,久受病痛折磨后死去。

我看着学长们的墨迹,想象着他们在半世纪后,从我也曾在少年时熟悉的校园到新英格兰苍翠的小镇,再次唱起《武家坡》里的薛平贵和王宝钏:"少年子弟江湖老,红粉佳人两鬓斑。"人生如戏,戏如人生。

风云丙午最无情
——读傅雷

和不少同龄人一样,我的外国文学启蒙是从巴尔扎克和罗曼·罗兰开始的。大约十二岁的时候,经常神叨叨地背诵《欧也妮·葛朗台》的最后一页:"她挟着一连串善行义举向天国前进。心灵的伟大,抵消了她教育的鄙陋和早年的习气。这便是欧也妮的故事。她在世等于出家,天生的贤妻良母,却既无丈夫,又无子女,又无家庭……"不过,更为激动人心的是《约翰·克利斯朵夫》。我有时会想,关于音乐,关于爱情,也许整整一代人是从这部小说第一次开始亲密接触的。罗曼·罗兰因为这部小说获诺贝尔文学奖,虽然如今看来,叙事宏大、激情澎湃的《约翰·克利斯朵夫》更多属于19世纪,而不是一部属于20世纪的伟大小说,不过百余年来诺贝尔文学奖大半是授予了那些不那么伟大的作品和作家。

《约翰·克利斯朵夫》之所以倾倒众生,相当程度上是由于傅雷先生的翻译。他的译文是如此杰出,以至于中文版里的警句俯拾皆是:"人生的钟摆永远在两极中摇晃,幸福也是其中的一极,要使钟摆停止在一极上,只能把钟摆折断。"几年前我看到过一位自诩杰出的青年翻译家说,傅雷先生等人"用今天的标准看,他们的外文水平都很有限"。我不知道这位先生外语有多好,是怎么判断出来的,但是读他的文字,就可以知道他的中文大致如何。他大概根本不明白傅雷先生的中文根底之深、文字之美和有力。我至今记得傅雷先生译的《约翰·克利斯朵夫》的中文版献词:"真正的光明,绝不是永没有黑暗的时间,只是永不被黑暗所掩蔽罢了;真正的英雄,绝不是永没有卑下的情操,只是永不被卑下的情操所屈服罢了。"

少年时我至少读了三遍《约翰·克利斯朵夫》,每一次都感动不已,以至于后来我读到罗曼·罗兰的《贝多芬传》时,更多是在贝多芬身上看到了约翰·克利斯朵夫。如今我依然清楚地记得《贝多芬传》是一本民国时代出版的竖版繁体字书,传到我手里的时候,书已经相当旧,有不少页角已经卷损。就是在这本书的译者序中,我读到了傅雷先生沉痛而有力的一句话:"中庸苟且,小智小慧,是我们的致命伤。"此后的岁月里,总有一些时刻让我想起这句毕生难忘的话。

在禁锢的年代,地下流传的书籍更为神秘诱人。后来读史才明白,禁书的魅力自古有之。明清两朝、英国的维多利亚时代都是道德禁锢、书禁严厉的年代,然而色情文学、爱情小说都十分顽强地生存下来,留下了许多作品。我的少年时代的大多数文艺作品都成了毒草,只有八部样板戏在播放,《金光大道》《艳阳天》《激战无名川》等几部小说摆在书店里,于是一代人或者在文化沙漠,或者在地下读书中成长。越是来自遥远国度,越是难以入手的书籍,就越令人难忘。几十年后，同龄人在一起回顾各自的阅读史，会不约而同想起傅雷先生翻译的小说与传记。大抵在不少人的记忆里，印象最深的是欧洲经典，其次是苏联文学，再次是鲁迅、茅盾、巴金、老舍，最后是所谓"十七年文学"吧。这一排序也无意中说明：文学的价值也如同这世间其他一些重要价值一样，自在人心，无远弗届，历久弥新。

在春雨霏霏的夜晚，背一个旧书包，里面装着用《人民画报》的一张对开页包了书皮的《贝姨》、封面已经不见的《无头骑士》。最令人欢欣不已的，是20世纪40年代出版的《基督山恩仇记》第一册，不仅是竖版，而且书名也不是后来再版时改的《基督山伯爵》。这一本书说好在我家只停留二十四小时就传给下家，为此我第一次彻夜不眠读小说。穿过大半个北京城去取书的快乐，和那个年代的街道一起一去不复返了。留下的是一丝怅惘，一片对傅雷先生和老一代翻译家的膺服。

读了《贝多芬传》后不久，我就听说他和夫人双双自杀了。大人告诉我"千古艰难惟一死"，以死拒辱是很不容易做到的。

∴

对于爱读书的人来说，一个人的少年时代的阅读往往影响了他的一生，并且多少会折射出他所经历的时代。我小时候没有上学，识字是通过父亲给我读《三国演义》小人书，我稀里糊涂背诵下来开始的。后来开始阅读当时五花八门的红卫兵小报，1969年党的九大时，我已经能够很轻松地阅读大会公报了。家里的书虽然没有被抄走，但是抄家时书柜被贴了大"叉"字封条，不敢去打开。书籍很贫乏，以至于我读《育婴常识》《赤脚医生手册》都津津有味，最早的生理知识都是从这两本书里来的。还是在20世纪80年代初，一位女友问我："你怎么从来没有读过童话？"我当时不知道是因为年轻，还是因为喝了酒，突然激动起来："我根本就没有童年！"

铁狮子胡同1号大院三栋红楼的屋顶都是巨大的平台，平台被一米高的墙围起，五个单元都有楼道通往楼顶。在大平台，夏天看星星，"五一""十一"看放烟花；平常的日子里，孩子们蹿上蹿下，捉迷藏或者玩官兵捉贼。然而五十多年前的那个冬天，所有单元门忽然都被松木板钉了个严实。据说是因为有人穿过平台逃跑，也有说是因为有人从楼顶跳楼自杀，究竟是什么原因，最后不得而知。我六岁的智力还不足以明白死亡，更不用说自杀，但是那一年我不仅经常听到这两个词，还有一个场景一直萦绕在记忆里，挥之不去，却又不知道是否真正发生过：在两栋楼之间的空地上，一个从楼顶平台跳下来的人躺在那里，一群大人、孩子在围观。我好像也是围观者之一，但是个子矮看不见，又挤不到前面去，心里很着急。然后就被一个大人从后面揪住领子，抓回家去了。

后来我向几个住在大院的年长者确认当时有哪些人死了，是怎么死的，每个人的说法都有一些不同。是否有一个人从楼顶跳下，他是谁，等等，终究没有定论。不过我也由此知道，在那几年大院里发生过多起自杀事件，从燕京大学新闻系主任到北京大学中文系教授,再到中国人民大学任新闻系副主任的蒋荫恩先生。中国人民大学新闻系的业务实力,根基主要是燕京大学新闻系的班底,为首者就是蒋先生,他年轻时也是《大公报》的著名记者。我对蒋先生全无印象,倒是随父亲去过不少次新闻系主任罗列和甘惜分教授家,他们都是革命报人出身,也年轻一些,扛过了暴风骤雨,而蒋先生没有挺过去。

几年前,一位校友自杀身亡。他只身一人刚刚来到这个城市,无亲无故。我帮忙料理他的丧事,从开死亡证明书到最后把他的遗体推入火化炉,内心自然有波涛汹涌的时候,但还是能够冷静地去做每一件事情,好像真的可以面对死亡了。也许这仅仅是因为年纪大了,看得淡了,自然平静了许多。当然这也可能是由于荷尔蒙分泌减少,或者是经历得多了以后,人变得麻木淡漠了。人对于生活深渊处的敏感度,大致与岁月成反比;貌似洒脱宁静的态度,泰半与智慧无关,更多是出于世故。我依然清晰记得,三十多年前当我走进记忆的黑暗里,我无法控制激动的心情。我告诉女友在童年记忆里时不时听说有人死去,怎么会有想象力与兴趣去读安徒生或者格林的童话呢?

不过,关于死亡的故事并不仅仅是恐怖与悲伤,有时会闪现温暖的光芒。半个世纪前的9月3日,傅雷先生在五十八岁时和夫人朱梅馥女士一起自杀身亡。这种当时被认为是"自绝于党和人民"的人,殡仪馆是不保留骨灰的,往往尸骨无存。何况傅雷先生的两位公子都不在上海:傅聪已经"叛国"，傅敏远在北京，已无人身自由。傅雷伉俪的骨灰能够留存下来，是因为一位素不相识的女郎。用当下的语言讲，她是傅雷先生的粉丝，在听说他们自杀后，不计风险，戴着口罩，自称是傅雷先生的干女儿，领取了他们的骨灰。她还写信给周总理为傅雷申冤，信在上海就被截获，她因此被捕险些被打成"现行反革命分子"。她在1958年就因为拒绝揭发被打成右派的老师未能上大学，从此在家十五年，后为生计在街道工厂工作。她终身未婚，一直远离人群，过着平淡的生活。

2013年，傅雷伉俪的骨灰在上海安葬，墓碑上刻着傅雷的话："赤子孤独了，会创造一个世界。"

...

大约是傅雷先生翻译的文字读得多了吧，我十四岁的日记上就充斥着"爱与死是人生永恒的宿命"一类貌似箴言的语句，仔细想想却是似是而非的。那时我根本不懂，爱情是和生命一样脆弱的，在严酷的现实面前大多不堪一击。20世纪80年代初有一部轰动一时的小说《晚霞消失的时候》，我并不喜欢这部小说，然而一个非常相似的故事曾经发生在我身边。共产党高官之子与国民党败将之女相恋，结局从开始就注定了：两个不同阵营的人是不可能走到一起的。受伤更深的也许是那个姑娘，我见过她的照片和娟秀的字迹，然后就听说她形容憔悴地远走高飞，再也不想回来了。那天我给女友讲这个故事，在艰难岁月里毁灭的爱情令我黯然泪下。

女友多少有些不解："这一切并没有发生在你身上。"

她说得自然没有错，后来我意识到，一生中引起我关注或者打动我的人与事，绝大多数与我无关；一生中所会的技艺，也多半是不切实际的。这种对无关之事、无用之学的爱好，或许是我最不靠谱的地方吧。毕竟，无论是在物质匮乏、生存第一的半世纪前，还是在经济起飞、追逐财富的二十多年；无论是在童年的革命话语，还是在当下的种种自圆其说背后，利害的考量、利益的追求往往是决定性的。越来越多的人越来越不关心与自己无关的事，他们平生所学也是以致用与自我经营为主。这是大时代的趋势，是无力改变也不必去评判的。我所关心的是：怎样保持内心与现实世界的距离，把不靠谱的部分继续下去。

也是在半个世纪前的丙午年，好像是中国人民大学的"三红"一派，在红楼侧的平房里建立了广播站，每天早上六点开始高音喇叭广播。我小时候对各种最高指示、革命口号耳熟能详，也是其来有自。听次数太多的话，有时反而要让人想一想，真的是这样吗？胸怀天下与功利计较并行不悖，保持微妙的内心平衡，是中国人精神世界的一个特色。我不知道是不是从宋明理学以来一直有这种倾向，还是到了当代人格分裂愈演愈烈。太阳底下无新事。随着时过境迁，革命话语变成了情怀，改天换地的追求变成了诗与远方，本质上仍不过是一时流行而已。

在我看来，个人与利己是完全不同的两个概念，我们的传统观念里由于缺乏前者，所以至今许多人分不清楚。前者需要怀疑的激情、真实的寻觅，后者需要精准的计算与审时度势的能力。无论是作为个人生活，还是关注历史与当下的个人命运，都需要一种自觉。相对于大历史，我更关注风云变幻中一个一个人的具体遭际。范式也好，脉络、拐点也好，更多是接近历史的一种叙述方式。只有在那些被岁月尘封的故事里，在逝者留下的文字和有关他们的叙述里，人们才能痛感到过往的爱恨情仇、死亡的震撼。读傅雷先生的文字，已经可以想见他是缺乏向现实妥协能力的人，在暴风雨来临时，做不到苟且偷生，也就是很自然的。

傅雷先生走的那一年，有多少人死去谁也不知道。大约每个人有每个人的死法，有其原因或理由。相对于傅雷先生这样的名人，绝大多数人无声无息地消失了。几个星期前，和一位老同学在南池子诗意栖居咖啡馆聊天，远处可以望见故宫的角楼。我们虽然相识已久，其实并不了解，直到三十多年后的今天，才互道彼此的生平。他告诉我小时候和姥姥生活在一起，四岁时胡同里挨家挨户查，姥姥成分是地主，就被递解回原籍。老家已经没有亲人，只有一些族人，不愿或者不敢收留她。她被安置在一间废弃的土坯屋里，一个冬天以后身体就不行了。他的母亲是独生女，当时在外地参加运动不敢脱身，待赶回老家时，姥姥已经去世了。母亲抱着骨灰回到北京。此后每年忌日都会大哭一场。

类似的故事当时和后来其实已经听说过许多，然而听他讲完，我们还是沉默了好一会儿。从咖啡馆里走出来到长安街上，华灯初起，晚霞里的北京正在缓缓走向霓虹里的辉煌。

梨花庭院冷侵衣
——搜索陈焜

  人生中吊诡的事情之一，是影响你的人，你往往并不熟悉，当然反之也成立。进而言之，曾经以为熟悉的人，后来才发现你并不了解。比如张遵骝先生，我少年时隔三岔五就去他家，书架上哪本书摆在什么位置都很清楚，私下里连外号都取过，然而长大以后我才发现我对他的前半生几乎一无所知。

  陈焜先生我根本谈不上熟悉，也就一点儿都不知道他的家世，然而他关于20世纪西方文学的介绍文章和讲演，曾经深深地影响了我。得以认识陈焜先生，是在教育部大院胡沙先生家，哪一年的事情已经记不清了。我也忘记胡沙先生和陈焜先生因何熟稔，只知道他们是很好的朋友。陈焜先生想必是听胡沙先生说过他和我父母当时就已有近三十年的交情，因此从第一次见面待我就很亲切。不过我记忆里这一生也没有见过他几次，现在还能想起的就是上大学前，去他家里拜访，请教他要不要考北京大学西语系的事，在这一次或者前后，听他给我讲什么是意识流文学，寥寥数语，有种茅塞顿开的感觉。

我对西方现代文学的倾心，是出于自己的阅读，并非因为别人的教诲，然而陈焜先生是第一个告诉我与之有关的系统知识并精妙给出简明扼要的诠释的人。从1979年开始，我在《世界文学》《文艺报》等刊物上时不时看到陈焜先生的文章，篇篇精彩，从他的文章里我知道了《尤利西斯》《第二十二条军规》《赫索格》等经典。事实上，他1981年出版的《西方现代派文学研究》是1949年后第一部介绍20世纪西方文学的专著，用现在流行话语讲，有筚路蓝缕之功。如果考虑到80年代出国门还是刚刚开了一道缝，就可以明白陈焜先生著作的启蒙意义不止于文学。大概与此有关吧，据说1983年他在"清理精神污染"运动中遭到批判但不了了之，不久后就去了美国，从此销声匿迹。三十多年后，已经没有几个人还记得他，也很少有人读过《西方现代派文学研究》。

我在网上搜索"陈焜"，唯一有内容的是一篇2011年的新浪博客文章《夜路上的灯光——记相遇陈焜先生》，作者傅杰女士是云南大学中文系"78级"学生。她记述了和陈焜先生文与人的相逢："文章叫《黑色幽默——当代美国文学的奇观》，很久没有看到这样好的文章，或者说从来没有读到过这样的文章。我们那时的文学和人生观念接受的都是传统的价值，虽然苦闷，但除了现有的模式看不到别的光亮，这篇文章给我们介绍了一批大学课本里找不到的美国作家，他们嘲讽痛苦，因为社会的疯狂和荒谬，因为自身存在意识的痛苦已经不堪忍受，只有用嘲笑的方式来宣泄，只有用荒谬来表现世界的形而上的真实。他们拒绝虚伪和谎言，而看到的真实是那么可怕和滑稽,悲剧和喜剧于是交融在一起。它说:'嘲讽得到发展的根源是在于现代社会的价值观念发生了深刻的危机,原来的崇高神圣的价值观念瓦解了,新的价值观念不是完全提不出来,就是提出了一些虚假的东西作为代用品,这就使早已不那么天真的阅世者发出了有失恭敬的嘲笑。'"

1980年11月,陈焜先生到昆明开学会,傅杰见到了她仰慕的本尊:"因为坐得很远,所有的发言人都是一样的灰色人形。但听到格外好听的普通话,纯正、清晰,非常柔和。发言的内容是介绍西方当代文学,风格和文章一样,直入人们的心灵,没有一句话是空洞无物的八股。思想的深度和语音的柔和竟这样珠联璧合,仿佛语音的柔才能包容那思想的精和深。他介绍卡夫卡的《变形记》时,说某学究大不以为然人怎能变成虫,他于是回说:'先生,您正是一条虫。'柔美的语音完全排除了偏狭的攻击,然而却更深地刺向了问题的核心:我们都可能是条虫。"

傅杰在文章里还记录了几位当今著名学者对陈焜先生的评价。电影学者崔卫平说:"我尤其应该感谢中国社会科学院陈焜先生的《西方现代派文学研究》,这本书提供了如何理解西方现代派最早、最全面和最严肃的立场。"历史学家雷颐、作家止庵合著的《三十年的私人阅读史》则指出:"要说对一代人起过重要启蒙作用的,则首推1981年出版的陈焜著《西方现代派文学研究》(北京大学出版社出版)。此书当时市面上很难买到,一些大学图书馆因教学需要,甚至规定只有外文系、中文系三年级以上的学生才能借阅,当然还要提前很久预约。"文学批评家张颐武对陈焜先生尤为推崇:"陈焜为我们打开了第一个窗口。我当时尤其迷恋陈焜的风格,一种完全突破了我们习惯的写作方式的新的中文表述的策略。我曾经狂热地模仿过那种特殊的切入问题的方式。我现在还记得他分析海勒的《第二十二条军规》的独特的方式,他征引小说的一个片断,从中引发一种非常复杂、微妙的思考。他的方法是真正接触到当代思想的中心的。可惜陈焜的工作没有继续下去,后来就再也没有他的声息了。但陈焜对于我这样的年轻人有非凡的吸引力。直到将近二十年后的今天,那本《西方现代派文学研究》仍然留在我的记忆中。它是我自己青春岁月的一个不可缺少的部分。此后我读过许许多多比陈焜有名得多的人物的著作,也知道陈焜的分析方法其实自有其来源,但那个开端是永远难忘的……可以说,陈焜先生真正教会了我如何思考,直到今天,我读过许多理论大师的文章,对理论也有了远比那时多得多的了解,但陈焜先生的写作风格仍然是我心仪的。"

陈焜先生就这样像一道彗星掠过北方的天空,然后静静隐居在美国东部。傅杰女士2003年专程去拜访过他,这两年我偶尔听说他的消息,却一直没有去拜访。不久前胡沙先生的公子,也是王小波生前好友胡贝发来已经八十五岁的陈焜先生伉俪的照片,自然与1980年有很多不同了。有时候我想我应该去看看他老人家,却一直没有行动,只是托朋友带了一本刚刚出版的书呈上。

周末胡贝送来一篇陈焜先生写的文章《和伯父伯母在一起的日子》。我第一次知道陈焜先生的伯父竟然是进入20世纪以后大名鼎鼎的罗稷南,而且他少年时就去投奔伯父,和伯父伯母在一起生活了很多年。罗稷南的名字,以前很少有人知道,却在21世纪初因为周海婴回忆录里的一段文字而忽然出名。

当时我就去查了一下罗稷南的生平,原来这位生于1898年的罗老先生是北京大学哲学系1923年毕业的学长,思想受到李大钊影响。他1926年参加北伐,在国民革命军第四军任职,1927年国民党清共后,流亡关外。20世纪30年代初,他担任19路军蔡廷锴将军的秘书。1934年,19路军在福建起事反蒋时,他曾赴中央苏区谈判联合,受到毛泽东招待。19路军失败后,他流亡上海,转行做翻译家,用堂吉诃德的坐骑之名为笔名,从此以罗稷南闻名于世。抗战期间他栖居孤岛上海以翻译为生,翻译了《马克思传》等。抗战胜利后奔走民主,是中国民主促进会发起人之一。他精通俄文、英文,译有爱伦堡的《暴风雨》《第九浪》,狄更斯的《双城记》等书,20世纪30年代还和周扬共同翻译了《安娜·卡列尼娜》。

这次读到陈焜先生的文章,进而检索有关文章,才知道原来罗稷南和夫人倪琳都是资深地下工作者。陈焜先生在文中写道:"伯母1964年就因病去世了。她去世十八年以后,

1982年，我接到一位叫张以谦的先生来信，说伯母是第三国际远东情报局的工作人员。他问我：'倪琳同志生前组织关系有没有恢复？她有没有工作？在何单位？'又说：'此段党史资料极为重要，涉及全党全国。我们遵中央纪委韩光同志面谕，正在收集此一史料。'"

楚图南和罗稷南是云南老乡，长子楚庄2003年写过一篇《我所了解的罗稷南先生》，指出楚图南和年龄相仿的罗稷南从在北平上大学时起就有很深的友谊，20世纪30年代楚庄还短期寄居罗家。《楚图南文选》（1993年中共党史出版社出版）里有好几处提到罗稷南，"和我一起从北京回昆明的还有北大毕业的陈小航（他后来笔名叫罗稷南，曾参加第三国际的工作，第三国际解散后，从事翻译工作……）"，并且有一条关于陈小航的注释："陈小航即罗稷南，著名文学翻译家。译著有梅林的《马克思传》、高尔基的《和列宁相处的日子》、爱伦堡的《暴风雨》。早年参加共产国际远东情报局的工作。解放后曾在中国作家协会上海分会任职，并曾任西南军政委员会文化教育委员。'文革'期间被迫害致死。"

陈焜先生称楚庄为"楚老"，虽然他仅仅比楚庄年少四岁。他说："2003年4月28日，楚老的弟弟泽涵告诉我，他父亲说过，你伯母以前是第三国际远东情报局在上海的负责人，是伯父的上级。"

现在好像还没有史料能够确认罗稷南夫妇是中共党员，我读到倪虹光先生文章《我的姑父罗稷南》说罗稷南在北京大学时就入党，不知以何所本。从陈焜先生的文章看，他们后来不是或者不再被承认是党员的可能性更高。倪琳没有工作，在家做家庭妇女，参加街道居民小组政治学习。这让我想起早年经常听说的葛佩琦，做了十多年地下工作，在国民党军队官拜少将，然而由于单线联系人失踪，归队后不被承认是党员，被分配到中国人民大学任教。葛佩琦之所以出名，是因为1957年被划为右派，后被判处无期徒刑。不过他的出狱有一些戏剧性：1975年释放最后一批国民党战犯时，他被当作战犯释放。20世纪80年代初，葛佩琦终于被平反。

陈焜先生1945年到上海投奔伯父，目睹他和许广平、周建人、郑振铎、马叙伦一起办《民主》杂志。"有一次我给我在成都的小学国文老师丁传愚写信提到他们，丁老师说他羡慕得不得了。他们都是中国的民主斗士，也都是他很尊敬的大学问家。'民主斗士'这个词我就是这样从丁老师那里第一次听到的。"那一段日子生活很清苦，进入20世纪50年代，"伯父有了大笔的稿费，生活条件也有了很大的改善，但是我总觉得伯父的处境和身份态度都有一种说不出来的奇怪。革命终于胜利了。但是，1949年的胜利好像完全不是那时轰轰烈烈的民主运动的继续而是另外一个时代的开始。当年挺身而出、慷慨陈词的民主斗士现在好像都不过只是一些需要当心不能说错话的局外人。那些'民主斗士'们现在被称为民主人士"。罗稷南私下里对陈焜先生表达了对潘汉年、杨帆案，对王元化等人被打成胡风分子的不以为然。潘汉年当年是中共和19路军谈判代表，罗稷南自然熟悉。倪琳的弟弟自20世纪30年代就从事地下工作,当时护送潘汉年出入中央苏区,因潘杨一案受牵连,后被调离上海市公安局。

或许就是因为对新时代的不适应和心中的这些困惑,早在20世纪20年代初就接受马克思主义,曾经多年是地下工作者、党的同路人的罗稷南才会发出"鲁迅活着会怎样"之问。在1957年夏天提出这样一个问题是需要很大勇气的,罗稷南很幸运,他并没有因此挨整,反而据说因为受到接见而免于被打成右派。不过到了"文革",他还是在劫难逃。据倪虹光文章记述:"'文革'刚开始,姑父就被戴上了'中国的爱伦堡'的帽子,被扫地出门,后来以七十岁的高龄被送到'五七'干校接受批斗和再教育。直到发现他身患癌症,才被批准回上海治病,此时他已经是肺癌晚期。"

罗稷南1971年逝世,享年七十三岁。

...

据说钱锺书曾经说过:"现在,许多青年读者看了我的小说《围城》,一定要看一看我是什么模样的。其实,你吃了鸡蛋,何必一定要看鸡呢?"年轻时我很赞同钱锺书先生,只关注鸡下的蛋,而不关注下蛋的鸡。如今我渐渐懂得,读作品自然是基本,了解作者却也同样重要。对作者的理解与对作品的理解是密不可分的,很多时候可提供一个新的视角,改变原有的理解。

1980年,我在北京大学听完陈焜先生的讲演,佩服得不得了,前些年在文章里曾经写过:"陈焜先生是南方人,身材不高,文质彬彬,说话吐字清晰,声音不大但是气息悠长。他的讲演和文章都是从文本分析开始,先把作品的一段翻译得很漂亮,说得很清楚,进而论及整个作品乃至作家与流派。"然而当时我就没有想过,陈焜先生有怎样的人生经历,何以对西方现代派文学产生兴趣?如今想来,这种问题意识的欠缺,或许使我当年对陈焜先生文章的理解是很浮于表面的,更多是对一种新知的兴奋。

读陈焜先生的文章最让我吃惊的是,他的父亲原来是早期中共烈士。陈绍韩(少航)是罗稷南(陈小航)之弟,任职于国民革命军第三军。(陈焜先生说是朱培德任军长时陈绍韩任师参谋长,而倪虹光先生说他是作战科上校作战参谋。)第三军源自滇军,首任军长朱培德是出自云南讲武堂的名将。1935年,陈绍韩在苏州被捕,陈焜先生听母亲讲,朱培德对她说,陈绍韩文武双全,人才难得,他要以身家性命相救。然而几天后朱培德就派人传话说不能救,并要她尽快带孩子离开苏州。不过朱培德当时在军中序列仅次于何应钦,历任参谋总长等要职,是否真出力营救似可存疑。陈绍韩不久被处死,此后据陈焜先生文:"我们家中没有挂一张父亲的照片,我们在生活中不能说到他,世界上好像从没有过他这个人,即使到1949年以后也是如此。1949年以后,伯父和我都没有要求过任何人承认我的父亲,也没有任何人对我们承认过他……父亲只是深深地留在我们心中不能触动的静默里。"

是的，几十年从来没有人告诉我，陈焜先生显然也不想让人知道他父亲是怎么死的。他不希冀烈士子弟这个光环，但是父亲的死、和伯父伯母在一起的生活还是深深影响着他。他上中学没有多久就参加反内战、争民主的学生运动，担任学生自治会主席。他上的麦伦中学是一家教会学校，20世纪50年代为纪念黄继光改名继光中学。这家学校的教会代表白约翰每每出面保护学生，拦住了想要进学校搜捕的军警，后来更立起了一块盖着上海警备司令部司令汤恩伯大印的牌子，写着"此系外人财产，国军一律不得侵犯"。

陈焜先生自幼热爱音乐，所以十七岁就参加文工团去北京，等于正式参加了革命。他考入北京大学西语系是几年后的事，应该是调干生吧。他曾在周扬主持的文科教材办公室工作，后随冯至先生到中国科学院哲学社会科学部外国文学研究所任学术秘书。陈焜先生说他"以不忘父亲志激励自己"，却从1959年"反右倾"斗争中就开始挨整，"文革"中自不待言。1976年粉碎"四人帮"后，陈焜先生曾被借调到《红旗》参与拨乱反正，担任文教组的实际负责人。

虽然"根红苗正"，"精明能干，理论修养、文字水平、分析概括能力和待人处世经验，均属一流"（据谭家健教授回忆），陈焜先生却能潜心于当时在国内尚属空白的现代西方文学研究，并成为这一领域的最早开拓者之一。这恐怕不仅仅因为他的学识、能力与努力，在相当程度上也许和他的独特家世与经历有关。古人云"功夫在诗外"，这句话是可以使用在很多方面的。我少年时听陈焜先生聊天，只是佩服他的才气,却全然不明白他文学上的认知与见识,多半是和一个人的阅历有关系的。文学中的荒诞性,往往需要经历生活中的荒谬与苦难才能够体会。

十年浩劫结束,人们从噩梦中醒来,从不同的角度开始思索:何以美好词语下可能隐藏着残酷,理想主义可能走向丑陋的收场?陈焜先生在2005年依然思考着这样的问题,他"不相信复杂的历史和现实可以简单明确地抽象成绝对正确的客观真理。瞎子摸象,只是瞎子以为自己的眼睛很明亮。但是,在我看来,在社会面临残酷的政治经济压迫而统治者又不肯加以调整的时候,激进的运动很容易变成一个社会可以改变现实的唯一选择。这样的运动即使后来不能成功但在当时也会非常容易成为正义高尚的事业。然而……激进运动由于本身人为的偏激性质非常容易按照自己不能控制的逻辑变得越来越激进,以致把激进变成目的而走向自己目标的反面……终于丧失了想象中的高尚和正义,变成了早已成为定论的浩劫"。

20世纪70年代末,卡夫卡、加缪、萨特等名字在精神上带给人们巨大冲击是其来有自的。我想陈焜先生当年是把他对现实的思索放在研究之中的。应该有不少人是通过陈焜先生的文章,第一次听说詹姆斯·乔伊斯、普鲁斯特、梅勒和索尔·贝娄这些名字的,我也是其中之一。1980年,他在北京大学讲演,朗读了他自己翻译的《尤利西斯》当中没有标点符号的一节,虽然是译文,却让人清晰地感受到文字中陌生而有些荒芜的美。

那时爱尔兰也好,美国也好,都是如此遥远,但是有些意象通过文字印入记忆,在某个意想不到的时刻出现。2013年最后一夜下起了大雪,我冒着雪去一位远郊的朋友家过年。新年的钟声响起后,雪也渐渐停了。深夜驱车回家,刚刚扫净的高速公路上几乎没有车。在一年的第一个时辰奔驰在白茫茫的夜与原野之间,过去的时光扑面而来,便成了诗句。

岁初雪夜归来路上口占

雪夜七十迈时速

在寂寥高速公路

想起乔伊斯"中部平原的雪"

收到七十个微信新年祝福

我们年轻时的梦

迷失在北京之雾

连癌病房里的歌声

都化作PM2.5

日坛公园晨练的老人

忽然齐声高唱《山楂树》

回忆是一种鸦片

当清醒是一种刻骨的痛楚

今夜芝加哥冰雪融化，湿漉漉的草地在路灯下闪着微光，风也变得柔和，不再寒冷刺骨，而是带给人几分温暖的希望。在这样的夜，能够在温暖的地下室里听音乐、读书、发呆，已是令人感恩的岁月静好，更何况在这里我有时还能写作。对我来说，写作是一次怀念，也是走进一个时空模糊世界的过程。能够有时出离此刻和身体所处的空间，未尝不是一种幸福，而且离得越远，往往越能透视时间的深度。

我穿过几行文字看见少年时的陈煜先生，在上海襄阳公园里和他的伯父一边散步，一边背诗。那是很美的诗句，他终生未忘：

柳絮池塘香入梦，梨花庭院冷侵衣。

时间的本相

2016年秋天，在一个晚餐会上偶然又遇见芝加哥大学的艾恺教授，十多年没有见，他已经七十多岁，看上去还是很健康，依旧是流利的中文滔滔不绝，不过我估计他已经不记得我是谁了。晚餐会本是社交活动，大家寒暄一阵，然后各自散去，并不会谈论什么文史，也没有几个人知道，艾恺教授可是一位著名的汉学家，在"40后"这一代里出类拔萃。他，硕士是在芝加哥大学读的，师从著名学者邹谠先生。邹谠先生是国民党元老邹鲁之子，专攻20世纪中国政治史，其名著是《美国在中国的失败（1941—1950）》。艾恺后来去哈佛大学读博士，导师是费正清和史华慈。他的博士研究方向是梁漱溟研究，博士论文后来成了他的成名作品，即梁漱溟传——《最后的儒家》。其时中国正在进行"文革"，艾恺教授在书成出版前没有能够见到梁漱溟先生，直到1980年才有机会见到传主本人并做了若干次采访。这些采访又沉睡了四分之一世纪才由梁漱溟之子梁培宽先生整理结集出版，书名是《这个世界会好吗?》。

在21世纪，梁漱溟因为已经完全成为传说而更多一重神秘色彩，人们更加向往前贤，却期望文章写得浅显。梁漱溟暮年和艾恺的对谈相当畅销，其实也不足为奇，更何况书中不乏对人与事的直白评价，不乏诸多其与政治文化名人的交往经历。

我对梁漱溟素无研究，《东西文化及其哲学》中的观点我不大同意，不过我以为梁先生并不是一个简单的学问中人，更多是一位社会活动家。他早年参加同盟会，在《民国报》任记者，又由于舅父张耀曾任司法总长的关系，入司法部任机要秘书。1917年，因为《究元决疑论》连载，他得到蔡元培赏识，被破格录用到北京大学任哲学讲习。

《这个世界会好吗？》里有另一段因《究元决疑论》结下的缘分，梁漱溟谈到一生中影响他的人时说："林先生是我很佩服的，在思想上，乃至为人都是我很恭敬、很佩服，也是对我有影响的一个人……他名字叫林志钧，号叫宰平，他是福建人。"实际上这位林志钧先生（1879—1960），字宰平，福建闽侯人，与沈钧儒同为癸卯科举人，辛亥前留学日本，曾任职北洋政府司法部，后为清华研究院导师。他虽然身后名声不彰，在民国初年却是极有清望的诗人、学者，为尚志学会审定译著丛书，张中行先生说："他是致力于西学的，不料对于中国旧学竟这样精通。"梁启超对他十分倚重，委托他负责自己文稿的整理。梁启超去世后，林志钧编辑刊印了梁氏全集《饮冰室合集》。他又擅长书法，王国维自沉于昆明湖两年后，清华研究院为其立碑，陈寅恪先生撰写的《王观堂先生纪念碑铭》,就是由林志钧亲笔书丹的。

林志钧渐渐被湮没遗忘的部分原因在于留下的著述不多,虽然大部分诗文收入《北云集》,但流布不广,今日知者无几。他被人提起,更多是由于品格、提携后进而受到尊敬与怀念。梁漱溟在去世前不久专门写了一篇《怀念林宰平先生》:"民国六年西南护国军倒袁之后,法统恢复,我在司法部任职秘书,宰平先生特嘱部中参事余君绍宋居间致意介绍,是即我得以奉教于先生之始。先生年长于我十四岁,学识渊博,顾乃留意及于小子,盖见到我所为《究元决疑论》一文(刊出于《东方杂志》),侈谈古今东西学术,独崇佛法,而欣赏之也。"

让梁漱溟感激的是林志钧身为前辈学者却主动通过朋友联系并且来看望他,和他讨论学问。两人四十多年的友情就此开始,梁漱溟见证了林志钧对其他后学的关怀奖掖,他们当中有熊十力、沈从文、金岳霖、张中行、吴小如等著名学人,分野迥异,年龄不同。熊十力先生是民国时的哲学大家,所著《新唯识论》在20世纪中国哲学史上相当重要,虽然能识者寥寥。梁漱溟介绍熊十力认识林志钧,熊十力曾经回忆三人论学的情景:"余与宰平及梁漱溟同寓旧京,无有暌违三日不相晤者。每晤,宰平辄诘难横生,余亦纵横酬对,时或啸声出户外。漱溟则默然寡言,间解纷难,片言扼要。"

沈从文1923年到北平,在北京大学旁听,成为北漂文学青年。他在《晨报副刊》署名休芸芸的散文《遥夜》得到林志钧的激赏:"芸芸君听说是个学生,这一种学生生活,经他很曲折地深刻地撰写出来——《遥夜》全文俱佳——实在能够感动人。"当林志钧了解到沈从文并不是大学生,而只是寄寓沙滩附近,生活无着的北漂青年时,就专门托人约他到家里长谈,推荐他去熊希龄主办的香山慈幼院担任图书管理员,并且介绍他进入北平的文学界,沈从文因此得以安身立命。终其一生,除了他的小学老师以外,沈从文只称呼林志钧为"老师"。

金岳霖先生的评价更高:"林宰平先生是一个了不起的中国读书人,我认为他是一个我唯一遇见的儒者或儒人。他非常之和蔼可亲,我虽然见过他严峻,可从来没有见过恶言厉色……我的《论道》那本书印出后,石沉大海。唯一表示意见的是宰平先生。他不赞成,认为中国哲学不是旧瓶,更无须洋酒,更不是一个形式逻辑体系。他自己当然没有说,可是按照他的生活看待,他仍然是一个极力要成为一个新时代的儒家。"

张中行先生在《负暄琐话》中专有一节回忆:"林先生不只饱学,而且是多才多艺。他通晓中国旧学的各个方面,诗文书画,尤其哲学,造诣都很深。他不轻易写作,但是由他传世的星星点点的作品看,比如《稼轩词疏证序》,就会知道他不只精通词学,而且精通中国文学和中国学术思想……我的印象,最突出的是温和。我认识的许多饱学前辈,为人正直、治学谨严的不少,像林先生那样温和的却不多见。不要说对长者和同辈,就是接待后学,也总是深藏若虚,春风化雨。"

张中行是在1947年认识林志钧的，第二年林先生要回南方，应张中行之请写了一首诗："梁楚连天阔，江湖接海浮。故人相忆夜，风雨定何如？"《北云集》所收同年诗作亦云："三见李花开，频呼堕梦回。今春更惆怅，南去几时来？"由此或可推见，在世事变幻中何去何从，林志钧曾经颇为彷徨。张中行接着写道："出乎意外，两年多之后，1950年的晚秋，林先生又移居北京，住在东单以北。"林志钧晚年任国务院参事，1960年病逝，享年八十一岁。

∴

1974年，家兄从张畴先生学习声乐，我去旁听，张先生给学生上课十分着迷。不久，我知道了张先生是林庚先生的女婿，而林庚、冯沅君主编的《中国历代诗歌选》是我的启蒙书之一。由张先生和夫人、林庚长女林容先生介绍，我去过几次林庚先生家，还不知天高地厚地带着自己的格律诗习作求教，而林庚先生看得很仔细。林庚先生家住燕南园62号，邻居北京大学哲学系教授王宪钧先生恰好是我认识的另一位长者。我每次去北京大学，两家都去拜访。王先生专攻数理逻辑，那是我完全不明就里的学问。林庚先生的学问我又哪里懂，不过文学的专业门槛没有那么高，林庚先生又讲得非常好懂，每次听完他的话都有豁然开朗的感觉。我当时就知道，林庚先生是20世纪30年代的著名诗人，不迟于70年代末我就读过部分先生的诗作。林先生是新诗格律的提倡者，他注重诗歌音乐性和韵脚的主张我也很赞同，虽然我对他的诗没有太多印象。

20世纪70年代的燕南园很安静，秋天灰色的砖有点儿寥落。在我的记忆里，林、王两位先生都非常温和，所以不管什么季节去拜访，都有如沐春风的感觉。林庚先生更健谈一些，后来听说我上了北师大附中，就说我是他的小校友。我也是在那时听说林庚先生从北师大附中毕业后最先上的是清华大学物理系，而家兄1977年考入清华大学学物理，当时刚好是在校生。在"学好数理化，走遍天下都不怕"的1979年，林庚先生从物理系转中文系的范例对我是很好的鼓励。我还听说林庚先生家是书香世家，但是我并不知道林志钧，也不知道林庚先生是他的哲嗣。令人折服的是老一代知识分子的风范，那时对他们的学识其实所知无几。

我从十三四岁到青年时代，陆陆续续通读了当时坊间找得到的中国文学史，有：刘大杰的《中国文学发展史》，读过不止一遍；游国恩等人的《中国文学史》是大学教科书，写得平稳周正，我却不甚喜欢；郭绍虞的《中国文学批评史》，令人佩服，读后十分长知识，不过后来想想当时未必能读懂多少；北京大学中文系1955级集体编著的《中国文学史》，我也读了一遍，不久后结识杨天石先生，得知他也是其中作者之一。

在我自以为不必再读通史若干年后，偶然遇见林庚先生的《中国文学史》。与以前读过的那些几卷本的鸿篇巨制不同，林庚先生的著作不过一册，二十多万字而已。然而从他1947年写的自序开始,就极多珠玑:"文艺是领导人生的,但它并不就是幸福,然而我们的幸福能有其他的保证吗?我们愈是想保证幸福,幸福就常常离我们而去……愈想保证的,最后便必须放弃,因为那放弃是不可避免的,而且是创造必具的条件。伟大的文艺时代,常产生在我们失去保证的时候……"

林庚先生这部文学史凸显个人治史的长处:见解独特、个性突出。尤其难得的是,林庚先生是一位诗人,大学毕业那年就出版了第一部诗集。诗人写文学史,语言精练,文采斐然,而且作品点评十分到位。比如关于阮籍的《咏怀》之十七:

> 独坐空堂上,谁可与欢者?
> 出门临永路,不见行车马。
> 登高望九州,悠悠分旷野。
> 孤鸟西北飞,离兽东南下。
> 日暮思亲友,晤言用自写。

林庚先生的点评是:"起句何等的愤慨,结尾又何等的平静,这便是历来中国诗上所称谓的冲淡的境界。在这境界上,一切忧患都借着思想而有了无言的解说,因此才能在哀苦中领略那人生美好的一面。这是最平静的人生,便成为东方精神的特点。"

《中国文学史》自然是林庚先生的代表作,而商务印书馆出版的《中国新文学史略》，则是根据林庚先生1937年在北平师范大学的授课讲义整理而成的。我的一位同学的读后感是"全书的基调，我以为是沉郁，'文学革命的荣光遂渐渐被人忘记在革命的文学里……'"，令人佩服的是青年林庚对新文学把握之精准。在新文学还只有二十年，正在进行时中，诸相纷陈之际，林庚先生已然从史家的角度，梳理思潮与流派的演变、世事对文学的影响。

读中国文学史就可以看出林庚先生重视的是文学的独立性与生命力。如果说林志钧虽然推重西学，但是思想立场接近梁启超，还是介乎新旧之间的人物；那么林庚先生则推重对旧文化的扬弃与新文学的开放精神，对胡适整理国故不尽赞同，对学衡一派的保守略有批评。他更多是继承五四理念，对文学革命和20世纪30年代的"革命文学"有一个比较："当初文学革命的意思，是要使文学本身从替古圣贤人说话的'载道主义'下解放出来，使文学能够自由地独立起来，所以那可以说是一个解放运动。革命文学则是要使文学变为一种工具，要在一定的政策下写作，文学的创作是集团的而没有个人的，故也就不承认创作上的自由。所以二者的发展乃是两个极端。"不过林庚先生虽然长于辨析，臧否却十分谨慎。这或许也是继承乃父，林志钧毕生洁身自好，持论温和。他虽然和梁启超交谊很深，却没有加入进步党派，和现实政治保持距离。

2006年10月,林庚先生在九十七岁上无疾而终,驾鹤西去。听说讣闻,我写了一篇《走进燕南园的暮色》,说起初进北京大学时:"每天早晨都穿过燕南园。犹记得常看到身躯瘦弱、面貌清秀的朱光潜先生的背影,也曾几度邂逅林庚先生和住在隔壁的王宪钧先生并向他们问安。建于燕京大学创校之初的燕南园,自北京大学1952年迁入燕园,便有了'名教授未必住燕南园,住燕南园必是名教授'之说。马寅初老校长就曾住在这里,直到他因坚守己见被赶出北京大学。在我上大学时,还有不少老先生住在那里。他们那一代学人的学问与教养,当时已令人向往;而他们经历的坎坷起落,更令人感叹。"

林庚先生二十三岁就留校任教,二十七岁就当上了教授,先后在厦门大学、燕京大学和北京大学任教过。1980年我入北京大学历史系,林庚先生已经不再给中文系本科生上课,先生讲诗,那时已经是北京大学的一个传说。我无缘听到林先生的课,便去旁听他的弟子袁行霈先生的课。依稀记得袁行霈先生讲的是张元干的词,神采飞扬,引人入胜。袁行霈先生曾经长期担任林庚先生的助手,治学风格也是继承林先生。有意思的是,我曾经读过当代学者谢泳先生的一篇文章,回顾林庚先生1958年在北京大学被批判的情况:"1950年到北京大学后,他先后完成了《中国文学简史》(上卷)、《诗人李白》以及《盛唐气象》……林庚成为批判对象,主要是由于他在中国文学史研究中对'士'传统的过分推崇……袁行霈认为林庚中国文学史研究受到当时人们的重视,主要原因是'1956年以来,资产阶级思想逐渐抬头,自由平等、个性解放等反动口号一时叫得很响。林先生的著作遇到了适宜的气候,顿时身份百倍'。"林庚先生暂停著述,转而主编《中国历代诗歌选》,谨言慎行,也就相对平安地度过20世纪60年代前半期。

"文革"开始后,林庚先生自然成为北京大学"反动学术权威"中的一员,不过人数众多,他也没有显得特别突出。虽然只是我的推测,不过依常理度之,像林庚先生这样为人谦和,遇事隐忍,自奉颇严的学者,大约和周围的人相处友好,不易招嫉树敌;他又世情通透,懂得多言贾祸的道理,所以有幸没有受太多迫害。

"文革"后期的1973年,林庚先生被征召进北京大学、清华大学两校写作组亦即著名的"梁效",与冯友兰、魏建功、周一良一起任顾问。"四人帮"被捕后,"梁效"立即被解散,其成员被隔离审查。此事后来被不少人认为是四位老先生的历史污点,舒芜还写过诗讥讽他们为"嵩山四皓"。据说林庚先生在任职"梁效"期间一直非常低调,在"文革"结束后一直不为参加"梁效"事辩白。大约与这种态度有关吧,林庚先生没有因"梁效"出风头,"文革"后经审查很快被"宽大处理",后来也很少有人因此而批评他。毕竟在"文革"中被征召参加写作组是不可以拒绝的,而参加后积极表现邀功与否,则显示出人与人的不同。

2009年秋天,我回北京时去探望林容先生,她送我一本林庚先生晚年诗集《空间的驰想》,是清华大学出版社出版的先生墨宝线装影印本,精致典雅。

　　时间仿佛是个魔术的零
　　一个不存在的存在
　　……
　　零既是终止又是开始
　　这是点的启示
　　万象浮沉于消逝
　　回归瞬间的掠影
　　……

　　九十岁的手迹自然显出年龄,让我感动的却是手记旁的一行自注:"独有过去积案如山,露出时间的本相来。"

　　我眼前忽然浮现遥远的1976年秋天,那一年有太多的死亡,还有地震,令人有天翻地覆的感觉。张畤先生和林容先生喜得贵子的消息,仿佛一束明亮的光,带来对一个新时代的期望。

　　四十年的过去可真是"积案如山",虽然我不知道过去的一切有多少是我们曾经期望的。无论如何,生活已经发生巨大的改变。当字幕打出2017年11月,场景从东城区的一个小四合院转换到玉渊潭南路上一家餐厅包间,已经年过不惑的著名钢琴家张佳林和我喝着红酒,聊着红尘。我们这次没有提起他的外祖父，我更从来不曾问过林宰平先生的事情。在一个匆忙的时代，饭局也往往是匆忙的。看着佳林骑小黄车的背影消失在夜色里，我也转身走进冬季的寒风中。上一次和他说起林庚先生好像还是在世纪之初，在一个地下酒吧里喝着啤酒，我很坚定地告诉他："你的诗写得比姥爷棒多了。"

　　林庚先生只有两位女公子，按我们的传统说法，林家这一支到这里就断了。不过我有一种感觉，虽然是完全不同的方向乃至风格，但我觉得佳林还是在相当程度上继承了外祖父的。优秀本应是可以遗传与继承的，但是在风云变幻的20世纪，这样的事情很少发生，往往由于家族灾难或者教育断裂而毁灭。林庚先生和他的父亲都能够高寿善终，就已是很不容易的事情。

　　一个家族的传承与变迁，多少折射出一个世纪的沧海桑田，或者说露出时间的本相。

关于《浮想录》的浮想

夜不能寐，遂起而读书。当代著名历史学家陈旭麓的《浮想录》还真没有仔细读过。这一本书是陈先生的长女林林寄来的，先母把它放在卧室书柜一个显眼的地方。陈旭麓先生是他那一代史学家中成就最突出者之一，其近代史研究的"新陈代谢论"、对社会史的重视，都是开风气之先，对后学有着重大影响的。包括他的"出中世纪"说法在内，"文革"后的一系列著作，以这本《浮想录》收官，不乏对几十年来的近代史方法论与观点的突破。大约正因为如此，在同时代人大多数被遗忘的如今，陈先生的名字在史学界依然经常被人提起与敬仰。

《浮想录》收录陈先生1977年到1988年随手记下的笔记，共六百九十五则，每则少至一行，多不过两三百字。谈不上有任何系统性内容也没有进入细节层面，但正因为随意，反倒有直抒胸臆的真实性和时不时让人眼前一亮的思想闪现。

一边读着书，一边看着窗外的天空渐渐亮起来。这种体验倒也不常有，在清晨的寂静中，过往似乎分外空明。我读过一些关于陈先生的追思文章，对他的学问大多是高山仰止。我自己去年也写过一篇《一片冰心在玉壶》，记述陈先生与父母的交谊，以及对我的教诲与关爱。陈先生于我是很亲切的存在，唯其如此，反而不会仰视。

《浮想录》中颇多警句，姑举一二：

> 只顾写历史的逻辑，不问逻辑是否合乎历史，所以历史书多公式化。

> 中国以往的历史，多为朝代递嬗，很少显示出阶段性来，与其说是历史的进步，不如说是时代长流的绵延。

真知灼见之多，久已为识者称道，然而在我看来，《浮想录》的另一价值是展示了陈先生"文革"后思想解放时期的心路历程。陈先生和先父一样，不仅仅膺奉，更是革命史学的重要构建者，他们共同主编的《中国新民主革命通史》，长期被用来作为高校教材。在《浮想录》记录的头几年的笔记里，可以看到陈先生还沿用着不少革命史学的概念与词语，虽然有很多新的思考与批判。到晚年，他更多用其作为史学家自己的话语叙述与方法论，虽然他并没有任何理论批评的企图也对之不感兴趣。

我在另一篇文章里提到坐一辆平板三轮上班的金岳霖先生，是民国时期卓然有成的哲学家，历任北京大学和清华大学的哲学系主任。20世纪50年代,他努力扬弃和改造自己,入党、写批判文章,试图赶上时代步伐。读金岳霖先生的批判文章,大抵可知经过知识分子的思想改造,他已经能够娴熟地运用革命语言。金岳霖先生的文章,不论是自我批判还是批判别人,都是站在被改造的角度,以反躬自省为主,在在露出诚惶诚恐的底色。

如果说金岳霖先生是被动地去适应,陈先生则是真诚地信奉、主动地参与新道统的建立。生于1918年的陈先生较金岳霖先生晚了一代,他早年读私塾,后入长沙孔道国学专科学校,旧学根底极好,读大夏大学历史系时就撰写了中学课本《本国史》,崭露头角。虽然在战乱流离中,陈先生还是二十多岁就当上副教授,而立之年就是圣约翰大学教授。华东师范大学1951年建校后,陈先生参与校务,曾任工会主席、副教务长兼历史系副主任。

20世纪50年代中,陈先生在繁忙的教学任务和行政事务之余还勤奋著述,写出中华人民共和国成立后第一部关于辛亥革命的专著和关于宋教仁等的多篇开拓性文章。两代人的差别在此凸显:虽然是民国时期的青年知识分子,虽然并不是从解放区出来的红色知识分子,但在陈先生的文字里,看不到旧时代遗留下的心理包袱。他的文章,从一开始就有着建立新时代学术的自觉。他着力于提出自己的观点,或者用比较学术的话语说,接受并参与构筑新的范式,很少自我批判,也不多批判别人。在1966年之前,陈先生已经著述颇丰,被认为是一位很有才华的中年史学家。

陈先生和先父李新于1956年在教育部高校教材编写会议上相识，看法接近，一见如故，开始了长达三十余年的友情。

先父和孙思白、彭明、王真诸先生从1956年开始编写高校教科书《中国新民主革命通史》，第一卷于1958年完成，由于当时的形势而被认为是右倾，在审评会议上被批判。"反右倾"刚刚过去不久，许多学术权威已经倒下，北京大学中文系有由学生集体创作中国文学史的壮举。有赖时任高教部部长杨献珍的包容，先父凭自己的善辩使第一卷得以审评过关。在这次会议上，陈先生和复旦大学的蔡尚思先生仗义执言，因此父亲在会后邀请他们加盟主编，1959年到北京一起编书。

民国时期"中央"研究院以历史语言研究所声名最高，中华人民共和国成立后中国科学院哲学社会科学部（简称学部）组建历史一所和历史三所，分别由郭沫若、范文澜担任所长，后改名为历史研究所和近代史研究所，成为史学界最权威的机构。近代史研究所位于东厂胡同1号，原来是清末重臣荣禄的府邸。院子里的八角亭，本是荣禄会客的地方，被范文澜批准的多半是外省调来的《中国新民主革命通史》的编写人员在这里工作与居住。于是后来这一干人有了一个"八角亭学派"的名声。所谓"八角亭学派"，在我看来似乎更多出于友情，而不是基于特定的学术共识。五位主编都恪守当时史学界的意识形态范式，他们编的书也布满时代的烙印。如果说有共识，大概就是他们还坚持历史著作必须求真这一点吧。其实主编本来还应该包括北京师范大学的王真先生，但是因为他被打成右派，只好除名，先父对此深感遗憾。

无论何时，中国终究是一个人情社会。"八角亭学派"在编书组解散后运动频仍的十多年里，坚持了友情的同盟，没有背叛、构陷，已殊属不易，这是没有经历过那个年代的人或许难以体会的。生于1905年的蔡先生无论年龄与资历都长了半辈，后来与其他人交往就少了些。孙、陈、彭和先父四人年龄比较接近，又都喜欢写诗，此后一直过从颇多。1972年，父亲受命主编《中华民国史》，很快就将已经回到山东大学多年的孙思白先生调回北京。

父亲也曾经想请陈先生进京，无奈陈先生中年丧偶，独力照顾五个孩子，无法离开。这样的境况影响了他最后的十多年，导致他晚年境遇并不顺利。不过，没有参与《中华民国史》这样的大项目，陈先生有更多时间独自思考与写作，也许在某种意义上反而成就了他在史学思想上的突破。

陈先生在20世纪70年代初被借调到复旦大学历史系主编"中国近代史丛书"，因而成为当时上海市委写作组下面的外围组织"近代史组"负责人之一。"四人帮"倒台后，他回到华东师范大学，因此事被继续审查多年，以至于从"文革"前就是研究生导师，"文革"后又指导了七届研究生的陈先生，直到逝世时竟然还未被评为博士生导师。

在高度政治化的时代，观点的接近与否直接影响友谊乃至亲情，如今回想其实是很令人悲哀的。即便在十年浩劫严峻险恶的气氛里，陈先生和先父母仍然推心置腹，可以想象他们彼此的信任和思想的相通。他们当年究竟谈过些什么，如今已无人知晓。我手头已经没有他们当年的书信往来，不过我知道为数并不多，而且即使有，也多半不会去谈当时的敏感话题。历史上有很多时刻，不见得能够找到文字记录，当时发生的事情，随着当事人的去世而烟消云散。后人所能做的，只有依据常识去推断与重建。

进入20世纪70年代，尤其是"批林批孔"开始以后，父母在朋友和孩子面前并不掩饰他们对极左路线的反感，关于时事的忧虑。他们也会当着我的面，议论朋友的政治倾向。在我的印象里，他们对身在"四人帮"严密控制的上海的陈先生很惦念，并且从不认为他会同流合污，相反他们一直称许陈先生是个有思想、有学问的人。

· · ·

我小时候住的中国人民大学的宿舍，是知识分子集结的地方。我一记事，前段祺瑞执政府的灰楼、白楼就前前后后贴满红色的革命标语。半个世纪后回首当年，依然是一幅错综复杂的图景：哥特式建筑的旁边，是面目呆板仿苏联建筑的红砖宿舍楼，夹杂着残存的耳房、厢房。中国人民大学的老教授虽然大多党龄极长，但生长在民国时期，而且往往历史复杂。他们虽然很革命，但在1966年都成了反动学术权威，陷入平生最大困境。曾经是金日成老师的尚钺先生1926年入党，后来因为被捕、出狱后被考察又失联种种，到1945年才重新入党。他以提出"魏晋封建论"成为著名马克思主义史学家。罗髫渔先生更是1925年入党，长期潜伏，当过少将也当过四川大学教授，曾经是中共四川地下党最后一任工委书记的传奇人物。

我小时候跟随父亲见过尚钺先生和罗髫渔先生多次，他们当时都已六十多岁，都是鹤发长身、侃侃而谈的长者。后来我才明白尚钺先生的历史分期论在史学界一直不受待见，罗先生从西南军政委员会委员到中国人民大学来任教多半是出于避祸的无奈。中国人民大学更广为人知的两位教授是胡华先生和戴逸先生。胡华先生的《中国革命史》是我上大一时的教科书，一看头就大，但是他为人敦厚风流，口碑很好，可见人品很重要。戴逸先生是著名清史专家，但很少有人知道罗髫渔先生被调到中国人民大学后，从事的也是清史研究。

他们和父亲一样，都高度自觉地遵循马克思主义史学。我少年时读过的若干中国通史、断代史、中国文学史、中国哲学史和世界通史，都是20世纪五六十年代出版的，读着读着很多概念就潜移默化进去了。在中国人民大学宿舍时，我读了不少辑《红旗飘飘》，后来到中国社会科学院宿舍，长大了一点，开始喜欢读《文史资料选辑》，从第一辑到第五十五辑读了一大半，杜聿明、沈醉等人的回忆材料读了好几遍。

　　永安南里的住户和铁狮子胡同1号的住户明显不同，虽然为数不多，但是当时这里住着几位大知识分子，如俞平伯、吕叔湘、冯至、瞿同祖和众多来自民国时期所谓"旧知识分子"。他们的日常语言和举止做派，都像是从文史资料里走出来的。尤其是1965年才回国的瞿同祖先生，大概一直没有真正融入，我刚见到他时颇有见到外星来客的感觉。

　　若以学问功底论，自然是这些一直在书斋里的老先生深厚一些。张遵骝先生能够把恩格斯、斯大林一些不为人熟知的原话信手拈来，让父亲瞠目结舌。

　　一个有意思的史实是，金岳霖先生晚年并没有回到他自己手创的哲学体系，而是保持"觉今是而昨非"的态度。吕叔湘先生、冯至先生各自回归本行研究，俞平伯先生和瞿同祖先生则放弃著述。

　　经过十年浩劫后，深刻反思、努力著述的更多是党内知识分子。陈旭麓先生1949年前就是同路人，1953年入党。"在生命的最后十年中，先生在学术研究方面，重点是以新陈代谢的旨趣，致力于中国近代社会变迁的研究……他由现实反思历史，孜孜探求中华民族的未来去路。"（熊月之《陈旭麓先生的一生》）

　　这本书的后一半，收录了陈先生的诗词。其中有一首赠先父的五律，大约作于1960年。

　　　　北来追骥尾，一载聆琴音。

风月垂清宇，诗文展素心。

举杯嫌日浅，阅世感知深。

春夏乘佳兴，桨声过柳荫。

几年前在我的日记本里，发现陈先生手书的一首七律，这里没有收入，不知道他的集子里有没有。这首七律的尾联，竟是以"浮想如潮"开始，用在这篇小文的结束，真是再合适不过了！

六月十五日傍晚由沪飞京，兼柬李、孙、彭同志

（注：指李新、孙思白、彭明）

飞穿雨雾入青暝，天上霞光放晚晴。

此去文章原有债，未来史简岂无凭。

风驰仿佛闻帝语，云幻依稀恋友情。

浮想如潮人似水，华灯百万已京城。

大木仓胡同树影依然
——王小波逝世二十周年纪念

2017年4月11日是王小波去世二十周年忌日，2006年的这一天我曾写过一篇《回忆早年的王小波》，当时觉得九年已经很久远，没想到一转眼又过去了十一年。他的同龄人在渐渐老去，就连比他小八岁多的我都奔六了。时间把过往封存进历史，而叙述历史最重要的是真实与平静。曾经发生的事情其实已无声无息，在微信里收到四十多年前在教育部大院老树下青葱少年的照片——大约1968年一群教育部大院十四五岁子弟的合照。时光流逝，朋友告诉我，那棵据说有三百年的树依然健在。然而如今人已不再，无论生者还是死者，只有树影依旧。

二十年来，有关王小波的评论、分析、回忆汗牛充栋。我本不想再写，前些天因为上一篇文章收入即将由生活·读书·新知三联书店出版的拙文小集，责任编辑要我找两张王小波的照片做插图，我只好求助于两代世交，同时又和小波是同一个大院长大的好友胡贝。胡贝二话不说，一会儿就给我发过来两张从未发表过的照片。我看着照片里小波那么年轻，还有熟悉的字迹，忽然有了想要写几句的感觉与愿望。

我想，比我有资格写王小波的大有人在：他的家人、他的朋友、他的编辑与文字知音。我一直记得黎澍先生在《忆田家英》里的话："尽管我们思想、兴趣都很一致，谈话常常不知东方之既白，但我依然感觉对他所知不多，未敢谬托知己，妄加评论。"这是黎澍先生在田家英去世二十年后写的，其实他和田家英是同事加朋友，在运动频仍、人与人彼此戒备的年代还在一起议论国事，交往非同一般，然而还这么讲，足见其作为历史学家的谨慎。

我因为年龄的差距，少年时只有偶尔听小波侃的份儿。我上大学不久就去留学，与原先的世界骤然隔绝。20世纪80年代初还没有电脑也没有互联网，国际电话昂贵到轻易不敢打，中国也没有很开放。除了手写的书信，鲜有其他联系方式，去国离乡日久后，就渐渐和大半以前熟悉的亲友没了联系。所以我从青年时起和小波不曾来往，只是从家人那里听到他的消息。不过他的小说在那里、他的思想在杂文里、他的经历也不复杂，并不需要我的赘述。

1985年秋天，母亲在信里告诉我小波的父亲王方名伯伯突然去世。父亲1994年是这样写的："1985年是抗战胜利的四十周年。我们这些从'九一八'以后就为抗日救亡而奔走奋斗的一代人，这时都已经老了……1985年9月3日下午，就在人民大会堂开盛大的纪念会并向全国直播现场情况的时候，王方名面对着电视机，在床上靠着被子与世长辞了！当时，他家中无人，孩子们不在，夫人也到人民大会堂开会去了。他独自一人在收看纪念会的实况。我想，他此时一定有很深的感触。"

因为小波，王方名（以下为行文方便略去尊称）也渐为人知。我看到国内学者智效民发表文章纪念王方名去世三十周年，内容多半来自我父亲的回忆《我的好友王方名》。父亲和王方名从1934年在川东师范学堂（现西南大学前身）同学到1985年，相交整整半个世纪。他们在1935年共同创办学生团体"众志学会"时，父亲十七岁、王方名十九岁，他们共同的"老大哥"和指路人是二十四岁的李成之，后改名李直，其子是著名小说家李锐。同年一二·九运动爆发，父亲当选重庆学联主席，王方名是实际上的秘书长，而且他擅四六骈文，文采飞扬，各种宣言文章多出其手。1937年他们又一起从万县去延安，在陕北公学再一次做同学。后来父亲去太行山，王方名去山东，从此失去联系。

1953年，父亲在中国人民大学负责教务工作，在一次座谈会上见到附属工农速成中学代表发言，赫然就是王方名。父亲大为惊讶，当即写了一张纸条约他到家里。王方名来到家里后，忍不住大哭一场。原来他在"三反"运动时响应号召提意见，招致他人不满。"恰在此时，四川转来了王方名家乡农会揭露他父亲恶霸地主的罪行材料，并附有王方名给他父亲的信，因此控告王方名包庇地主家庭……高教部领导一见这些材料，不分青红皂白，就把王方名当作阶级异己分子，开除党籍。"于是他从教育部政治教育专员被分配到中国人民大学附属中学当老师。这一年王小波出生，取名就隐含了人生遭遇波折之意。

父亲在文中没有明确讲王方名之父的结局,据我的记忆应该是被镇压了,但是具体情况我并不知道。祖父和父亲的遭遇,在小波和王家兄弟姐妹的心中留下怎样的隐痛无法估量,这也是那一代里许多人的命运。

父亲后来帮助王方名调入中国人民大学哲学系逻辑学教研室任教,他发表文章反对逻辑的阶级性、强调形式逻辑的重要性,引起了领导同志的注意,接见并设便宴请持同样意见的周谷城和他。这次宴请后,王方名的处境大为改善,与许多人相比还算幸运。但"文革"一来,他也在劫难逃,所有文稿和资料都散失了。

∴

大木仓胡同东口在西单北大街上,对面就是西单商场。南面是稻香村,北面几步路就是22路公共汽车站,旁边有一家湖南饭馆,当年是北京很少见的炖狗肉的餐厅。从东口进胡同走不远,胡同就往右折,过几户人家再左转向西。过二龙路中学,往前走一点儿就到了35号教育部大院。继续走一段,大木仓胡同第二次左转向南,路西是邮电医院,路东是师大女附中。

教育部大院曾经是清朝的郑王府,据说是北京四大凶宅之一。王小波就是在这里长大的,另外一个居住于此的名人是汪国真。我虽然不迷信,不过他们两位确实享寿不永。

去年早春一个晴朗冷冽的上午，我坐地铁去了西单。从地铁出来，十字路口已经不可辨认。仔细看一下方位，原来我站在东北角，1979年这里是一道长长的墙，人称西单墙。如今是一片宽阔的广场，有警察站岗。三十多年的光阴，北京从一个第三世界国家的首都进化成一个世界都市，几乎没有留下一点儿旧痕。

大木仓胡同，自然也是完全认不出来了。路南是一个时尚的购物中心，在里面看到许多熟悉的美国品牌。小时候觉得蛮远的路，如今走来不过几分钟而已。岁月的流逝也是如此，觉得很长，其实过得很快。大木仓胡同35号的大门还在那里，教育部已经搬走，现在挂着一块中国教育发展基金会的牌子。当年的平房院子已经盖了楼，我熟悉的地方似乎都已风景不再。我走进院子里，想要寻找那棵古树。不到一分钟，不知从哪里忽然走出一个保安，告诉我这个大院不许闲人进入。我向他解释，可是小伙子根本不听，只是坚决地摇着头请我出去。于是我在阔别四十年后，无缘再走到树下。

从我记事起，就经常见到王伯伯、宋华阿姨和他们的孩子们。两家直到"文革"结束前，来往还相当密切，可以说是患难之交，倒是"文革"结束后，两家子女各忙各的，渐行渐远。我十六岁以前的记忆里，去的次数最多的地方就是大木仓胡同35号。这是因为在教育部大院里有父母的两家好朋友：王方名是一家，另一家是胡沙叔叔（以下为行文方便略去尊称）。胡沙是父亲的同事也是朋友，比父亲年轻九岁，我由此明白要称呼比父亲年长者为伯伯、年轻者为叔叔。父

107

亲主持中国人民大学教务部工作时，胡沙任部秘书，十分能干，几年后被调高教部升任高教二司副司长，后曾任驻联合国教科文组织大使。他是一个很好学的人，虽然正规教育好像连中学都没有上过，却自学了几门外语。虽然肤色略黑，看上去却很有风度，尤其是抽雪茄或烟斗时的样子。

当年郑王府里的一个个院落真是很大，西面拆了盖楼、修操场，但是进门往北的院子至少到20世纪80年代初还保持着原样。一个四合院有几十间房子，胡沙家住西南角三间西厢房，王方名家住东南角两间南屋和隔着两步路的一间东厢房。小波就住在这间单独的东厢房，他的哥哥小平在门头沟煤矿、弟弟晨光在北京卷烟厂，都不常回来，这间屋就成了小波和他的朋友们的据点。每一次进去都是烟雾弥漫，不过晨光从卷烟厂里带回来的没有商标的烟，大多像凤凰牌香烟一样，有一股巧克力的香味。

父母那一代每家有三五个孩子是平常事：王家五个、胡家三个、我家四个都属于正常范围，因为大多年龄相仿，所以从小就在一起玩。其中只有我一个"60后"，我来到这个世界属于意外，比别家最小的还小五岁。这一年龄差距，让我更多时候是大人和大孩子们的听众与看客。幸好我能够背诵不少古诗词，从《各国概况》里记住了世界各国的面积、首都和国家元首的名字，还记住了1946年至1949年被歼灭的国民党军队编制番号和军师长的名字，因此被认为是一个聪明孩子；也许更重要的是我从小棋牌类游戏一玩就会，无师自通，虽然水准不高但是一般足够和大人或者大孩子一起玩儿，因而总能混进去。"文革"中没有其他娱乐，无论大人小孩都下棋打牌。20世纪70年代中，胡沙叔叔常驻巴黎回来后，喜欢打桥牌，我时常上他家的牌桌。

不打牌的时候，我会到小波屋里听他和他的朋友们神侃，看看有什么书可借或者交换。小波在《我的师承》里说过："我们年轻时都知道，想要读好文字就要去读译著，因为最好的作者在搞翻译。"不只文字，我们的思想与审美，也多半来自译著。我们的局限与残缺，也往往是由于能够读到的舶来资源断片或偏颇。在我1975年的日记里，还有去教育部大院听贝多芬《英雄》《命运》交响乐黑胶的记载。

我想小波话里的另一层意思是，我们没有从父辈那里师承什么。小波是五个孩子里的老四，本来多子女家庭到后面父母就根本顾不过来，何况王方名不管家里和孩子的事，宋华工作素来积极，所以他从1966年初一到1978年考上大学，十二年来没有教育，没有师承。幸运的是，家里多少有点儿书，亲友同学之间也有各种书传阅，其中好看的大多是译著。这些译著既是启蒙，更提供了审视与反思的支点与角度。

父亲在回忆文章中提到王方名晚年与子女之间的分歧，从他的角度折射出两代人之间的张力。事实上，我们当中很多人是在对父辈的批判中成长的。虽然人到中年以后，多了些"同情之了解"，但并不意味着师承。在断裂发生后的一片荒漠里，几乎不存在所谓"家学"或者传承。

父亲和王方名的一生，从小城热血青年成长为知识分子，历经各种变动、颠簸，同时也是他们那一代人不断审视、反思乃至回归的过程。至于能走到哪一步，全看个人的悟性、造化与寿数，而且在这个分歧的时代，并不存在一个判断标准。

有时候，父子之间的张力是一种必然。所以那时我对父亲的龙门阵不以为然，却偶尔会爱听王方名伯伯天马行空的讲述。艰难岁月比杀猪刀锋利许多，对人的精神摧残并不因际遇的改善而成为过去。我觉得他还很有想象力，说话非常跳跃。记不清是我还是家兄，把这种思路的飘忽不定称为"精神飘逸症"，父亲听了很感慨，后来把这个词也写进了回忆录中。

近年来，不断有认识的人死去，挽联都写过许多副，又经历了父母的过世，听到讣告也就不会有太多的震惊了。这也是人之常情：随着年龄的增长，对死亡的发生逐渐习惯、接受与麻木，这与二十年前有很大的不同。1997年4月13日晚九时许，作家顾晓阳从洛杉矶来电话，告诉我小波走了。电话打得并不长，因为我们都有点儿说不出话来。我记得晓阳说了好几次"我靠！"，这本来就是"50后""60后"北京人的口头禅，但是那天晚上频率之高，大约是情绪激动的一种表达吧。晓阳是中国人民大学中文系78级的，和王小波同级不同系。由于母亲都在中国人民大学工作，又都和我家是世交而熟悉。晓阳也是从小就写小说，不过风格和王小波完全不同。他熟知北京胡同里的各种词语，是电影《不见不散》的编剧。他还是当下罕见的能写文言文的作家，有一系列近于《世说新语》的故事，时不时发表在《财新周刊》上。

那年夏天出差回国，家兄告诉我，小波去世前两个星期，他偶然在路上遇见小波，觉得他脸色不太好，还问了一句"你最近身体好吧？"，小波回答说还行。家兄后来回忆起当时觉得他嘴唇颜色有一点儿深，可是没多想，哪知道人一下子就没了，那次偶遇竟是他最后一次见到小波。

小波是我们从小一起长大的同代人里第一个走的。他在世时已经得到联合报文学奖，杂文也很受欢迎，骤然辞世后声名鹊起。纪念文集编撰时，似乎编辑曾经向家兄约稿，不过家兄是闲云野鹤、述而不作之人，又不愿曝光与热闹，所以没有答应。我也觉得写悼亡文章是最不可以应命而作的，所以当时不曾动笔，只是读了一些他的作品，也算是内心一种沉默的悼念吧。

更想不到的是，第二年晨光在底特律遇劫被杀。晨光的死我是过了一段时间才知道的，感觉比小波去世还让我震惊难过。案发不久，我在一次活动上遇见中国驻芝加哥总领事馆侨务组长丁领事，因为案件就发生在离我开车四个多小时的地方，是中国驻芝加哥总领事馆的管区，丁领事一直在参与处理。那天晚上他给我讲了一下经过，当然没有说名字，我自然也不会问。

一想到宋华阿姨连失二子，真是写不出一个字。过了八年后，我才写了第一篇文章，最后一句是"愿小波和晨光在天之灵安息"。

胡贝是胡沙叔叔次子，"文革"中不到十六岁，身体看上去还没发育完全，就去"广阔天地，大有作为"了。几年后，他当了兵，但是身材一直瘦小。听说他军事方面相当优秀，是教官级别的，不过"文革"结束后他还是复员回到了北京。他是一个很爱琢磨、动手能力很强的人，后来几乎无师自通地成了一个据说在业内颇有名气的电影摄影师。

胡贝和小波一样，是看着我长大的兄长。我留学前两日，亲友在台基厂淞沪餐厅（现在的松鹤楼）为我饯行，开怀畅饮之后，大家站起来告别，胡贝不见了。找了半天，才发现他在大圆桌底下酣睡。那年的3月29日，我离开北京，负笈扶桑，从此开始异乡人的旅程，这既是选择，也是命运。母亲教导过我：凡事都有代价。我后来到了美国，才明白母亲从小上教会学校，不知不觉观念上受到不少影响，相信"没有免费的午餐"这个简单的道理。年轻时那么渴望远游，去看外面的世界，并没有意识到远游的代价：过去从此中断，老去时即使想回归重续，也早已沧海桑田。

再一次看到胡贝，是在电影《洗澡》中，他演一个角色，赤裸着瘦削的上半身泡在澡堂里。我们真正见面已经是2015年，那天晚上的饭局有许多人，我们紧紧拥抱了一下，然后喝了许多酒。回到芝加哥，我口占了一首五绝：

一别三十载，回首已半生。

金城如此树，旧忆入琴声。

这些年和晓阳见面的频率要高一些，20世纪从中国到日本再到美国，轨迹相似，虽然不在一个城市。去年我们在一家京味餐馆见面，豆汁、卤煮配着自带的澳大利亚红酒，是一种很奇妙的组合，倒也很符合北京的氛围。3月的黄昏还是料峭的感觉，我们边走边聊，我忽然想起20世纪80年代在东京也曾是这样。那次他因为熬夜眼圈发黑，如今他久居京城，看上去很像一个老炮儿。我印象最深的是2011年去通州看他，距离上一次相见，中间横亘着十三年，我们对望了几秒后，晓阳大叫一声："我靠，人生毫无意义啊！"

写作的意义又是什么呢？我曾经说："对于我，文字从来是给自己的。年纪越长，我越不想赋予文字价值。今天我已不会再像二十年前那样写道：'世事蒸腾成腐草，文章寂寞对江山。'以前把文字看作生命的一部分，不肯投稿，其实也是看得很重、敝帚自珍的矫情。把写作仅当成自娱还并不容易，不在乎文字是否有人读，什么人读或怎么读就更难了。我也是近年才能在心境，而非仅在认识上把握'何处是尘埃'。"所谓意义，其有无与理解永远因人而异。在我看来，写作的意义对于小波是描写荒诞，而死亡何尝不是人生最无奈的荒诞，在他还不到四十五岁、正是年华最好时悄然袭来。

我很喜欢《日瓦戈医生》的尾声："又过了五年或十年，

一个宁静的夏天傍晚,戈尔东和杜多罗夫又聚在一起,坐在高楼敞开的窗口前,俯视着在暮色渐渐变浓中的辽阔无垠的莫斯科……莫斯科在他们脚下的远方,这座作者出生的城市,他的一半遭遇都发生在这里。现在,他们觉得莫斯科不是发生这类遭遇的地点,而是长篇故事中的一个主角。今晚,他们手中握着著作集已经走近故事的结尾。"当然真实与小说有很大不同,《日瓦戈医生》出版后帕斯捷尔纳克遭遇厄运,不出数年便郁郁而终。我们没有握着小波的著作,而是怀念一位一起长大的朋友。我们这一代的故事也还没有走近结尾,前路未知,岁月漫漫。

历史的温度

友人在国内云游，寄来一张照片，是先父题写的一首诗的手迹："红楼凝碧血，黄鹤绕青松。英雄垂不朽，休唱大江东。"这首诗我以前读过，但是这幅手迹还是第一次见到。也是从友人的照片，我才第一次知道，原来这首诗是父亲题赠武汉辛亥革命武昌起义纪念馆的。1981年10月，辛亥革命七十周年时这一纪念馆开馆，父亲时为中国现代史学会会长，前来祝贺参观，写了这首诗。

武汉辛亥革命武昌起义纪念馆馆址为中华民国军政府鄂军都督府旧址，也称武昌起义军政府旧址，是全国重点文物保护单位，位于湖北省武汉市武昌区阅马场广场北端，西邻黄鹤楼，北倚蛇山，南面首义广场，占地面积一万八千多平方米，建筑面积近一万平方米。因旧址红墙红瓦，武汉人称之为红楼。红楼原为清朝政府设立的湖北咨议局局址，于1910年（清宣统二年）建成。1911年（农历辛亥年）10月10日武昌起义爆发，次日在此组建中华民国军政府鄂军都督府，推举湖北新军协统黎元洪为都督，宣告废除清朝宣统年

115

号，建立中华民国。随即，辛亥革命领袖之一黄兴赶赴武昌，出任革命军战时总司令，领导抗击南下清军的阳夏保卫战。武昌起义是民国发轫之举，红楼因此被尊为"民国之门"。

先父本非学者，十七岁就读川东师范学堂期间，参与一二·九运动任重庆学联主席，第二年因此被开除，遂率若干朋友、同学步行北上，去了延安。转战延安多年后，他参与创办中国人民大学，历任教务部副部长、党委副书记等职。先父20世纪50年代开始从行政转向学术，成果之一是帮助中国人民大学校长吴玉章撰写《辛亥革命回忆录》，从20世纪70年代开始主编的《中华民国史》，更是与辛亥革命有关。

虽然是半路出家，但父亲还是相信历史学是有一分材料说一分话的，他最反感的是那些挥舞着理论大棒批判别人的所谓学者。由于重视史料，童年时我家里到处堆满了还是用复写纸复印的辛亥革命史料。不过我后来学历史不见得与此有关，与历史的缘分倒是从破坏这些复印的史料开始的。1966年被抄家时，这些复印件一地狼藉，抄家结束后放到一个屋角，堆了有一米高。这些复印件是双面纸，质地良好，父亲忙着写检查自我批判，我就拿这些纸翻过来用没有字的一面画小人骑马。画了好几年，一直画到识字后，能大致明白这些史料的内容了。

少年时的这些辛亥革命史料和五十五辑《文史资料选辑》是最有趣的阅读记忆之一。其中激动人心的，莫过于那些从事暗杀、组织起事的热血同盟会员；令人难忘的，莫过于"秋风秋雨愁煞人"这样的诗句。我当年最崇敬的是喻培伦，他生于四川内江富商之家，留学日本，专攻化学，加入同盟会后专事研制炸药，有"炸弹大王"的美名。他曾经和汪精卫、黄复生一起策划暗杀摄政王载沣，事败后汪、黄被捕，他被通缉，亡命香港。第二年参加广州黄花岗起义为先锋队，胸前挂一筐炸弹，率川籍同盟会员攻入总督府。后战败被俘，不屈而死，被列为黄花岗七十二烈士之首。

革命浪漫的记忆就这样不知不觉地种下，每代人中的少数，可以也应该自省与批判，同时更必须意识到，一个时代的刻痕是无法消除的。从攻占巴士底狱到成立湖北军政府，武力革命和烈士精神一直受到推崇。我从小阅读的历史书，不乏浪漫描述和定性结论。我们在耳濡目染之下，接受了许多或正面或反面的历史人物形象，他们在意识或者潜意识层面构成了我们关于好坏、是非判断基准的一部分。然而下一代人未必能够理解前人的基准，我试图给一个小辈讲喻培伦的故事，他瞪大了眼睛："他是不是个恐怖分子啊？"

∵

历史越进入细节越错综复杂，人物是多面的、经常变化的；事件是多元的、充满偶然的。事后回过头分析，自然可以看出种种因果联系、多元合力的作用等等，但是因为如何就必然如何这样一种必然性判断，往往离历史真相更远。

"历史是成功者的历史"的一层意思是，成功者在未成功时的历史作用往往被夸大，当时的时势及其影响往往被忽略。武昌起义的胜利，通常被认为是革命党前赴后继的结果。这样的说法自然也没有错，然而此前几年历次起义都很快以失败告终，尤其是黄花岗一役，同盟会精英损失惨重，元气大伤，陷入低潮。当时的几位领袖谁也没有预料到半年之后会爆发革命。

在同盟会无力再策划的情况下，两湖地区革命党人自己成立的共进会与文学社自行准备武装起义。时四川保路运动风起云涌，清末名臣端方9月初受命署理四川总督，率领湖北新军主力西入四川。武汉空虚，刘公、蒋翊武、孙武等人成立总指挥部，计划与湖南长沙焦达峰在10月16日同步行动。10月9日孙武不慎被炸伤暴露，总指挥部被破坏，领导人或被杀或出逃。第二天全城戒严，开始搜捕。在恐怖气氛中群龙无首的革命党人自发起义，熊秉坤、蔡济民等几个班排长指挥三千士兵和军校学生，连夜攻克总督府和第八镇（师）司令部。第二天把躲在朋友家床底下的协统（旅长）黎元洪请出来，逼着他当了军政府的都督。

多少次精心运筹都没有成功，这一场仓促混乱的行动却在一夜之间告捷。这里面有时势的变化，也有运气的成分。时任湖广总督瑞澂色厉内荏、举措失当，在逮捕副总指挥刘复基后，当夜就把他和彭楚藩等处死，次日晨悬首示众，意在恐吓，反而激起兵变。当满城枪声响起，这位颇有政声的满族大臣被吓得失魂落魄，从总督府后花园墙上挖洞逃上军舰。另外还有一种传说：他是听了太太廖克玉的话后弃守而逃的，后来宋教仁曾经赞誉廖克玉是"民国西施"云云。

父亲在20世纪60年代初担任范文澜的副手编写《中国通史》，他的史学观自然深受其影响；我却在荒诞的年代画着古代将军、旗袍美女长大，对历史不免有不同的理解。学历史，尤其是留学以后，和父亲谈起近现代史，看法往往有很多分歧，开始还时有争论，后来干脆避而不谈。他往生之后，我渐渐在自己身上看到越来越多他的影子，倒也就明白看清历史，就如同看清一个人一样，只有尽可能摒除先入为主的判断与教条，努力接近人与事本身所在的时空，才能够多几分了解。我在父亲去世后，才领悟到世代与经历的不同，很多时候直接导致历史观和历史感觉的差异。父亲不仅是一个历史学者，更是一个历史的参与者。他的视角与关注、视野与识见，和他的生平际遇似乎关联还是很紧密的。

他在回忆录里提到我的祖父曾经参加同盟会和保路运动，虽然语焉不详。他从三十岁追随吴玉章，至其去世共十八年，对年长四十岁的吴老不仅尊敬而且感戴。事实上，吴老对父亲十分信任。不仅托付他整理、著述回忆录，而且在紧急关头指点父亲逃脱被划为右派的命运。父亲在《"反右"亲历记》里感叹如果没有吴老，他和他的一家都难免灭顶之灾。

吴玉章是同盟会元老、四川同盟会负责人，喻培伦就是他介绍入会的。广州起义失败后，他潜回四川，参加保路运动。9月7日，四川总督赵尔丰开枪镇压酿成"成都血案"，激发"保路同志军"的成立与武力反抗。吴玉章在家乡荣县领导起义，宣布独立，后被誉为辛亥革命先声。他之所以能够具有这样的号召力,部分是因为他加入了袍哥会,在四川江湖上也有着崇高地位。

吴玉章也是很早就加入了共产党,成为"延安五老"之一的同盟会元老,毕生革命激进。但是读父亲的回忆录,可以看到吴老世情练达、进退有度的一面,从而理解他何以历经风雨飘摇而善终。

我依稀记得东四六条39号的院子,那是一个不大的四合院,门厅窄小幽暗。穿过第二重门进到北屋,屋顶很高,房间有些阴凉,一个瘦小清癯的老人坐在太师椅上,已经站不起来了,但是目光依然炯炯有神。那一年我五岁多,所以有时候我不清楚有多少是真实的记忆,有多少是想象的场景。

吴老在1966年12月12日去世,享年八十八岁,是他的同代人里最高寿者之一。他晚年在急风暴雨中谨言慎行,很少发表自己的意见,从不针砭时事人物。因此他留下的文字大多是官样文章。在任中国人民大学校长的十余年里,他从不整人,而是尽力保护部下。他不仅保护了父亲,也曾经试图保护谢韬、林希翎,虽然没有成功,但是二人都深为感念。吴老甚至未能保护自己的外孙女婿免于被打成右派,他虽然没有说什么,但是父亲曾经从一旁看出他见到外孙女时的内心隐痛。

吴老自奉节俭,这是父亲以他为道德楷模的原因之一,也一直仿效他。吴老去世后,儿媳蔡乐毅女士带着四个孙女孙儿,艰难度过"文革"。我儿时经常见到蔡阿姨,眼中时有哀怨忧伤。她本是沪上大家闺秀,大学校花,却青年丧夫,独自抚养孩子长大。

父亲进入辛亥革命史研究领域，是继承了吴老的治学精神，革命叙事自然是主要的表达方式。我小时候接触的历史书，大多强调革命党人领导发动辛亥革命的伟大功绩。慈禧太后由于镇压戊戌变法，被认为是保守反动，立宪派则是动摇软弱等等。长大以后，才知道历史没有那么简单，人物也不能那么脸谱化。慈禧太后为了维护自己的统治，既可以在1898年杀死戊戌六君子，也可以在20世纪之初重开新政，预备立宪。由此而生的立宪运动，逐渐成为政治主流。

　　在1911年开始时，全国各省大都成立了咨议局，虽然没有实际权力，但是立宪派在这里已经掌握了话语权，向君主立宪转变已经成为朝野共识、大势所趋。争执在于，摄政王统领的清朝贵族不愿让出权力，而地方官民多半要求加速转制。双方对立虽然尖锐，但是前者并没有多少危机感，只是力图拖延；后者也没有革命的念头，而是在几年的时间里，通过多次请愿，并在多省地方政府支持下，争取早日召开国会。在两方博弈构成政治主要部分的这几年，革命党人星星点点的起义行动虽然悲壮英勇、可歌可泣，但是在当时并没有产生撼动清政府的影响。

　　然而，5月成立的责任内阁，本应是通往1913年召开国会、正式立宪的重要一步，成员却是以皇族为主，满人几乎占了三分之二，还不如军机处时代满汉各占一半。"皇族内阁"引发的全国咨议局联合抗议，却被置之不理，导致地方立宪派痛心疾首,与朝廷离心离德。

我从少年时就接触到有关保路运动的资料,"破约保路"诉求与革命无关,领导者是四川省咨议局议长蒲殿俊、副议长罗纶。一场原本温和的请愿,因为被弹压而走向激进,成为革命蔓延的催化剂。

历史的诡异之处在于,辛亥革命的成功并非全是因为革命党人忽然变得强大,清朝失去了立宪派的支持也助推了革命走向成功。1906年开始的立宪运动,五年后到了一个确定如何分享权力的关键时刻,地方士绅阶级期待与呼吁早日立宪之声高涨。然而"皇族内阁"的成立,凸显了清政府保守专权、警惕汉人、缺乏诚意的一面,令立宪派人士大失所望。川汉、粤汉铁路国有化更是直接损害民间利益,诱发保路风潮。在士绅阶级的支持大半流失的情况下,武昌起义就像一根导火索,在全国范围内引起连环爆炸。在熊熊烈火中,本应支持朝廷,成为地方中坚力量的各省咨议局乃至军政要员咸与维新,纷纷独立。立宪派倒向革命,堪称清朝覆亡的关键。然而革命成功并不意味着立宪运动的失败,民国初年,立宪派和革命党一度竞争合作,欲建议会政治。然而枪杆子里面出政权,不到两年袁世凯就开始独裁,立宪运动与革命实质上是一起夭折的。

* * * * *

我从未到过武汉,无从领略黄鹤楼的风光、大江东去的气象，也无从揣度父亲三十五年前在红楼题诗时的心境。他早年革命，中年写革命史，晚年治民国史，其间思想的发展变化，并未直接写出。我所知道的仅仅是，在他逝世不久后的纪念座谈会上，家兄谈到父亲20世纪70年代末曾经写过一篇短文《革命、改良、改革》。当时改良和历史上的改良派还是一个贬义词，在十年浩劫后，父亲对革命这个词语的内涵产生了新的思考，提出革命未必都好，改良不是全糟，改革是个介乎革命与改良之间的好词。

大概也受吴老的影响吧，父亲在公开场合和文章里相当谨慎。这其实并不符合他的性格，他本是一个很爱摆龙门阵，用北京话说"很能侃"的人。我有时候也有满嘴跑火车的一面，大概也是遗传吧。当年我更多的是急切地批判，火气也更大，对父亲很不理解。他去世四年以后，回忆录《流逝的岁月》出版，读后回想往事，才明白每一代人各有自己对世情的洞察、处事的智慧和见识的局限。

据父亲回忆，早在20世纪50年代末编写《中国新民主革命通史》时，他就主张"论从史出"，反对"以论代史"。这是一种很含蓄的说法，曲折表达书写历史真相的愿望。时值彭德怀被打入"反党集团"不久，父亲采取倒叙手法，省去人名写彭德怀、黄公略发动的平江起义，自谓"用心良苦"。

1985年，父亲在《历史研究》发表《论抗日战争》纪念抗日战争胜利四十周年，提出"凡是对抗战做出贡献的人员都是有功的，凡是为抗战而牺牲的都是革命烈士"。据他1996年在北京大学讲座时说："我在四川讲，全场大鼓掌。

抗战时当时四川出了三十万军队，四百万壮丁……在抗战中牺牲的人该有多少！但这些人的家属没有被当作烈士家属，相反有的被当作反革命家属"。

在1995年的抗日战争胜利五十周年座谈会上，父亲发言表示："纪念抗战不应违反历史真实，当年的歌曲、绘画、电影都应保持原貌。"这是由于当时有电影把反法西斯"四巨头"罗斯福、丘吉尔、斯大林和蒋介石里的蒋介石换掉了。另外，几乎很少有人知道《大刀进行曲》原来的歌词：

> 大刀向鬼子们的头上砍去！
> 29军的弟兄们！
> 抗战的一天来到了，
> 抗战的一天来到了！
> 前面有东北的义勇军，
> 后面有全国的老百姓，
> 咱们29军不是孤军……

（这首歌是作曲家麦新1937年8月8日为歌颂当时用刀杀日军的第29军大刀队而作）

在日益开放多元的今天，往事虽已盖棺，却不必定论。世代递嬗、感受与方法的变迁，会改变许多历史的温度与叙述。在我看来，无论何时何地，重要的还是一份试图理解和进入逝去年代的真诚与执着。

历史的容颜

今天是父亲去世十三周年忌日,我是从来不给父母过生日或忌日的,忽然想起来,也许是因为近来不知不觉回忆父母的频率更高,也许是因为"从哪里来,到哪里去"是人生永远悬在头上的一个问题。明年9月15日即阴历8月11日就是父亲的百岁冥诞,他1918年出生在四川省荣昌县,一个名叫李家沟的村庄,我在照片上见过,背山傍水,看上去风水很不错。荣昌是一个小县,唯一有点名气的是荣昌猪,据说是世界八大优良品种之一。这一点我以前不知道,否则当年调侃父亲时早就拿来说事了。我只知道李家祖先籍贯陇西,南宋时迁到湖南郴州,张献忠屠川后,"湖广填四川"来到李家沟。据此我曾经很认真地和父亲讲:原来我们不是纯汉人,是杂种啊!

新时代的我们,对祖先缺乏敬畏。在我看来,缺乏敬畏也不仅仅是由于从小习惯了"和尚打伞,无法无天"的鼓动,也是因为我们的长辈往往表现出不那么令人敬重的一面。至于后来一点一点恢复的祖先崇拜、国学浪潮等等,或者出于缺什么想什么，或者出于实际目的。

父亲自幼失怙、少年丧兄，一路从小村庄到镇上、到重庆，再步行去延安、去华北、进北京，再远官场、近学术、修历史，晚年和身后被称为著名学者。不过父亲是很有自知之明的，他毕生遗憾之一，就是不到十八岁即因为在一二·九运动中任重庆学联主席被川东师范学堂开除，未能完成学业。虽然在党内他一直被认为是知识分子，但是他自称是"半路出家"，十分尊敬毕生从事学问的学者，如钱锺书、瞿同祖、邓广铭等老先生。

有时会有旧友新朋说"家学渊源"一类褒语，这当然是客气话，但我总是老老实实地回答说"根本谈不上"。不要说我本来就没什么家学，在十年浩劫那样的年代，就算是有家学的人家，也绝大多数断了代。我在本应打下一些童子功的年龄，不得已辍学在家，小学、初中基本都没上。虽然玩得痛快，但是全无系统的基础教育。周围文史哲学者的子女在那时也多半教育中断，"文革"后即使考上大学，继承上一代学业的也十分罕见。

有时朋友问："小时候你在家是不是父母教你啊？"父亲在"文革"里一直挨批斗，母亲身体不好，他们大半时间都无暇管我，更不要说教我了。记忆里，只有大概1967年的一段日子，父亲在家写检查、自我批判、外调材料等等，休息时会给我讲故事或者念《三国演义》的小人书。以前曾经说过，我识字就是通过背诵《三国演义》小人书学会的。

幸或不幸，我由于营养不良，估计是严重缺钙，两岁多才会走路，一直不太会跑步。腿脚的不利索，导致在大院里很少有人带我玩，辍学在家更使我几乎没有小伙伴。我别无选择，只好到处找书看，用来解闷了。我童年、少年学到的知识都是碎片化的，学习的过程有一搭、无一搭，没有章法可言。唯一的好处是因没有接受任何有系统的灌输，有时候，混乱的阅读可能歪打正着地契合混乱的人生与错综的历史。

∴

"面包会有的，牛奶也会有的，一切都会有的……"小时候经常自言自语这句话，尤其是早上去崇文门大街路东春明食品店排队，买当天烤的新鲜面包没买到的时候。春明食品店的前身是民国时的法国面包房。后来改名解放食品店，"文革"时又改名春明。大约是由于门牌号，母亲一直称这家店为23号面包房，据说是京城老一代人心中最好的面包房。我从小比较有耐心，在食品匮乏的年代又特别馋，时不时不惮早起排队去买面包。在开门前的熹微晨光里，队伍就从崇文门大街上的店门口排进了旁边的麻线胡同里。

23号面包房的顾客有一多半是日常生活比较洋化的各界人士。当年见到最打眼的，莫过于梅葆玖先生。我第一次见到他时，正好刚刚读过梅兰芳的《舞台生活四十年》不久，一望而知他是梅兰芳的后人——在一片蓝灰色制服海洋里，翩翩然尘世公子。去年蒙李少春先生的女公子和她夫婿请客，我忽然想起当年在23号面包房门口，母亲告诉我前面隔两个人站着排队的就是李少春。

大约有一半时候会白排了半天队，只好买义利面包作为替代，用《列宁在1918》自我安慰。因为里面有一小段《天鹅湖》，《列宁在1918》我看过好几次。当时能大段背诵这部电影台词的大有人在，它和《列宁在十月》一起建构了几代人关于俄国革命的历史图景。如今我们知道，这两部电影是20世纪30年代"大清洗"之后在斯大林亲自关怀下拍摄的故事片，而不是历史本身。在1918年俄国国内战争中指挥红军的是托洛茨基，布哈林自然不是叛徒，而是列宁十分欣赏的理论家、宣传家，格鲁吉亚人的上升是之后的事情，就连女刺客卡普兰也是来自曾经的战友社会革命党人。

革命不是请客吃饭，苏维埃政权的巩固，来自内战的胜利与对一切反革命的严厉镇压。后者的成功，端赖契卡（全俄肃反委员会俄文缩写的音译）的成立与捷尔任斯基。《列宁在1918》里的捷尔任斯基，看上去很有风度，声音尤其好听，后来我才知道，那是孙道临的配音。

捷尔任斯基出身波兰贵族，弱冠之年背叛家庭，参与革命，青年时就成为波兰王国和立陶宛社会民主党负责人之一。他终生是职业革命家，四十岁之前六次被捕，在监狱里度过十一年。1917年二月革命发生后才被释放，到了年底就被任命为新成立的契卡主席。他意志坚定，极为自律，对敌人毫不手软，最后的沙皇尼古拉二世全家就是被契卡秘密处死的，著名的"红色恐怖"也是他领导实施的。广义的"红色恐怖"贯穿苏联整个内战时期,被契卡处决的人有十几万。但捷尔任斯基同时还是改善儿童生活委员会主席,在全国范围领导救助因战争流离失所的儿童。

家里有苏联著名小说家雷巴科夫的《短剑》《青铜鸟》,我识字不久就磕磕绊绊地读,后来又读过好几遍,神秘的短剑和宝藏自然吸引少年的想象力。《短剑》里的契卡叔叔和捷尔任斯基一样是好人,然而20世纪70年代初批判"苏修"的书籍和新闻越来越多,克格勃成为一个负面的词。《赫鲁晓夫回忆录》一出版就在北京的知识文化界迅速流传,实际效果与出版意图恰恰相反,是20世纪60年代以来大多数"供内部参考批判"书籍经历的颇具讽刺意义的命运。

虽然没有家学,幸运的是家里还有些书,而且还能借到更多的书。《第四十一》的电影我到现在也没有看过,但是大约在1974年就读了到现在也未必有多少人读过的小说原著。红军与白军、女人与男人、爱情与政治、孤岛与死亡,这部小说的张力与冲突简直让人喘不过气来。不过更具有颠覆性的,是家里书柜最深处用一张旧报纸包起来的《日瓦戈医生》节译本。我至今不知道是谁翻译的,译文当时读来美得让人悲伤不已,那种感觉是后来两个全译本都不曾带来的。拉拉的女性美与决然、日瓦戈的思索与诗意,在动荡年代如此无力而令人心碎,却又一直在怀念中流传下来,飘荡在20世纪50年代莫斯科夜晚的灯光里。

...

如果说走进文学需要某种天生的喜欢，那么能否接近历史则主要取决于读的是什么书。我见到过不少人，他们与历史的第一次亲密接触无外乎中学、大学的教科书，死记硬背、应付考试，然后就再也不想去看了。直到中年以后，他们有了些生活经历的沉淀，忽然对历史产生兴趣，在前些年往往成为二月河或者《明朝那些事儿》的拥趸。

我在上高中文科班的那一年，为了高考，根据历史教科书做了两大本笔记，按照可能的题目，列出大要点、小要点，做完以后得到老师的赞许，从此老师默许我历史课不用听课，这样我上历史课时可以很坦然地读茨威格。高考一结束，那两本笔记从此被束之高阁，后来好像给了学弟。拜高中历史课之赐，大学第一学期的中国现代史一听就似曾相识，于是我就旷了一学期的课。

好在我在复习高考之前，从来没有读过高中历史课本。父亲在文史资料委员会兼过职，因此"文革"以前出版过的五十五辑《文史资料选辑》家里大约有一半，还有一些各省出版的文史资料选辑。《文史资料选辑》里边的文章大多是民国人物写的。与之相似的是《红旗飘飘》，大都是老红军自己写或者秘书代笔的革命回忆录。《红旗飘飘》一共出版了多少册我不知道，但是家里至少有七八本。

这两种书都算得上是我的识字课本，好多字就是读它们认识的。两种书里的世界截然不同，恰好让我在小时候就有机会看到时代的多样性。长大以后,我很自然地在看完甲方陈述后,就会想看乙方描写。所谓独立思考与分析的基本前提就是,不仅仅阅读单方面的记载。历史也好,当下也好,首先是一个接受什么样信息的问题。各种"粉"的产生,多半是出于信息的单向性,兼听则明,偏听则粉。

由于文化水准、执笔者等不同,《文史资料选辑》相对好看得多。杜聿明、宋希濂的回忆自不待言,尤其长见识又有趣的是关于四川袍哥、上海青洪帮等的记述。历史在我而言,首先是故事,是丰富变幻的生活本身。历史是具体的,即使布满尘埃,也有它自己的容颜;即使沉默不语,也收藏着自己的喜怒哀乐。历史不是自然科学,不能用定理、定律解释归纳,那样很容易就以论代史,失之毫厘、差之千里;历史也不是能够简单定量分析的,把统计数据当作自然科学里的实验数据运用,往往是缺乏史料分析的,同样容易一不小心就错出好几条街去。

不过小时候看不到多少有关俄国革命的历史,克伦斯基、二月革命还是从电影上听来的,究竟是怎么回事,书上找不到详细的记载。1949年到1966年出版的外国文学作品,至少有一半是苏联的。从"40后"到"60后",多半都是读着苏联小说成长的,他们的历史认知、他们的文风都深受其影响。其中有三部名著是直接描写内战的:《夏伯阳》(《恰巴耶夫》)、《铁流》和《毁灭》,自然红军是英雄,经过严峻艰苦的战斗与牺牲取得胜利。这三部小说里,我印象最深的是《毁灭》,我读的是鲁迅先生的译本,感觉中文读起来相当硬拗。后来我到日本留学，才明白原来鲁迅先生翻译的是日文版，语序词句之间不免有日语的影子。

少年时，我根本不知道俄罗斯文学史上有过一个"白银时代"，帕斯捷尔纳克就属于那个时代。我只知道屠格涅夫、托尔斯泰，然后直接就跳到费定、法捷耶夫、爱伦堡了。19世纪俄罗斯文学倒是一直还在出版，罗亭和安德烈公爵的理想与心灵如此美好，完全不像中国地主，不是周扒皮就是刘文彩。但是这也就引发了一个朦胧的问题意识：为什么革命会把这些贵族消灭了？

....

20世纪80年代中期，看了一部关于尼古拉二世与亚历山德拉皇后的电影，俊男美女的悲惨结局令人唏嘘不已。其时我每星期在学校图书馆打三个半天的工，可以钻到地下书库里随便拿书上来。看了这部电影后，就去补了关于这段历史的课。有学术著作，也有八卦文章，如今记得清的，可能还是以八卦居多。那时我才第一次知道拉斯普亭：一个来路不明、相貌体格奇伟的东正教神秘主义者，一个能治皇太子的血友病、深受皇后信任还能迷倒众多宫廷贵妇的身具异禀之人。据说最后被暗杀时，他像美国大片里的怪物一样，半天都杀不死。所谓"国之将亡，必有妖孽"，看来古今中外都是一样的，不过罗曼诺夫王朝的覆灭与拉斯普亭究竟有多少关系似乎待考。就算他"宫廷乱政"，也至多是"败坏朝风",二月革命的发生有更多与更深层的原因。

历史在发生之后被追溯梳理,自然会有一些大的脉络与因果关系可寻,很多人称之为必然性。不过历史事件的发生是很具体的、意料之外的、不可预测的,即使是事后,也很难说因为如何就必定如何,大的变迁更是涉及方方面面。多元合力的作用,自然会"横看成岭侧成峰",从不同的层面与视角看到的风景不同。

在镇压1905年革命后,尼古拉二世终究不能无视改革的呼声,开启杜马,在与立宪派的角力之中任命斯托雷平担任首相,一面实施铁腕统治,一面进行土地改革。土地改革扶持了富农,却也使许多原本依附于村社的农民流离失所。这一改革虽然在经济上取得巨大成功,但其成果不久就毁于第一次世界大战之中。战争的胶着、前线的失利、民生的凋敝瓦解了王朝的统治力,最后一触即溃。

二月革命爆发后,群雄逐鹿,局势动荡。布尔什维克的俄语原意是"多数",源自1903年俄国社会民主工党在布鲁塞尔会议分裂成两派时布尔什维克是多数派。此后因为屡遭镇压和流放,布尔什维克成为少数派,在1917年也还是少数,然而"面包会有的"带给饥渴的人希望,列宁提出"和平、土地、面包"的口号,赢得了厌战士兵、失落农民的支持。他领导十月革命推翻临时政府,和德国缔结条约退出战争,解散立宪会议,然后通过内战和"新经济政策"下的重建巩固了苏维埃。

俄国革命是一个世纪前的事情,当时有谁想到这场突如其来的革命会深刻改变20世纪历史的进程？如今往事已远去,《列宁在1918》几乎不再被提起。在技术与信息充满日常生活的当下，历史仿佛速朽，然而民粹主义的复兴，再次提醒时间流动中的不确定性。

我合上书走出东北大学图书馆，路灯刚刚亮起。在1985年的秋天，一个学历史的大学生看见一段历史时，有一种豁然开朗的喜悦。然而那时他还不懂得，一个人的一生就是一段历史的亲历与见证；那时他更不懂得，人生轨迹从来是不可规划的；那时他以为做一个历史学者触手可及，却没有想到几年后渐行渐远，过上完全不同的生活。当时光流逝到可以回首往事，他终于领悟到：一个人的经历既构成历史，也引领他走近历史的容颜。

多少沧桑入画图

书架上有一本《林屋山民送米图卷子》，书名是胡适先生题的字，腰封上写着"谨以此书纪念胡适先生逝世四十周年"。这部书是2002年岳麓书社编订旧刻出版的，严格地讲，这是一部书画长卷的印刷版而不是一本书。原卷子曾经在1948年出版于风雨飘摇中的北平，只印了一百册，胡适先生亲自撰写的序言。

胡适先生的序开宗明义，介绍了这本书的由来："河南滑县暴方子先生名式昭，在六十多年前到苏州洞庭山里做角头司巡检。巡检是最小的官，很少有读书人做的。这位暴巡检可有点特别，他的祖父暴大儒是道光三十年（1850年）和俞樾同榜的进士，他自己也是个读书人。那时俞曲园正移家住在苏州，暴巡检常和他往来，因此得以认识当时在苏州的一些名士，如易宝甫、郑叔问诸先生。曲园集子里有他赠暴君的诗歌，又有《暴方子传》。暴家至今藏有曲园老人手札六十三件，可以想见当日两家往来之密。"

暴方子出身官宦人家，却无意应试科举，后因稻粱谋而为吏，被选派到江苏任巡检，是县令下面的九品基层官员。他在苏州洞庭山即林屋山任职五年，革除陋习，将当铺奉纳的保护费悉数捐给当地的慈善机构继善堂，不仅如此，他还用自己的俸禄帮助当地士子刻印诗文。

他不谙官场之道，虽然官小，却"好事，又好出主意"，被苏州知府认为"情性乖张，做事荒谬"。1890年冬，他被撤职，由于为官极其清廉，他无钱搬家，不过旬日就无米下锅。周围的百姓听说后纷纷自发送米送柴到他家。据暴方子自述："蔓延至八十余村，为户约七八千家。……一月之中，共收米百四石八斗，柴约十倍于米，他若鱼肉鸡鸭、糕酒果蔬之类，不可计数。"

这件事传开来以后，苏州著名诗人、画家秦敏树特意画成这幅《林屋山民送米图》并题诗。晚清朴学大家、俞平伯先生的曾祖俞樾时年已七十，在苏州建曲园，自号曲园居士，也为此作长歌，并为这部卷子作篆字题额。一时间江南著名文人墨客多题诗送画，除号称清代"四大词宗"之一的郑文焯赠《雪篷载米图》外，还有河南官宦世家马家第三代、时任职会典馆的马吉樟为其题诗。

暴方子将百姓送来的柴米等都捐赠继善堂，只带着自己的书、典当的质券和蒙赠的这些诗画回了老家。他回到滑县后生活似乎颇为清寒，以致需要再离乡求职。1894年甲午中日战争爆发，清末名臣、时任湖南巡抚吴大澂请缨出征朝鲜。暴方子北上求见，自荐入其幕府。吴大澂很赏识他，在他带来的卷子上题诗云：

> 遗爱遍山村，穷黎直道存。
> 官如能造福，民岂不知恩？
> 解组尘生釜，赍粮人叩门。
> 采风疆吏责，手撷到兰荪。

暴方子投笔从戎，大名鼎鼎的吴昌硕也同在吴大澂幕府中。军过榆关，他在卷子上题诗赠暴方子：

> 赠米浑如赠白云，忍饥还去逐鸥群。
> 他年踪迹重游到，山色湖光待使君。
>
> 貔貅十万取韩京，壮志逢君快请缨。
> 今日民心同感戴，壶浆箪食马头迎。

然而暴方子在终逢知遇后不到一年，就病死于军旅之间。暴方子去世后，俞樾亲撰《暴方子传》，记录他最后一段人生：

> 光绪二十年，倭事起，湘抚吴清卿中丞自请督师。方子喜曰："伟哉此举，吾愿从之。"谒中丞于津门。中丞，吴人也，见之大喜，拜疏言："臣前丁忧家居，即闻甪头巡检暴式昭，坚持节操，以不善

137

事上官被劾,深以为惜。请开复其官,交臣差遣。"得旨:"准留营差遣,俟有微劳,即行开复。"方子乃从中丞出山海关,奉檄至塞外买马,往返千里,不私一钱。中丞叹曰:"此人若为牧令,政绩必有可观矣。"其明年,感疾卒于关外,年仅三十余,闻者深惜之。

弥留之际,对他多有照应的是当时同在关外的吴大澂亲家、河南同乡袁世凯。同一年,吴大澂兵败辽宁海城被革职,一生功名到此为止;袁世凯则于甲午战败后被委派在天津小站练兵,北洋军由此而兴。

∴

这部《林屋山民送米图卷子》从此成为暴氏传家之宝,内容包括数十位一时俊彦的书画诗文。抗战期间,为避战乱损毁,曾经分别藏在墙中和地下。

1948年,暴方子之孙暴春霆在北京傅作义军中。虽然在战乱之中,他却想到要续缀长卷,并且付梓传世。他陆续请到胡适、朱光潜、冯友兰、俞平伯、朱自清、张东荪、陈垣、沈从文、黎锦熙、张大千等加题诗文,又请徐悲鸿重画因埋藏地下受损的《雪篷载米图》,然后印制百册,分赠题记诸公。胡适先生因而有序,且对这个卷子的价值独具只眼:

五十七年之后，方子先生的孙子春霆先生来看我，抱着这个送米图卷子来给我看。这卷子里有许多名家的手迹，当然都很可宝贵。但更可宝贵的还有三件：一件是洞庭山各村人民送柴米食物的清单，一件是上司训斥暴君的公文，一件是他亲笔钞存他自己答复上司的禀稿。这三件是中国民治生活史料。

《柴米簿》是秦敏树的外孙，后来成为沪上报人、端方幕僚的沈敬学抄录，将洞庭西山各村百姓自光绪十六年（1890年）十二月初十至翌年正月二十九日送给暴方子的柴米实物清单整理成篇。这是一份珍贵的史料，见证暴方子驻节地的民意。俞平伯在1948年的题记中指出，暴方子不仅清廉且晚年抗日颇具德行气节，有古人之风；而林屋山的百姓对一个被撤职的小官如此，也表现出古人才有的纯朴："方子先生之清德，在古之遗爱遗直间，晚与甲午战役，其出处大节，咸足以兴顽立懦，启无穷景行之思，斯诚然已。余窃维具区村氓，亦深异而慕之。巡检，微秩也，况乎被斥之巡检。乃竟馈之米薪，何哉？多深霖裹饭之情，是林屋山民亦古之民也。"

然而民众的这种心情表达，在苏州知府魁文农的训斥公文里变成地痞流氓敲诈老百姓要钱要米："太湖西山地方，有棍徒蔡剑门，手持竹梆，遍山敲击，向各户敛费，称欲保留用头司巡检暴式昭，以致人心煽惑，并向各户索米，为该巡检暴式昭用度情事。"

对此指控，暴方子亲笔答复抗辩："百姓追念畴昔，赠之柴米，坚辞犹然复来。念其远路，且公集难于瓜分，勉徇其意，遂尔收受。此等赃私，非愚者莫能致，亦非愚者莫能得也。种种不合，清议俱在。"

19世纪末的清朝，是所谓"吏治之坏，极于清季"之际。虽然此事震动江苏，暴方子得到民心，而且还得到许多地方名流的同情，却仍然改变不了被革职的命运。不过他大约也因此，虽然丢了官，却没有被查办。林屋山民送米的故事，只是成就了一个晚清廉吏的传说。暴方子这样一个在官场上微不足道的人物，事情发生时竟然引起如此大的轰动，最后不了了之，在某种意义上恰恰折射出当时官场的腐败。暴方子离开洞庭山二十年后，爆发了辛亥革命，不过几个月工夫宣统皇帝就被迫退位，袁世凯当上大总统。

胡适先生和其他多位民国名流再续长卷的1948年，国民党政权也是大厦将倾。在战场上节节败退的同时，贪腐也令国民党在后方大失人心。如今我们并不清楚暴春霆先生为什么在这时刻印这部卷子，但是胡适先生和另几位大学者的感言多少别有怀抱。

朱光潜先生和冯友兰先生在文章里都提到俞樾给暴方子信里的话。"百姓之讴歌，万不敌上官之考语。""这图的流传，也未尝不可予我们眼前的腐败贪污的政治以一个有力的讽刺。"张东荪先生也是读了俞樾在暴方子去官后的信，有很犀利的感慨："（俞樾）谓今之官场无是非可言，其时距清之亡不过十余年，然即此一语已足证清之必亡矣。窃尝读史,每当革命之起,其前必有一黑暗时期,无是非、无赏罚,固不仅贪婪无能而已。"在无战事的北平,他们都在一定程度上预感到了即将到来的革命。

· · ·

暴春霆刻印出版卷子不久,天翻地覆的变化发生了。在一个大时代,每个人有不同的选择,也有不同的命运。胡适先生不用讲,冯友兰先生、朱光潜先生也是广为人知的大学者,他们的后半生无须赘述。张东荪这个名字,如今可能有一大半人不知道了。这位曾经的燕京大学哲学系主任,不仅是著名知识分子,还是一位社会活动家。在1948年,他是傅作义与中共联系的重要的穿针引线人之一,对傅作义的投诚、北平得以免于战火多有助力。然而两年后他被打成"美国特务",从此自公众视野消失。他死于十年浩劫中的1973年,到20世纪90年代他的学术才重新被重视。

我在近年参与编辑过一本有关张先生的书,其中最感动我的是他晚年的诗词。张东荪先生原本和胡适先生一样,是不写旧体诗的民国新一代知识分子,然而在晚年蒙难,离群索居,门庭冷落的漫长岁月里,竟很自然地开始赋诗。古人云"诗言志",这里的"志"并非仅是所谓理想志向,更接近现代汉语中的"胸臆"一词。张先生六十七岁学写诗词,自号"独宜老人",三年就写了两百首。不平则鸣,有感而发,其中的悲凉,以下面一首尤其令人掩卷叹息:

无端握管复凝思,正是荒鸡唤梦时。
留得是非身后论,且屏辛苦眼前痴。
茫茫浊世归何所,历历浮生只自知。
写罢他年与谁看,一灯相对雨如丝。

张东荪先生为《林屋山民送米图卷子》题记的最后一句话是"则今日读此图,能不令人感慨系之!"。我读其诗,亦复如是。

如果以诗文论,这部卷子里最弥足珍贵的,是俞樾和其孙俞陛云、曾孙俞平伯四代三人的题诗题记。人们或知俞平伯是俞樾后人,多不知其父。俞陛云自幼承教于俞樾,是1898年的探花,尤工于诗词与诗学。俞平伯先生以红学、散文、早期新诗著称于世,然而他的古文与旧体诗,也是民国文人中的佼佼者。他在这部卷子里的题记,是1948年诸公作品中功力最深的一篇。

从1954年被批判以后,俞平伯先生失去了继续学术著述的可能性,他从此将情感更多寄托于昆曲之中。据后人与学部后辈回忆,俞平伯先生在"文革"中的生活屈辱艰辛,但是他保持着淡定,时不时竟还有写诗的记录。这份以世家传承、文化底蕴为根基的豁达与强大的内心非常人所能及。"文革"初,俞家被抄,几代藏书毁于一旦。俞平伯先生被勒令腾出主屋,搬到空荡荡的书房。这阕七绝就写于此时:

先人书室我移家,憔悴新来改鬓华。

屋角斜晖应似旧，隔墙犹对马樱花。

20世纪70年代初，俞平伯先生历经磨难从"五七"干校回到北京，原来在老君堂胡同的房子没有了，就被安排到永安南里一套两居室的小房子里，和我成了隔两栋楼的邻居。他虽然一直沉默，可还是大大的有名。我家里有他1952年出版的《红楼梦研究》，那时我自然还没有读这本书的能力，却知道有时缓缓从楼侧走过的老先生就是这本书的作者。他很少和人说话，只是踽踽独行。许多年以后，我才知道那时他其实经常在家里关起门来偷偷唱昆曲。

永安南里住着各路"牛鬼蛇神"，著名者还有冯至、夏鼐、吕叔湘等先生，各自活得低调谨慎，除了很熟悉、信得过的人，彼此往来不多。我家也在门后过着不为人知的日子，我从七岁起就很习惯窗帘紧闭、桌上铺一层厚厚的毯子打麻将。

永安南里的男孩子和其他大院的差不多，经常成群结伙在外边野到晚上。我因为辍学在家，又是新搬来的，多少有点儿难以融入。有一次为了砌水泥乒乓球台，晚上几十个孩子一起去附近的建筑工地偷砖，我因为力气小，跑得慢，被安排在外边放哨，虽然一块砖也没搬，但还是很有参与感。那时的孩子在学校很少学习，下了课没有作业，玩到满身泥土脏兮兮回家，被父母一顿训斥是普遍现象。

1972年或者1973年夏天，10号楼来了一个卷毛、大眼睛、长得有点儿像洋娃娃的小男孩，大约五六岁。我被告知他是俞平伯家的,虽然我一直不清楚老先生和他之间的辈分关系。他似乎只是暂住,时常在院子里逛荡。我也是散兵游勇,有时就会遇见他,后来熟了,他就会到我家里来。那时我攒烟盒,满北京城乱窜或去父母的朋友家收,收藏的劲头和前些年淘黑胶唱片差不多。他是我收藏的唯一分享者,每次从我这里走,也总要拿两张已经拆开压平的烟盒。后来他很少来了,有一次我去找他,也是我唯一一次去俞平伯先生家,小男孩好像已经搬走了。

去年春天,在北小街一带,高德地图标出的方位是我熟悉的地名,周围却一点儿也认不出来了。和朋友在一家仿佛旧上海风貌的餐馆吃饭,三十多年前,我就知道这位朋友是俞平伯先生的晚辈亲戚,然而行路匆匆,直到北京已经成为21世纪的不夜城时,我们才望着星星点点的高楼灯光,说起永安南里的往事。

所谓历史,向来是变化越大,过去就显得越遥远,何况几代人总是仓促前行,有意或者无意地遗忘。那天晚上,我们照例有一搭无一搭地说共同知道的人与事,一不留神就穿越了一个世纪。记忆和我们的选择其实已经提示,我们与先人之间横亘着宽而深的断裂。我们遥遥望着他们的魂灵,不曾继承也无法抵达。

宏大的话题有时会难以继续,于是人们最终回到八卦:俞平伯先生和他的夫人许宝驯先生同好昆曲,两度创办昆曲社,被传为佳话。其实他们是表姐弟,浙江德清俞家与仁和许家世代联姻。俞平伯先生的外祖父许祐身既是俞樾的女婿，也是许宝驯的祖父。这样的联姻在当代是法律禁止的，而在20世纪上半叶还相当常见。

《林屋山民送米图卷子》里有许祐身的三阕五律，其中一联是"人心终不没，吾道岂长贫？"。在他眼中暴方子不仅是清官，更是一种精神上的吾道中人。事实上，暴方子更多是一介书生，喜读书著述，著有《鹤梦庐尺一幸草》《廿四史识小录》。我不知道这两部著作手稿何在，是否印过，还是已经失传？暴春霆先生当年印了一百册，但此后半个多世纪这部卷子被湮没无闻。弥足珍贵的原件最终没能逃过"文革"浩劫，暴春霆在巨大的恐惧中将先人遗物全部付之一炬。

这本书的编订者是曾任岳麓书社总编辑的国内著名出版人钟叔河先生，他偶然看到文章中提起1948年的版本，立即大力推动，使这幅长卷重光于世。其后暴方子渐被树立为廉吏楷模，据说已经有几部以其事迹为题材的戏剧上演。

批判与宽容

在今天回想阿伦特"平庸之恶",令人别有一番感慨。不过似乎大多数人根本就不清楚什么是"平庸之恶",他们有不少倒是知道阿伦特与海德格尔的师生恋。八卦永远比严肃话题更吸引人,这也恰好折射出人性的平庸一面。

"平庸之恶"的原文是"Banality of Evil",如果直译应该是"恶之平庸"。阿伦特之所以提出这个概念,本来就是针对恶是极端的、恶人是罕见的这样一种根深蒂固的看法做一个矫正。

1961年,德国纳粹战犯、犹太人大屠杀执行负责人阿道夫·艾希曼在耶路撒冷受审,阿伦特为《纽约客》写报道,全程旁听审判,两年后写出了著名的《艾希曼在耶路撒冷》。在这本书里,艾希曼是一个品行端正、遵守纪律、受教育良好到能够吟咏康德的人,他犯下灭绝人性的罪行的一个重要原因,是他一直认为自己忠于职责,坚决遵守命令,严肃认真执行。阿伦特由此分析指出,为恶完全可以是普遍常见的行为。普通人只要放弃自己的判断力,接受大众观点,从众作为或者不作为，都有可能为恶。

阿伦特不认为自己是哲学家，"平庸之恶"的概念也确实不是一个严密的哲学甚至伦理学概念，而是出于对人性的直观洞察。半个世纪之后，其筚路蓝缕之功大概已经没有人能够否认，虽然仍有争议。

换一个角度讲，阿伦特虽然提出了问题，却无力解决，除了反复强调思考的重要性。然而思考本身对于绝大多数人来说是一种奢侈，平庸与盲从更具有普遍性，她所说的"平庸之恶"，毋宁说是植于人性之中。

阿伦特是极权研究的开拓者之一，了解她的历史观，或许有助于了解她后来何以提出"平庸之恶"。在阿伦特看来，经过19世纪欧洲民族国家（nation-state）和帝国主义之后，极权的兴起在当代任何地方都有可能，德国和俄国刚好成为范例而已。

我在青年时代曾经读过弗洛姆的《逃避自由》，当时印象深刻，如今记不太清了。大抵人们为了利益、为了希望、为了现在与未来的光明确定性，是不惜放弃自由的。阿伦特的角度没有弗洛姆的自由论那样恢宏，却更直观易懂，并不涉及消极自由与积极自由的界定和评价。

那天和朋友聊天，说到如果能从常识出发就已经不易。然而在信息日益驳杂的当下，人们正在失去关于常识的共识。对人性中理性的一面盲目乐观，是我们常见的潜意识倾向，尤其对于有着笃信"人之初，性本善"基因的人群。懒于思考、随大流、依附人群的渴望都是再普遍与真实不过的。人是很容易放弃自己的判断去追随别人的，平庸与盲从在生活中常见、在历史上也屡见不鲜，而且会一直存在。

阿伦特认为艾希曼并不是一个恶魔，而是一个普通人、一个平庸的官员、一个命令的执行者。在她看来，艾希曼的罪行不是在反犹太人的层面上，而是反人类的。她所关注的是，平庸的人为什么会在那样的时代犯下如此罪行。她指出令人悲哀的真实是：一方面，绝大多数为恶者并不清楚自己是向善还是为恶；另一方面，身为犹太人的阿伦特对于以色列审判中控诉复仇的一面心怀警惕。她对以色列情报机构在阿根廷秘密绑架艾希曼，无视其主权押回以色列审判的正当性表示怀疑。她进一步指出，纳粹治下犹太居民委员会对于同胞被屠杀也是有责任的。

《艾希曼在耶路撒冷》出版后，阿伦特受到了犹太人的强烈批评，她甚至被认为是犹太叛徒。其实阿伦特的立场是一以贯之的，她确实不是从犹太人视角出发，而是从知识分子反思分析的角度回望过去。

极具讽刺性的一点是，被贴上"同情纳粹"标签的阿伦特在其代表作《极权主义的起源》里，上溯19世纪欧洲反犹太主义，论述从大陆帝国主义向极权国家转变过程中种族主义的发生，在第三帝国形成过程中所起到的制造敌人、通过张力的强化凝聚向心力的功用。她在20世纪思想史上的重要性，自然是那些攻击者一无所知或者根本不想知道的。

..

二十八年前的夏天，我在芝加哥大学一个朋友家小住，忽发高热。三伏天下午，气温三十三度，在没有空调的房间里，盖上两床棉被卧床。朋友带了客人回来，我无力起身，连话都懒得说，就一直听他们聊天。客人一直在讲海德格尔，听着听着我不知不觉坐起来披着一床棉被听。穿着短袖的客人讲到精彩处，两眼闪光，额头渗出汗珠。这位客人就是王庆节学长，他和另一位著名学者陈嘉映都是海德格尔的中国弟子熊伟先生的研究生，也是我们这一代里研究海德格尔最出色的两位学者，译有《存在与时间》《形而上学导论》等海德格尔的主要著作。那一天他讲了些什么我一点儿也不记得了，但是海德格尔在我心中一直是20世纪最伟大的几位哲学家之一。

伟大的哲学家并不见得是道德楷模，这和文品不等于人品是一个意思，本应是常识。不过，一方面喜欢用道德标准去衡量，另一方面关注不道德的八卦，是大众常见的倾向。海德格尔有过多位情人，当然阿伦特是其中最著名者。海德格尔最为人诟病的，是他参加纳粹那一段历史，战后他也因此受到惩罚。在他落魄的时候，阿伦特伸出援手，为昔日的老师与情人奔走。这一段故事日后被传为阿伦特深情的佳话，然而在我看来，这同时反映了阿伦特的自由判断与特立独行。她不仅不讳言，而且谴责纳粹统治下犹太领导人与纳粹的合作，也可以为了海德格尔的哲学成就而呼吁宽恕他对第三帝国的拥护。

阿伦特这样的知识分子是不从属于任何人群的,而且不惮于批评那些人们以为她应该去维护的人。她拒绝妖魔化她反对的人,也不因为某方面的谬误而忘记她反对的人其他方面的光芒。

如此的行为方式,在极端化、营垒分明的事件或者时期,大抵是两头不讨好的。尤其是那些认定她应该是同一阵营的人,往往以为她立场软弱、站边不明确甚至站错队。

就像未必有多少人读懂她的书一样,没有多少人能够看到阿伦特审视问题更多是从历史与思想的角度,而不是现实与现象的角度。在阿伦特看来,20世纪极权主义的出现并非出于偶然,而是民族国家、政党政治与帝国主义衰落之下的一种选择。它的兴起需要大众的支持,一旦成功后为了维持大众的追随,把权力浸透到社会生活的所有方面,通过意识形态的强制掌控思想。

1941年,在美国驻马赛副领事宾汉姆的帮助下,阿伦特得以从法国维希政府的难民营逃到美国。宾汉姆曾经安排两千多名犹太难民前往美国,他在世时很少提起,过着平凡的生活,死后有关记录才被发现,赢得世界范围的尊敬。

◆ ◆ ◆

阿伦特抵达美国的那一年,胡适先生正在驻美大使任上。从卢沟桥事变发生以后,他一直是确保美国支持中国抗战的关键人物之一。这年7月,他在密西根大学发表了一篇颇为著名的讲演,所论与阿伦特颇有契合:"民主主义的生活方式,根本上是个人主义的。由历史观点看来,它肇始于'不从国教',这初步的宗教个人主义,引起了最初的自由观点。保卫宗教自由的人们,宁愿牺牲自己的生命财产,而反抗压迫干涉的斗争。个人按照自己的意思敬奉上帝,乃是近代民主精神在制度在历史上的发端……民主文明,也就是由一般爱好自由的个人主义者所手创的。这些人重视自由,胜过他们的日用饮食,酷爱真理,宁愿牺牲他们的性命。我们称之为'民主'的政治制度,也不过就是这般具有'不从国教'的自由精神的人们,为了保卫自由,所建立的一种政治的防御物而已。"

2017年2月24日是胡适先生的忌日,五十五年前他倒在讲台上溘然长逝。直到生命清醒的最后一刻,他讲的题目仍然是言说的自由。从20世纪50年代开始的近三十年里,胡适先生一直被描述成一个反面人物、反动分子,以至于时至今日还有不少人对他持负面看法,虽然他们多半既不清楚他的生平也不了解他的著作与思想。与阿伦特相似,胡适先生也是两头不讨好的。他去世后,蒋介石送了一副挽联:"适之先生千古。新文化中旧道德的楷模,旧伦理中新思想的师表。"然而他在日记里写道:"胡适之死,在革命事业与民族复兴的建国思想言,乃除了障碍也。"(1962年3月3日)

令人欣慰的是,半个多世纪后,至少在学术界没有人否认,胡适先生对于20世纪的中国文化有几乎无处不在的巨大影响。无论是文学、历史、思想、学术，在许多领域，没有胡适先生的20世纪是不可想象的。

我孤陋寡闻，不知道蒋介石的这副挽联究竟是亲撰，还是身边文胆代拟，不过其内容大约相当反映同时代人对胡适的评价吧。胡适先生生前身后，几乎被所有认识他的人尊重，包括许多他的敌人。这在动荡的20世纪中国，极少有人能够达到。然而，评价他为"旧道德的楷模"又是一个很讽刺的事。胡适先生就是因为"打倒孔家店"的激进，二十多岁"暴得大名"，成为新文化运动的领导者。

不过胡适先生被视为楷模也是其来有自，他固然从不以道德标榜也不以此批判他人，但从二十五岁任北京大学教授到去世的四十五年间，坚持身为公众人物的独立性与自律，守护不同思想者的权利，无论怎样天翻地覆，始终不变。这一份定力，自然不仅因为他是"不可救药的乐观主义者"，事实上他的"乐观主义"和他的批评精神一样，来源于他思想的坚韧。胡适先生是新文化一代潮流的开创者，却不为潮流束裹，而不忘知识分子的本分是"多研究些问题"。由于他最致力于以新的方法整理国故，所以虽然胡适先生的著作不曾产生阿伦特那样的影响，但是他在20世纪中国思想学术史上屡开风气，引领群伦。

胡适先生的文笔在民国知识分子里并不突出，文字多是平淡的白话文。文学不是他的擅长，他有过一部《尝试集》，实在是相当失败的诗作尝试。在注重文采的国度，没有太多人读胡适也是一件正常的事情。

我读胡适先生原著是很晚的事情，却是因为直到我去国的20世纪80年代初，他的著作几乎绝迹。我倒是早就听说胡适先生的了不起。父亲主编《中华民国史》，他当然明白胡适的重要性。1972年民国史编写组成立，他请耿云志先生做民国史的思想文化研究。耿先生1976年写了《胡适小传》，1979年为纪念五四运动六十周年，在《历史研究》发表了关于胡适先生的文章，这是在批判了胡适多年后第一次有限度的肯定，当时引起很大反响。

20世纪90年代初，我在芝加哥郊区找到一份工作，开始了朝九晚五的生活，有了人到中年的感觉。有时会觉得，那是一桶冰水从头顶浇下的感觉。下班以后，我保持读书、听音乐和偶尔看电影的习惯。那时候中文书不多见，最近的一处是二十多英里外一家小型中文图书馆。里面书不多，有近一半是武侠小说。文史类图书里，最像样的就是胡适先生的集子了。

这也是一段机缘吧，让我在心如止水的中年时期读到胡适先生。如果是在内心激烈固执的青年时期，我多半是沉不下心去读的。胡适先生晚年有一篇很有名的文章《容忍与自由》，引用乃师布尔的话"容忍比自由更重要"，这句话如今广为人知。不过，当时令我有醍醐灌顶之感的却是"人们往往都相信他们的想法是不会错的，他们的思想是不会错的，他们的信仰也是不会错的，这是一切不容忍的本源"。

在胡适先生那里，容忍或者说宽容是一种思维方式，其起点是他终生秉持的怀疑批评自省的精神，更是基于对独断的思想、排他的信仰保有清醒的认识。知识是有不确定性的，真理是有边界的，仅仅出于信仰的判断是值得怀疑的。

阿伦特的著作我读得很少，不知道她是否曾经论及宽容。不过她的"平庸之恶"已经在尖锐拷问人性的同时，显示出洞察力与宽容。阿伦特对海德格尔的态度，如果仅仅归因于私人感情，未免低估了她。我更倾向于认为那是出于对不同思想的珍惜。

对于胡适与阿伦特，批评与宽容仿佛硬币的两面，恰恰因为批评的真诚与求实，才有了宽容的理解。在我看来，这是他们最难得的，也是最不被理解的地方。他们在世时如此，身后又如何呢？

* * *

找到一张阿伦特年轻时的照片，眼神智慧而忧伤，不知道她看着身后的21世纪，会有怎样的感想？

在美国生活近三十年，深深体会到美国人大多对本国体制深信不疑，对美国之外的世界缺少关注。我们小时候受的教育是相信群众，美国人受的教育更多是相信制度。经常可以听到在美国的华人把二者结合，"相信人民，相信制度"，听上去铿锵有力。人一旦无条件地相信什么，就有了信仰，相信基督、相信菩萨都是如此。不过宗教本是非尘世的，也是人的精神需求与灵魂安放的所在。而相信尘世中的人群或者建制，第一不可靠，因为世事变动不居；第二逻辑上难以自洽，倒暗合阿伦特所批判的对思考与独立判断的放弃。

如果说20世纪见证了极权的兴起与衰落，21世纪似乎正在又一次见证民粹的兴起。所谓民粹，基本特征之一就是用美好的诺言动员群众，取得多数或者自称取得多数的支持。历史上的民粹运动领袖，无一不是以反建制为旗帜。他们大多是以强力裹挟少数通过民选登场。他们上台以后，以破坏乃至摧毁现存建制为己任。他们的目的是未来愿景包装后面的权力扩张。他们的终点是建立强人统治，虽然也可能是昙花一现。

以前时不时听到"20世纪是美国的世纪"，学历史的人有时也会读到一种感叹——"美国是世界史的例外"。21世纪，这两种说法似乎已经很可疑，从内到外，美国渐渐显出颓势。正是在这样的背景下，特朗普应运而生，领导着一场有极右保守倾向的民粹运动走进白宫。

如果了解历史，则不难发现太阳底下无新事。就连特朗普每天发推特语录这一件事，在我看来也是似曾相识，所谓"新"只不过在于使用推特这个新技术而已。历史其实不会重复，以古鉴今多少类似分析股票以前的走向去预测未来的表现，多半错得离谱。

历史不提供对未来的观想，甚至也谈不上从中汲取教训。所谓历史学，是对过往之事脉络因果的追寻。用维特根斯坦式的语言来说，它说出那些可说的，也止步于那些不可说的。

大抵民粹的成功、魅力型领袖的出现，都是在原有的官僚体系统治力下降、人心浮动之际。此时社会经济本身未必有严重的危机，倒是民粹的结果往往带来巨大的变动与冲击。魏玛共和国的失坠，自然有多重的原因，不能仅仅归因于半总统半议会制的缺陷。由此而来的所谓制度完善就足以防止的观点，只是一种假设。同样所谓社会更加开放、教育日益普及、信息越发通畅，这个世界就会有更多和平与理性的想法，听上去也很一厢情愿。用良好愿望替代思考，是人们常犯的一种错误。

在过去的一段岁月里，开放社会在某个意义上因为开放而弱化，教育未必能够增加人的理性，网络与社交媒体的发达不仅削弱了传统媒体的公信力，而且直接为民粹运动的兴起提供了便利。人们很容易把物质成就与技术发展等同于历史的进步，然而历史并不像手机那样更新换代。虽然时光流逝，面临的问题往往是相似的。

百年前胡适先生在《新青年》上发表了《文学改良刍议》，这篇文章原本是他写给自己主编的《留学生季报》的文章，一稿两投，意外成名。

这篇文章如今读来，似乎无甚高论，这位先贤此后的人生，如果从他追求的理想来看，堪称坎坷，抱憾而终。然而他毕竟留下了令我们感佩的一种精神——在面对错综变幻的世界时，淡定宽容，常怀省思与希望。

《昨日的世界》与茨威格之死

1942年,斯蒂芬·茨威格和比他年轻二十多岁的夫人绿蒂在巴西离里约热内卢不远的一个安静小镇上一起服安眠药自杀。巴西的二月并不是冬天,而是夏天,茨威格在一个热带的夏天选择了死亡。漫长的二战正在进行,纳粹占据了大半个欧洲,对于茨威格来说,这是一个黑暗的年代,精神家园不复存在,他虽然远离了战争,同时却也远离了对这个世界的希望。我在网上看见一张据说是他们死后警察拍摄的照片:两人相拥而卧,茨威格平躺在床上,绿蒂侧卧在一旁,头枕着他的肩膀,一只手放在他的手上。有一个传记作者是这样描述的:"他看上去死了,她看上去在爱情中⋯⋯"

茨威格生前早已是名动天下的大作家,而且是又叫好又叫座的那种。他的作品被译成数十种语言,在全世界相当畅销。他的死震动了世界:《纽约时报》在头版报道、巴西政府为他举行国葬。

在遗书里,茨威格写道:"自从操我自己语言的世界对我来说业已沉沦，而我的精神故乡欧罗巴也已自我毁灭之后，我在这里比任何地方都更愿意从头开始，重建我的生活。但是，一个人年逾六旬，再度完全重新开始，是需要特殊的力量的，而我的力量，却由于常年无家可归、浪迹天涯，已经消耗殆尽。所以我认为还不如及时地、不失尊严地结束我的生命为好。对我来说，脑力劳动是最纯粹的快乐，个人自由是这个世界上最崇高的财富。我向我所有的朋友致意，愿你们在经过这漫漫长夜之后还能看到旭日东升，而我这个过于性急的人要先于你们而去了。"

然而，无论是在当时还是在此后的几十年里，许多人依然无法理解为什么茨威格夫妇会自杀。在1942年，茨威格并不像大多数流亡者那样生活窘困，恰恰相反，他的书在美国和巴西继续畅销，他在巴西备受礼遇，作品朗诵会座无虚席。虽然他从1934年就离开了祖国奥地利定居伦敦，1940年去美国纽约，然后又去了巴西，但所到之处，茨威格始终是被人们尊敬爱戴的名人，是德语文化的象征与良知之一。在巴西的最后几个月里，茨威格完成了《昨日的世界》和他的最后一部中篇小说——极负盛名的《象棋的故事》。在大半个世界陷入战乱的时刻，他衣食无忧，还有一个深爱他的妻子陪伴，但是他却选择了死亡，绿蒂也追随他而去。

《昨日的世界》并不是一部严格意义上的自传，而是叙述茨威格个人经历的历史。在序言里他说："《约翰启示录》里那几匹苍白的马全都闯入过我的生活，那就是革命和饥馑、货币贬值和恐怖统治、时疫疾病和政治流亡。我曾亲眼看到各种群众性思潮——意大利的法西斯主义、德国的国家社会主义、俄国的布尔什维主义——的产生和蔓延,尤其是那不可救药的瘟疫——毒害了我们欧洲文化之花的民族主义。于是,我也就势必成了一个手无寸铁、无能为力的见证人,目击人类不可想象地倒退到以为早已被人忘却了的野蛮之中。"

1979年,我会在放学回家的路上拐到王府井新华书店,看看有没有新的外国文学作品。有一次就买到了一本刚刚上架的32开本薄薄的小书,当时我并不太清楚谁是茨威格,但是只翻了两页就被吸引住了。这本《斯蒂芬·茨威格小说四篇》里包括《象棋的故事》《一个陌生女人的来信》,应该是1949年以来茨威格作品第一次在国内出版。茨威格的小说其实在民国时就被翻译出版或进行介绍,中断到这一年,才有了这本选集。不久后,《一个女人一生中的二十四小时》等状写女性心理与爱情的极致名作陆续出现在外国文学刊物上,读过就令人难忘。

那年我十八岁,夏天从一场单相思的梦中醒来,午夜开始蜷缩在党校北院主楼六层办公室的皮沙发上写小说。写不出来的时候,就望着窗外黝黑的夜,偶尔有萤火虫飞过。构思夸张的青春小说,最终如同青春期的爱情一样无疾而终,从未写完。待到夕阳西下时,总算可以续写,7号大院却是物非人也非。那年秋天去看"星星画展"，在美术馆门外大街上买了几期《今天》，和许多文艺少年一样，不经意间走在历史边上。

《象棋的故事》在我的书包里，中午下课吃完午饭后，不时拿出来看一下。有一次又读了两段，然后去区里的语文尖子班写作文。题目自选，我想都没想就开始写《一个陌生女人的来信》读后感，写了一大段才觉得不妥，改成《象棋的故事》读后感。即使如此，这篇作文后来还是被区语文教研组组长在点评时单独挑出来说了几句不是赞扬，但也不是批评的话。他显然连茨威格的名字也没有听说过，所以很自然地提高了政治警惕性。他身材结实，声音爽朗，其实是一位很不错的中学语文老师，讲起孔乙己滔滔不绝。他经常用我的作文做示范点评，因此对我相当优容。

这篇作文胡说了些什么我完全记不得了，可以确知的是，那时我并没有真正明白《象棋的故事》：房间、象棋是有着巨大象征意义的，B博士的坚持与崩溃也似乎是一种命运的暗示。这是茨威格第一次也是最后一次直接描写盖世太保："他们只是把我们安置在完完全全的虚无之中，因为大家都知道，世界上没有什么东西能像虚无那样对人的心灵产生这样一种压力……"人在年轻的时候，即使目睹黑暗，潜意识里还充满生命的阳光、爱情的期待，看不到无论暴力摧残还是精神迫害带来的创伤，不能理解与感受到内心的深渊。当时我也不知道这是茨威格的绝笔。

"茨威格学"虽然没有"红学"、鲁迅学红火，但研究者也是络绎不绝。关于《象棋的故事》何时写就,有发表在1941年、完成于1942年1月和临死前才定稿三种说法。茨威格的故事一如既往,讲得奇妙动人。文章快到一半时,真正的主人公才出现;情节在最后达到高潮,旋即戛然而止。结局指向何方并不明确:B博士旧病复发,但是在一瞬间恢复了理智,"彬彬有礼"地消失了。

结局既重要也不重要。如果不了解20世纪前半叶的欧洲史:两次世界大战、原有国际秩序的崩溃、第三帝国的兴起,如果不知道作者写完之后就结束了自己的生命,如果不见证相似的残酷,《象棋的故事》就仅仅是众多故事中的一个。事实上,茨威格更享有盛名的作品是《一个女人一生中的二十四小时》,那是一部不需要了解时代就可以收获感知与感动的伟大作品。不过,如果能够了解作者和他的时代,我们的心灵与思想也许会在另一个层面上被感动与冲击。

...

在相当长的一段时间里,我一直以为茨威格主要是写直击人心的爱情故事。茨威格和弗洛伊德是好朋友,似乎深受其影响。仅仅把弗洛伊德看成是一位精神分析学家,其实是对他的低估。在哲学史和思想史上,弗洛伊德是对理性主义的重要批判者与反动者。茨威格大约算得上他在文学界的重要同路人吧,茨威格的故事,大多超脱社会规范,仿佛匪夷所思，直击人心深处。

茨威格小说太出名，以至于在中国，大多数人只知道他是一位小说家。然而他至少在同等程度上是一位出色的传记作家，我后来读过他写的《罗曼·罗兰》和《陀思妥耶夫斯基》，方知在撰写天才的心理分析小说之外，他还是一位以文学之笔描写历史，栩栩如生且极为细腻的作家。

在读完《异端的权利》之后，我才接触到完整的茨威格，了解到他不仅仅是杰出的小说家、传记作家，更有着深刻的思想。那是1996年冬天，在阔别八年后回到北京，故乡成为陌生的都市。只有书店没怎么变样，进去以后竟有一种避难所的感觉。不过好看的书并不多，挑了半天只有几本，其中就有这本写法国神学家卡斯特利奥"苍蝇战大象"，对著名宗教改革家加尔文在日内瓦确立宗教统治后，以异端的罪名火刑处死西班牙神学家塞尔维特一案进行强烈批判，因此遭受迫害的名著《异端的权利》。在此之前，加尔文和马丁·路德一样是一般人心目中宗教改革的光辉，茨威格的著作揭示了硬币的另一面。在一定程度上，取代旧教的新教条更加严厉，新的不宽容延续着中世纪的传统。

第二天我就离开北京去南方，在寒冷的冬日，从南京乘一辆桑塔纳一路颠簸去嘉兴。在途中一边阅读茨威格，一边看久违的阵阵江南烟雨。车入嘉兴时，华灯已上，我也恰好读完这本书，回到现实中。现实生活是一场商务会谈，对方的张总为我们接风，觥筹交错。

二十年后，一个下雨的黄昏，在地下室重读《异端的权利》。所谓经典从来是超越时间的:"每一个国家,每一个时代,每一个有思想的人,都不得不多次确定自由和权力间的界标。如果缺乏权力,自由就会退化为放纵,混乱随之发生。另一方面,除非济以自由,权力就会成为暴政。在人的本性里……深藏着这样的信念:一定有可能发现某一种特定的宗教、国家或社会制度,它将明确地赐予人类以和平和秩序……人多半是害怕天赋自由权的……渴望有一个救世主……"加尔文在鼓吹宗教改革时被当作异端,但是在日内瓦掌权后对教义不同者毫不宽容。"一种教条一旦控制了国家机关,国家就会成为镇压的工具,并迅即建立恐怖统治。任何言论,只要是向无限权力挑战的,都必须予以镇压……"

茨威格自己何尝不是一个"异端"呢!若干年前和友人聊天时曾经感叹过,我们这个时代的很多自以为是的异端者往往仅是站在某种立场上做出批判而已,对我们经历过的时空、对个体的处境未必有多少感性的、历史的认知。茨威格这样非常个人化、敏感于人生,又同时极具社会批判意识者,如今不仅稀缺,而且正在被遗忘。不过,茨威格自己也许正是因此而悲观,虽然他一直相信,"我们人类真正的英雄,不是那些通过屠刀下的尸体才达到昙花一现统治的人,而是那些没有抵抗力量,被优胜者暴力压倒的人们……"

也是在20世纪90年代中期，冷战结束并且迅速变成了遥远的往事，全球化方兴未艾，美国经济在信息高速公路上飞奔。那些年来自中国的留学生赶上了好时候，不管原来是学外语的还是吹小号的，花几个月上个培训班，考一张证书，就能找到一份与电脑有关的工作，然后买车、买房，加速进入中产阶级行列。

我的美国朋友鲍勃来自加州，毕业于伯克利大学，是标准的自由派。他曾经为了学中文不远万里留学北京，成果之一是娶了一位东方太太，然后一道来到芝加哥一所大学任教。我已经记不清是怎么认识他的，不过鲍勃因为对中国文化的热爱，有时慷慨激昂，有时痛心疾首，令人印象深刻。虽然在象牙塔中，但走过不少地方，鲍勃骨子里是一个简单明朗的美国人，充满爱国主义自豪感，对未来的发展、对自己的价值观深信不疑。他的乐观情绪听上去似乎没有错，弗朗西斯·福山也正在宣讲历史的终结，但是我对于自信的、一厢情愿的未来预测向来持保留态度。我告诉鲍勃，我们这一代中国人从小受的教育是"前途是光明的，道路是曲折的"，长大以后，发现原来小时候是在饥饿与苦难之中，所以对道路的曲折有很深切的体会。我又告诉他，在19世纪末，欧洲也曾经是一片祥和，仿佛站在世界的巅峰，谁也不曾想到世界大战与革命说来就来了。

说这话的时候，我还没有读过《昨日的世界》。20世纪

80年代末以后,我离开象牙塔,进入实际而琐碎的人生,也就不像以前那样,把大半的生命交给无用的历史与文学了。有时会觉得这种改变荒诞且无奈,而无奈感本身又是一种荒诞。

作为一个曾经受过史学训练的人,我对文学家写的历史叙述一般不多采信。在我看来,历史似易实难,貌似是一个谁都可以插一脚的领域,其实许多人白首穷经尚未窥其堂奥。我们自古有"文史不分家"的传统,但是到了当代,文学与史学已经相去甚远,而古人那样的"通"才几乎不可复现。一般说来,历史讲究的是史实与史识,质胜于文。所谓文采,顶多是锦上添花,运用不当则会遮蔽真相。

然而茨威格是一个不多见的例外。无须赘言,他的文字即便被翻译成中文都还能感受到优美流畅、典雅精致,尤其是文气悠长,让人一读就停不下来。他的传记语言无疑是文学化的,叙述方式也不同于史学家,然而他对于传主、对于历史有一种直观的、感性的洞察力。我不愿称之为天才,宁肯归之于他对人性、人生的深刻理解能力,那能力是我们在他的小说中深深感受到的。

《昨日的世界》又是茨威格作品中的一个例外。这部书写于流寓之中,没有任何书籍与资料可供参考,仅凭记忆所及,回顾了一生的经历。但它不是一部私人回忆录,甚至不是个人史,而是茨威格亲历的半个世纪欧洲史。如果从严格的史学角度,这些个人经历多半无从考证,更何况在茨威格的叙述里,相当一部分是他自己的感受与思想。和他的小说一样，心理活动的描述往往是最出色的地方，而这些与他的人物勾勒交织在一起，构成一部感性而又富有洞见的历史著作。

19世纪70年代到20世纪初，是维也纳、奥地利乃至欧洲的太平盛世：科技飞跃、工业发展、生活提高、社会稳定。"谁也不相信会有战争、革命和天翻地覆的变化。一切激烈的暴力行动在一个理性的时代看来已不可能……在这种以为能阻止任何厄运侵入自己生活的深刻信念中，包含着一种巨大而又危险的自负，尽管对生活抱着十分克勤克俭的态度。19世纪怀着自由派的理想主义者真诚地相信自己正沿着一条万无一失的平坦大道走向'最美好的世界'……那是被理想主义所迷惑的一代人，他们抱着乐观主义的幻想，以为人类的技术进步必然会使人类的道德得到同样迅速的提高。"

茨威格来自并且也属于"昨日的世界"，他清醒地看到这个世界的脆弱、虚幻乃至于虚伪的一面。他从来深知也擅长状写非理性的力量，"19世纪却完全囿于这样一种妄想：以为人能够用理性主义的理智解决一切冲突"。与许多同时代人不同，在坚守人道主义精神、悲悯情怀的同时，茨威格服膺弗洛伊德，不相信文化能够战胜本能，"野蛮残酷、自然的毁灭本能在人的心灵中是铲除不掉的"。这样的倾向自然无助于相信前途的光明，而且第二次世界大战带给他的是第二次幻灭，其间的绝望感不难想象。

茨威格出于对政治的厌恶，始终拒绝以任何斗士的姿态出现,在战争年代有时不被人理解。他的好友,从1933年就流亡国外抗争法西斯的德国著名作家托马斯·曼在他去世后不仅不悲伤,甚至有些愤怒地认为他是"怯懦的"。

在刚刚写完两部堪称经典的作品后死去,自然令人唏嘘不已。不过以茨威格精神上的高贵与敏感,除去人到暮年时的疲惫,自杀未尝不是一种审美的选择。他和绿蒂的遗照,看上去很平静,了无遗憾。

《昨日的世界》最后一句是:"不管怎么说,每一个影子毕竟还是光明的产儿,而且只有经历过光明和黑暗、和平和战争、兴盛和衰败的人,他才算真正生活过。"

重来回首已三生

我十六岁以前辍学在家，时值十年浩劫，上学也就是在学校里闹革命，当红小兵、红卫兵，学不到多少东西。我游离于社会之外，几乎没有同龄玩伴，旁观着大人的世界。多半出于无聊，才会去读并不适合少年儿童的书，学一些学校里不教的东西，古诗词就是其中之一，是父亲给我启蒙平仄的。家里有一部韵书，可能是《佩文诗韵》吧，还有一部《白香词谱》，是线装版。我只会说普通话，然而普通话是没有入声的，所以必须背诵韵部。我虽然记性不错，可是不用功，没有背下几个韵部。但我天生很喜欢读古诗词，家里的《唐诗三百首》《唐宋名家词选》都被我翻得卷边缺页了。十岁的时候就能以"吃葡萄不吐葡萄皮"的速度背诵《长恨歌》与《琵琶行》，所到之处时不时被要求背诗词，并成为一个表演项目。

父亲从"五七"干校回来以后，把近代史研究所图书室里的一套《全唐诗》借回了家，一放就是好几年。我囫囵吞枣读了好几遍，自己选编了几百首七律、七绝，工工整整抄在本子上,然后有一天就开始照猫画虎,为赋新词强说愁了。

因为我的成长环境、家世背景,很多人以为我有家学渊源、名师指点,殊不知我写诗就和我小时候读书一样,完全是野路子。比起许多同龄人,如果说幸运,是因为我还一直有书可读,有机会乱七八糟地读书。在生活艰辛的高压年代,家长没有时间顾及子女教育,孩子只要不惹事就是好的。我腿脚不太灵活,个子虽然不小,可是徒有其表,打架只有挨打的份,不得已成了好孩子,虽然偶尔也有拿起砖头和铁锹的时候。那个年代的儿童有更简单的丛林法则:孩子头第一要能打架而且能打赢,第二要合群而且讲义气。我不要说当头,连当个普通一兵都不大够格。多少也是因为在外面不大受待见,我越来越多地躲进小楼自己的世界。

父亲没有再教我,可能他也教不了我太多东西。他自己也写诗词,可是很快我就觉得他写得一般。长大以后,我才明白古诗文的童子功是需要老师一个字一个字手把手教的,而我们几代人都绝少有这样的福分了。

钱锺书年轻的时候很喜欢黄仲则的诗,被陈衍告诫"汤卿谋不可为,黄仲则尤不可为"后,诗风为之一变。大抵诗学正宗是排斥才子诗的,认为才子诗格调不够高,另外诗人也活不长。在中国,长寿从来受到肯定,早夭不仅令人惋惜,而且被认为是有缺陷的。

我年少又没有人指点,自然首先被才气吸引,其中也有一些天生气质与审美取向的关系吧。在1975年,唐朝诗人里我喜欢的是李商隐和杜牧，词人里则是李后主和李清照。

"十年一觉扬州梦，赢得青楼薄幸名"曾经深深感动我，十四岁的少年还不大明白"青楼"的意思。后来才明白这是杜牧追忆青年时代在牛僧孺幕中，经常出入风月，放浪形骸、沉迷声色的作品，白描出中国文人与青楼的紧密联系。

中年以后，自然也明白小杜比起老杜是有距离的，所谓大雅正音还是杜工部，然而自己的浅白已经难以改变。中年以后，虽然对于沉郁或雄浑有了更多的体会，但是偏好一直没有改变。

最早知道郁达夫，是读他的短篇小说《春风沉醉的晚上》，也是十四五岁时，好像是在什么《中国新文学大系》上读到的。写的是一个穷困潦倒的文学青年和一个女工的故事。一种淡淡的同是天涯沦落人的氛围，一份带一点点哀愁的美。现在想来这篇小说好就好在什么故事都没有发生，于是记忆里最清楚的，就是小说的名字，还有微醉的感觉。以《春风沉醉的晚上》命名的集子，是新文学最早的短篇小说集，在现代文学史上极其重要。但是就作品本身论，恐怕写得不成熟的地方还是很多的。

后读郁达夫的全集，才知道他写得最好的是旧体诗。那首脍炙人口的《钓台题壁》，在同代人开始老去时重读，依然令我感慨万千。该诗原题为"旧友二三，相逢海上，席间偶谈时事，嗒然若失，为之衔杯不饮者久之，或问昔年走马章台，痛饮狂歌意气今安在耶，因而有作"。

不是樽前爱惜身，佯狂难免假成真。
曾因酒醉鞭名马，生怕情多累美人。
劫数东南天作孽，鸡鸣风雨海扬尘。
悲歌痛哭终何补，义士纷纷说帝秦。

民国时期知名人物之中美男子颇多，郁达夫却是其貌不扬，看照片甚至有点獐头鼠目。然而在生活中，想来其人就像他的诗一样才气纵横吧。我在日本留学时，曾经对这位毕业于东京大学经济学部的早期留学生颇有兴趣。他也是从医学部改学文科的，大约和鲁迅相似，学医的成绩都不怎么样。不过东京大学经济学部是不好读的，能从那里毕业也是学霸级别的。

清末民初留日学生的奖学金相当丰厚，我当年计算的是我们奖学金的四倍左右，至于具体怎么算的记不清楚了。令人印象深刻的是，留日学生中相当一部分饮酒狎妓，郁达夫和陈独秀一样对此颇有研究。由此也可见新文化运动一代很多地方还是继承旧时代士大夫风气的。然而正是这些有旧学根底的知识分子，在接受西学以后，成为现代中国文化的奠基人。

我们这代人在文化的荒芜中成长，即使读过些古诗词，也多半是唐诗宋词的大路货，对于明清诗词知道得很少。郁达夫的诗直承黄仲则，他有一篇小说《采石矶》，主角就是黄仲则，我也是读到小说中引用的"似此星辰非昨夜，为谁风露立中宵"从而开始接触这位清朝大诗人的。

早春二月里，回到儿时曾经居住过的红楼楼顶，眺望淡淡雾霾中远处的城市中心。半个世纪前的北京大多半不见了，只有这一片楼顶几乎没有变化。朋友寄来一张照片，是我从出生到十岁住过的红一楼戊组4号。那扇铁栅栏门以前是没有的，我自己也去考察过，楼梯还是旧的，墙皮的斑驳也和当年相去无几。夏天回国时，遇到一位朋友，谈到芦荻女士就住在我家楼上，她的先生刘明逵又是父亲在近代史研究所的同事，当时两家来往还是比较多的。她曾经在1975年被招入中南海，为毛泽东讲古典诗文；晚年在家里收养了许多流浪猫，是中国小动物保护协会创始人之一。

芦荻女士在北京大学中文系和中国人民大学中文系之间两进两出，最后到20世纪80年代成为中国人民大学中文系讲古典文学的名教授。当年中国人民大学中文系知名的老先生不多，倒是有几位优秀的中生代老师，芦荻是其中之一，不过我没有听她讲过。

我曾经有得到名师教诲的机会，却没有这样的自觉，也就错过了。在我十三四岁开始写旧体诗以后的几年，每隔一段时间就会回到红一楼去丁组的冯其庸先生家请教。那时候冯先生还没有成为红学家，在中国人民大学中文系教古诗词，诗画书法俱佳，有江南才子之名。他给我讲易安居士的"落日熔金，暮云合璧，人在何处"十二个字讲了整整一小时，这种精读细解、旁征博引、触类旁通的诠释，我当时太过幼稚，自然不能体会多少，但是印象非常深刻。许多年以后，才明白这样的教学真是让人受益无穷。应该是1979年夏天的一个晚上，天气颇热，我去冯先生家，他穿着一件圆领衫作画，然后题了一首七绝，应该是先生自己很喜欢的作品，最后一句是"五千年事上心头"。我安静地坐在一边，一直看到他很小心地把画挂起来晾干。

大约也是那年，我拿着自己的一本习作，去见林庚先生，由此可见不知天高地厚之一斑。林庚先生好像是先从女公子林容女士那里拿到我的习作，认真地读了一遍。他点评得非常仔细，只夸奖了我的一句诗，但是鼓励我考北京大学中文系，并且说我应该没有问题。我至今还保留着那首七绝的原稿：

清江狭阔岸蒹葭，此际销魂八月槎。
伫立但闻鸡报晓，一湾水月落谁家。

前一年的夏天，我在夜半钟声里登上客船，沿着运河从苏州去杭州。一个穿着拖鞋、脖子上搭着毛巾的中学生，混在一群目光疲惫的农民工中间，席甲板而卧的大通铺飘荡着汗味。在这样一个凌晨，船缓缓移动，我睡不着觉，倚着甲板的栏杆，看着河上的月亮一点一点落下去。

那时我还从来没有听说过黄仲则，不知道他就是距苏州不远的常州市武进人，也不知道他九岁就写出"江头一夜雨，楼上五更寒"，是不世出的少年天才。当我沿着郁达夫追溯

到黄仲则时,读的第一阕是《感旧》四首之一:

> 大道青楼望不遮,年时系马醉流霞。
> 风前带是同心结,杯底人如解语花。
> 下杜城边南北路,上阑门外去来车。
> 匆匆觉得扬州梦,检点闲愁在鬓华。

"流霞"是古代神仙饮的美酒,"年时系马醉流霞"是说当年曾经沉醉驻留的往事。对后人来说,令人沉醉的是"风前带是同心结,杯底人如解语花"这样的名句。然而黄仲则并不是承平年代的风流才子,乾隆朝时诗风,就和大致坐了六十年皇位、写了四万多首诗的乾隆本人一样,四平八稳、温和敦厚、花团锦簇,而黄仲则的《两当轩集》却与盛世的气氛格格不入。

这固然是因为他的身世,四岁丧父,十二岁后又相继失去抚养他的祖父、祖母和长兄,家境日窘。他二十岁就为了养家到处去做幕府,屡应乡试不第,只很短暂地当过主簿、县丞等低级官员。三十五岁为了躲债主仓皇出行,病逝于旅途。作为一个士子,他一生穷困潦倒,因此才有"十有九人堪白眼,百无一用是书生"的感慨。然而"已是旧游如梦境,况经远别更天涯"的感伤沉痛,用极平常的语言写出来,不仅仅是身世之叹,更多是来自他的才华与敏感。怀才不遇的人自古有很多,但黄仲则只有一个。他从来不是主流诗人,但是死后不久就如此被评价——"乾隆六十年间,论诗者推为第一"。

　　古诗词到了清朝，浩如烟海，已经很难推陈出新，也正因此，相对于唐诗宋词常被忽视。在我看来，明清民国其实不乏优秀诗人与作品，只是后来人不多读而已。黄仲则七古的豪放沉郁应该有李白的影响，七律的绮丽悲哀则直承李商隐。他经常化用前人的诗句，却化得清新自然，了无痕迹。他也多用日常语言入诗，白描直抒里的悲情，令人想起李后主与李清照。

＊＊＊

　　我在一个美丽的早晨抵达杭州，1978年夏天的西湖，还很少有人来旅游。入夜湖畔杳无一人，当然没有2016年水上天鹅的美轮美奂，而是一片寂静自然，仿佛从古代一直就是这个样子。我那天晚上写了一首诗，然后投宿空空荡荡的杭州大学学生宿舍，睡在一张木板床上。蚊帐破了，第二天醒来，全身被咬了四五十处包。

　　　　更深无处觅舟楫，灯火苏堤如梦里。
　　　　却望孤山话昔年，月明凉似西湖水。

　　"文革"过后，百废俱兴。户口本上"职业"一栏赫然写着"无业"的我，那时刚刚恢复学生身份一年多，参加第一次北京市高中统考，获全区第一名。一得意就忘形，自己

178

奖励自己，背上一个书包，塞了几件换洗衣服，独自去南方旅行，做着游吟诗人的梦，当时完全没有意识到，就此开始走上当代科举的正轨。

黄仲则十六岁考童试第一名，受到本地知府知县的赏识。此后他的诗名越来越大，一时间前途似乎一片光明。然而他的诗在正统人士看来不脱才子气，终究是绮靡之音；他自己是如此热爱写诗，在应试文章上似乎不大用功，因此乡试前后考了六次。在科举决定命运的体制下，考场蹉跎是致命的。黄仲则虽然名动一时，但是尔后屡战屡败，终其一生不能摆脱或者给人当幕僚，或者当个级别与收入都很低的小官的命运。

黄仲则是一位很高很清秀的江南才子，但是内心高傲，不擅长交际。据他的好友洪亮吉描述，"君美风仪，立侪人中，望之若鹤，慕与交者，争趋就君，君或上视不顾，于是见者以为伟器，或以为狂生，弗测也"。

他极有捷才，写诗又快又好，无论走到哪里，都被当地风雅之士推重，刚到北京也曾轰动一时。但是他似乎不大通世故人情，不会经营自己，最后生活拮据，不得不把家眷送回常州老家，独自在北方谋生。

才华与经历的巨大反差，自然会折射在诗句之中。不平之气、愁苦之情在在可见，与诗人另一方面的潇洒狂放交织在一起，遂令黄仲则有谪仙再世的美名。

他的诗，民国以后深受文艺青年喜爱，其实是因为语言接近当时的白话，比较好懂。而他最脍炙人口的，多半是伤

179

情之作。关于黄仲则的人生，其实我们知道得并不多。他似乎有过一段刻骨铭心的爱情，然而究竟是和他的表妹还是一位风尘女子，并无定论，留下的只是美好的诗句：君子由来能化鹤，美人何日便成虹？

今年夏天我又到苏州，三十八年的长度已经长过诗人的一生。那个心怀游吟诗人梦想的少年，后来"中了举"，不再想当诗人。再后来成了一名公司职员，有时会坐在电脑前，想起索尔·贝娄笔下的人物：追寻内心自由，最后成了一个推销员。

盛世江南夜，灯红酒绿，比肩擦踵。河上有传来音乐的游船，当年的码头我竟然找不到了。我坐在河边的一个酒吧里，举起一扎生啤。周围很热闹，大多是年轻的游客，我忽然想起：别后相思空一水，重来回首已三生。黄仲则的这首《感旧》，从20世纪80年代读到现在，当年的阅读感觉也已经成为旧忆。夏天过去，秋声初起，没有谁能留住生命，我们能留在心里的，只有过往与诗。八年前，我曾经斗胆步《感旧》原韵：

满眼秋怀酒不醒，依稀江上琵琶声。
空传刎颈相交义，多累红颜知己情。
卅载逐尘泠永夜，一宵如水暖平生。
而今四海为家日，长忆骊歌行复行。

萧条异代不同时

如今知道冯沅君的人大概不多了，知道她的夫君陆侃如的只会更少。大多数人知道她的哥哥冯友兰，却不知道他的妹妹当年也是风流人物。冯沅君生于1900年，1922年北京女子高等师范学校毕业后考上北京大学国学研究所，是中国最早的高学历女知识分子之一。然而她早年大名，来自在上海创造社发表的关于恋爱自由、婚姻自主的小说，她的笔名淦女士，是20世纪20年代新文学的重要女性作家。

陆侃如也是研究中国古典文学的学者，毕业于北京大学，研究生在清华大学，20世纪30年代又和夫人双双赴法留学，获巴黎大学博士学位，曾担任燕京大学中文系主任。二人后来落脚到山东大学，陆侃如任副校长，但是1957年被打成右派。两人于20世纪70年代相继去世，留下的著作主要是早年写就的。

我家里有一部《中国诗史》，是他们1931年合著的历史上第一部中国古典诗歌史，当然我读的是1956年再版的版本。这部书没有意识形态痕迹，很好看，所以我少年时反复看过几遍。由于是诗歌通史，所以也不深奥，不仅包含诗词，还包括元曲、明清曲剧等，清晰地勾勒出从古诗到格律诗，再到词曲的发展脉络。

因为没有人指点，倒使得我在读诗词的时候，为了读懂养成了看注释的习惯。这一点真是受益无穷，让我不自觉地跳过各种总结性的高论，试图去理解作品本身。后来学历史，需要有作注释的习惯，对我来说就没有那么困难了，而且很自然地倾向于关注远比价值判断重要的历史细节。

也是因为没有人指点，稍微艰深一点的作品，要等到长大以后才能够略知一二。杜甫的《咏怀古迹》五首和《秋兴》八首我是十二三岁时读的，以后每一次读，都有不同的感受。第一次读，很自然地背下来的是：

摇落深知宋玉悲，风流儒雅亦吾师。
怅望千秋一洒泪，萧条异代不同时。

1974年，"批林批孔"运动中，为批判孔夫子是如何毒害青少年的，1949年以后彻底废弃不用的传统启蒙课本纷纷被拿出来鞭挞。《三字经》《千字文》《名贤集》，就是这样在听着革命口号和语录声、唱着《我爱北京天安门》长大的一代人里普及的。荒诞年代的教育，往往是反向完成的。如果不是要写批判文章，有谁能够明白"求古寻论，散虑逍遥"是什么意思呢？

我那时候最喜欢读《名贤集》，经常念叨着"但行好事，莫问前程"，这句话是开宗明义第一句，也是我觉得最接近纯粹的一句话。中国的教诲，往往都有一些功利的色彩，所谓"做好事就会有好报"一类思路，这句话则没有那么多计算。

至于"人之初，性本善"，我是从一开始就怀疑的。在我成长的经验里，目睹人性的各个层面：坚强或者懦弱、关心或者冷漠、守护或者背叛、自尊或者腼颜，一切都赤裸裸，甚至伤痕累累地呈现，省去了太平岁月温情脉脉的面纱。这种经验本身也是一柄双刃剑，既可能增进怀疑精神，也可能助长冷酷的心。

大约是1971年，隔壁大院一个十四岁的孩子捅死了一个十三岁的，尔后自然被抓起来消失了。我去菜市场买菜路过那里，看见一大群孩子聚在一起，议论纷纷，兴奋不已，走过去问才知道是怎么回事，有人害怕，有人诧异，但是我没有看到悲伤。对于与己无关的生命的消逝，我们好像从小就比较迟钝，长大以后无动于衷也就很正常。如今想来，高压时期立场十分重要，那时候强调的是没有无缘无故的爱，也没有无缘无故的恨，同情如果没有原则，就成了一种罪过。我在童声时是能唱《千年的铁树开了花》花腔的高音，十岁左右记住了《智取威虎山》的所有唱段，"血债要用血来还"张口就来。

幸好还有古诗古文，虽然我并不见得读懂很多。尽管"文革"时学生大多不读书，但是在知识分子成堆的大院里，会背诵古诗还是被大人夸奖的。我脑袋长得很大，里面装了不少古诗，因为被夸奖，不免得意也就更加努力。这样我在

1974年才会认定小靳庄的所谓诗，只不过是分行的顺口溜；才会知道《秋兴》八首是七律的范本，上一代人往往在私塾小学里就能够倒背如流。

∴

应该是1973年，十二岁多的时候，我第一次读刚刚出版的《爱情故事》(Love Story)中文版，就被扉页上的那句话深深击中了——"爱，就是永远用不着说对不起"。这是我关于爱情的启蒙诗句，我一直以为其昭示着爱情的真谛：无所谓给予，不要求回报；不是感激，也无须道歉。我的理解是否对姑且不论，这句话和这本小说，如同其他当时出版的供内部批判用的外国小说一样，以反面教材的形式，成为对我进行正面爱情教育的教科书。也说不清是对爱情还是对爱情诗的向往，我很自然地就走进了象征派与新月派。

和许多同龄人一样，我最早喜欢上的诗人是戴望舒与徐志摩。那些脍炙人口的诗句就不用提了，值得注意的是，戴望舒、徐志摩的作品其实都是直接继承古诗词的。戴望舒的句子，如"晚云在暮天上散锦，溪水在残日里流金"直接化自李清照；他诗中的意象不仅来自魏尔伦，也有李商隐、温庭筠的影子，著名的《萧红墓畔口占》简直就是一阕七绝：

走六小时寂寞的长途，
到你头边放一束红山茶，

> 我等待着，长夜漫漫，
> 你却卧听着海涛闲话。

  新月派的主要主张之一就是新格律诗的建构，他们对完全白话、十分夸张的新诗是持保留态度的。的确，即使是《天狗》这样的名篇，"我便是我呀！我的我要爆了！"如今读来滑稽感远远大于诗意。徐志摩当年由于批评了郭沫若的一句"泪浪滔滔"太过夸张，就得罪了郭沫若和创造社诸君，不过，半个多世纪后被人记住的，还是徐志摩的诗。

  部分由于流行文化的塑造，如今徐志摩被认为是一个风流才子、花心大萝卜，人们往往歪曲或者忽视了徐志摩是一个深具自由精神的知识分子这一点。他是最早自称"个人主义者"的人，反对礼教，身体力行在当时尚属罕见的自由恋爱，然而很少有人知道，他还是最早在游历苏联后提出尖锐批判的学人，从思想自由的角度、从旧文化被摧毁的角度。

  现代中国史在很多层面都是激进占据上风，新诗也未能幸免。戴望舒享年不永，雨巷诗人虽然影响了几代人，但其实没有直接的传人。徐志摩更是英年早殒，新月派的诗也在战乱中凋零。闻一多死于非命，陈梦家如今被记得也是因为被迫害致死。在我看来当年写得最好的卞之琳与冯至，后来也都早早辍笔，在谨慎中平安终老。

  新月派的诗被当成资产阶级风花雪月批判与禁止了几十年，以至于1967年年轻人谈恋爱时写信都以"我们来自五湖四海，为了一个共同的目的走到一起"作为开场白。当然讴歌的诗是一直层出不穷的:"我手抚天安门红墙,久久呀久久不放;静听那金水河流声叮当,心里哟充满了芬芳的酒浆……"

以我的阅读经验,汉语自然是很诗意的语言,但同样也很适合色情文学与讴歌文章。例子这里就不再多举,以免败坏读者的兴致,或者有伤风化。色情文学数量其实还是有限的,而且多半出现在明清以来道德牌坊越来越招摇的年代。讴歌文章则是古已有之,到了近现代只不过数量越来越多、文化水准和底线每况愈下而已。

讴歌首先是一个心智不成熟的标志,仅仅对于恋爱中的人来说情有可原,因为所谓爱情这种化学物质基本上是蒙蔽人的心智的。当然我的这种想法对我自己有一个相当不利的影响,就是除了给别人代写情书之外,自己没有写出过像样的情书。梁实秋、王小波自然都是20世纪中国不可多得的优秀作家,所以连情书都被后人传诵,倒也展现了他们普通人的一面:有趣肉麻或者拿肉麻当有趣。无论如何,情书多一点还是有助于把这个冷酷的世界点缀得温情脉脉的。而讴歌文章一旦用于公共生活,往往不只是心智上可疑,而且背后有不足与外人道的意图与欲望。

十年浩劫过去后,新月派、九叶派再次被发现,而新起的所谓朦胧诗和它们并没有太多传承的关系。在长时间的断裂后,抒情的个人传统已不复存在,重新起步的起点主要来自翻译诗歌,"相信未来"的一代,大半不曾有机会浸淫在古诗词中。

我在十五岁左右开始写新诗,唯一记得的一句是"月亮像冰淇淋一样升起",颇体现出生在饥饿年代的潜意识。

新诗是自由体，貌似好写，实际上最难。我在青春荷尔蒙高涨时一天写好几首，回过头看不过分行文字而已。自由体的低门槛，很容易让人产生错觉，以诗人自居，这也是新诗百年来数量巨大的主要原因之一，然而无法可依大大增加了写出像样作品的难度。与此形成对比的是，格律诗只要运用平水韵，遵循格律，熟练以后，写出可以称之为诗的作品概率相对更大，所以说戴着枷锁跳舞，似难实易。

努力探索新诗格律的，并不止新月派，林庚先生也是20世纪30年代诗人，然后转攻中国古典文学。他自创九言新诗格律，并且率先实践，然而作品似乎谈不上成功。

两种诗体并存，是当代汉语文学独特风景之一。这不仅仅是由于白话文乃至于1949年以后革命语言的普及和文言文的日渐式微，大约也是因为适合传达的感觉与情绪的不同。新诗是个人的、主观的、更多激情的，更直接通往爱情与革命；古诗词里面的"我"是隐藏在背后的，云水草木之间，更多是对时间流逝以及世事的感慨——"鱼龙寂寞秋江冷，故国平居有所思"，只一联就道出杜工部一路主流诗人的气质与韵味。

青年时写的诗颇多散佚，1985年秋天的诗句，被发现在两页字迹已经开始褪色的信纸上。如果不是看到原件，我已经想不起曾经写过这样的句子，更想不起因何而作：

> 是这样一个
> 静静流去的秋天
> 紫色游云飘伴
> 河流横亘
> 伐木滚滚而下
> 在你我的目光之间
> ……

同一个秋天写的《无题》，内容复杂许多：

> 蓬岛之遥不可道，茫茫心事入江烟。
> 生逢盛世当歌泣，身伴游云倦驻连。
> 落月平沙沉旧梦，西风秋水漫华年。
> 从今沧海知何处，此忆樽前已惘然。

这两首诗里都有"游云"，一个我之前很少用、之后好像根本没有用过的词。回过头去读，竟然有一语成谶的感觉，就像歌里唱的那样："多少年以后，如云般游走。"

1985年，我初次读到《陈寅恪晚年诗文释证》，陈寅恪原本是大史学家，不是诗人，也就从此深深影响了不是诗人的我。他的七律继承《秋兴》八首以来的正朔：

> 佛土文殊亦化尘，如何犹写散花身。
> 白杨几换坟前树，红豆长留世上春。

>天壤茫茫原负汝，海桑渺渺更愁人。
>衰残敢议千秋事，剩咏崔徽画里真。

"红豆"是陈寅恪写《柳如是别传》的缘起，其中自有晚年的寄托怀抱。"天壤""海桑"里隐约流露出以多病之躯滞留南天的怅惘。此中考据推断，多有研究者论述，在此不赘述。

对于陈寅恪，我们这几代人都只有高山仰止的份儿，他的诗也是我想学却连皮毛都学不来的。一个人对诗的爱好取向，如同审美取向，在一定程度上有天生的一面。虽说是野路子，小时候读诗词还是从最通俗易懂的盛唐诗歌开始的，然而我天生喜爱晚唐诗与后主词，恐怕与内心气质有关吧。而婉约和比较个人的风格，似乎与新月派有接近之处吧？我少年时没有老师指点，悟性很一般，也就记性还不错，又是不求甚解的五柳先生性格，所以古诗词读得似懂非懂就转向了新诗。李商隐诗中的深意我未能理解，反而是相对易懂的杜牧、韩偓的诗我记得更清楚。

* * * *

还是九年前的冬天，小镇零下十度，白雪皑皑。入夜，小街上圣诞灯此起彼伏地亮起来。放一段莫扎特的钢琴协奏曲，声音要小，然后点起炉子，读几首诗。炉子其实是电炉，虽然一片温暖的红色，却是一点儿古意也没有的。音乐与诗，可以最快地带我离开日常生活，却也和别人看电视剧或者自己以前上网下棋并无不同。

又读钱锺书先生的《槐聚诗存》，其中有写于1974年"文革"时的《王辛笛寄茶》，其中：

雪压吴淞忆举杯，卅年存殁两堪哀。
何时榾柮炉边坐，共拨寒灰话劫灰。

诗后有注："忆初过君家，冬至食日本火锅，同席中徐森玉、李玄伯、郑西谛三先生，陈麟瑞君皆物故矣。"这首诗给我印象深刻，是因为钱先生极少有这种沉痛的文字。我也是从这首诗才知道钱先生与"九叶"之一辛笛先生的交谊。

"九叶"诸公，在20世纪40年代都不过二三十岁，可惜仅数年就在动荡时局里凋落，失去了继续的可能性。直到近半个世纪后，他们才被重新发现；如今我们知道，"九叶"一脉，其实是"新月"后新诗的一个重要发展。然而他们的作品，依然未必有多少人认真读过。论知名度，辛笛在"九叶"里大约仅次于穆旦，但我却直到去年才第一次认真读了他的一些诗，其中之一便是《冬夜》。

安坐在红火的炉前
木器的光泽诳我说一个娇羞的脸
抚摩着褪了色的花缎
黑猫低微地呼唤

百叶窗放进夜气的清新

长廊柱下星近

想念温暖外的风尘

今夜的更声打着了多少行人

这首短歌十分优美,应是辛笛的少作。我轻声地读,非常好念,而且每段押一个韵。我的阅读经验里,注重吟唱性的新诗不多见。事实上,《冬夜》虽然是白话诗,读来却似有古曲的节奏,白描的手法也更近古人。由此想到,辛笛大概也写格律诗。这在他那代人里,本是常见的事:少年时有古文的童子功,青年后浸淫于西方经典。后来我读到李劼为王圣思女士(辛笛先生的女儿)《辛笛传》写的书评,其中引用了辛笛悼岳丈徐森玉老人的七绝:

何期营葬送斯文,山下人家山上云。

万事于翁都过了,斜阳无语对秋坟。

由于徐森玉老人逝世于1971年,所以辛笛作此诗时已年近花甲。与上面的《冬夜》对照着读,很难不令人感到沧桑与悲凉,而沧桑与悲凉,正是古诗词最适合传达的。

20世纪前半叶的诗人,多半中西合璧、内外兼修。他们的作品,如今看来,自有新诗这一文体初生时的痕迹,但从"新月"到"九叶",毕竟曾经画出一道明亮的轨迹。可惜这道轨迹戛然中断,以致三十年后,新诗要在废墟上重建,正如诗人韩东言所说,"在文学上,我们就像孤儿,实际上并无任何传承可依"。

很多年前,北岛在他主持的"今天诗歌论坛"上提出新诗的"汉味"的问题,我想,他虽不主张复古,但也确是有感于当代诗歌的某些失落而发。我想,除了北岛指出的语言的"汉味"外,缺少吟唱性似乎是新诗一直没有解决的问题之一。在我看来,汉语具有自己的音乐性,只是现代人对这一音乐性越来越缺少感觉了。如果说,格律诗有点儿像莫扎特,具有过去的旋律,新诗多少近乎后来勋伯格的现代音乐,富于表现力,但是易于逸脱传统的美感。

读"九叶"的文字与他们那一代的人生际遇,偶尔会想,如果他们不曾沉默,如果我们曾读着新诗的"正音"成长……然而,历史没有如果,断裂已经发生,未来的事情,谁也不知道。于是,我在夜深人静时,独酌一杯酒,写下一首诗。

> 九叶清音今不鸣,当时才俊逝流星。
> 不堪革命腥风雨,最是忧怀喋晦明。
> 冬夜炉边冬夜酒,零丁洋里零丁行。
> 辛公终老犹称幸,穆旦空余身后名。

古人云,"功夫在诗外",岁月与成长终究也让人走近杜甫,当我从早上八九点钟的太阳接近黄昏,很自然地就懂得了"萧条异代不同时"。

一骑独行何处去?

友人刘刚、冬君伉俪,2007年因另一位好友周泽雄相识。先是在"燕谈"网上神交,这个网名本来就取自"契阔谈䜩",不久后诸人聚首京华,果然一见如故。转眼十多年过去了,虽然分散于天涯海角,但一直偶通音讯。这一年多来,又在同一家报纸发表专栏文章,结下了新的一重缘分。

还是在2009年早春,冬君发邮件寄给我他们的大作《文化的江山》初稿,我一口气读完,在从上海飞芝加哥的十几个小时里,手写了一篇读后感草稿,不想回到家收拾行李,这两张纸从此就再也没有找到。写文章如同其他许多事情一样,需要一鼓作气,以前的不少文字就是这样散失的。

《文化的江山》跳出传统的政治史、经济史视角,从文化演变的角度勾勒出中国历史的线路图。经历过二十五个朝代的国史,有过多少次兴亡,"崖山之后无中国"的沉痛,然而一息尚存,延续至今的是文化的烛光。

在学识厚积半生,经历一波三折之后,从《文化的江山》开始,刘刚和冬君的著作喷薄而出。胡适先生当年主张

"多研究些问题，少谈些主义"，我想历史学最重要的是多提供些视角，少说些评价。历史本就是多元多层次的，"横看成岭侧成峰"；越是当下的历史，也就越容易"只缘身在此山中"。刘刚、冬君选择的方向，是贯穿古今、横跨东西的文化思想史，这其实还是继承梁任公以降汲取外来观念，梳理本国传统的文化传承事业，但是多了几分清醒，不再有指点江山的狂想，重建价值体系的雄心。

刘刚新作《反思"历史的终结"》就是这样一篇比较东西方"自由"的内涵、"国体"与"个体"关系的高屋建瓴之论，在短短几千字里，讲这么大的题目，要言不烦、条理清晰，尤见功力。不过，"历史的终结"在可见的未来似乎不会发生。回顾过往，思想者的期待与预测，可能带来一次又一次的幻灭，事与愿违才是常态。

刘刚说"中国传统政治思维中，也有两种倾向，一种是以国体为天命，将个体投入到国体中去，这就是儒家指出的内圣外王之道"，所以在儒家思想里，没有以个体为基本的自由观念。儒家虽然在孟子那里有民本的倾向，然而"民"只是一个整体身份，与个体无关；君仍然是国体的代表，君臣父子、尊卑秩序才是至高无上的。不过，我并不以为诸子百家的时代有谁具有接近我们今天所理解的个体观念的意识。"个体"里隐含着对个人权利的自觉，杨朱子庶几近之，但说的是一己利害而已。

老子的生平，到现在还不是十分清楚。1993年郭店楚简的发掘和考证，倾向于老子生活的年代在孔子之前，是那位骑青牛出关、绝尘而去的高人，至于更具体的事迹，就无从确知了。老子经常被认为是中国的苏格拉底，从他是最早的哲学家这一点来说确实如此，只是更加神龙见首不见尾。

老子学说范围很广，既涉及自然，又关乎社会；内容芜杂、语言模糊，这也是早期哲学的特点。"道可道，非常道"的多义性，折射出思想本身的多元性。这一点恰恰可以解释，不仅庄子，黄老之学也以老子为大宗师，连孔子也在传说中曾经求教于老子。虽然其思想为法家和所谓"术"继承，但老子向往的社会状态是小国寡民、无为而治，这样的牧歌社会其实在之前的部落国家时期确实存在过，然而随着不可避免的战争与兼并消失了。老子思想里最重要的，是被庄子继承发扬的那部分，即自然与人的关系，所谓"人法地，地法天，天法道，道法自然"。

与庄子有关的故事流传得多一些，然而除了当过漆园吏之外，其他事情包括生卒年月也未必可靠。他好像活了很大岁数，好像和王公士卿有往来但不肯当官，但也就是似乎如此而已。现在的史料，并不足以描绘一幅完整的图景。老庄生平事迹的模糊，从侧面反映出他们虽然曾著书立说，名满天下，看上去却是宁肯避乱隐居，也不想建功立业之人。他们书中的思想，有超越现实的高远，却没有改造社会的雄心。

庄子比老子更进了一步，他的逍遥精神是一种脱离社会、回归自然的梦想。虽然《庄子·外篇》很可能是后人所托，不过其中的乌托邦精神是很一致的："夫至德之世，同与禽兽居，族与万物并，恶乎知君子小人哉！"(《庄子·外篇·马蹄》）这里不仅人没有了分别，而且人与自然禽兽和平共处。老子的理想退居其次，虽然听上去靠谱一些："至德之世，不尚贤，不使能，上如标枝，民如野鹿。"（《庄子·外篇·天地》）

虽然没有明确个体，虽然人还是一个复数的概念，但是在庄子那里，人是一个抽象的存在，不再是某种身份的集合。这一点非常重要，因为在这种抽象化背后，蕴藏着人是平等的逻辑可能性。更为重要的是，他们认识到在宇宙中人的微不足道。老庄眼中的人，不过是身处天地间的沧海一粟，他们由此而从人的角度对天地自然存敬畏之心，又从天地的角度对有限人生持从容淡定的态度。"道"在老庄那里是天地之上的道，只可意会，不可言传，其极致是归于无。道最终是不可言说的，这看似不可知论的背后，隐含着老庄对人类认知能力的清醒与谦卑。

∵

少时经常和"老三届"的兄长辈在一起，在"文革"那个特殊的年代，他们中间相当一部分人对哲学很感兴趣，虽然读的书很有限，马恩列以外，大多数人到黑格尔为止。那些漫长的、激动的、玄学的讨论听上去很有意思，我也曾见到过戴着黑眼镜、目光深邃、声音像蒋勋的一位老兄，看上去很有魅力。

"老三届"的哲学关注，如同他们的地下文学一样，折射出一代青年的迷茫与反思。他们的起点与他们受的教育有关，小时候见的兄长辈里面，二十岁不到就通读《资本论》或者侃侃而谈《反杜林论》的不止一位。我因为是从小不上学的社会闲杂人员，读书也就不受外界影响，逮着觉得好看的就看，这些读着费劲的经典就没有看。人的喜好相当程度上是天生的，我从小走心的是"古来圣贤皆寂寞，惟有饮者留其名"，喜欢读《五柳先生传》《桃花源记》，年纪稍长一些，倾心于老庄也是很自然的。

关于中国哲学，我读的第一本书是张岱年先生的《中国哲学大纲》，这本书的特点是以哲学问题作为线索，叙述平实扼要，对于入门启蒙是不可多得的好书。这位北京师范大学附属中学半个世纪前的学长、北京大学哲学系第一位被打成右派的教授，是从老庄进入哲学的。老庄的自然宇宙观、以道为最高范畴的本体论、有生于无的认识论，堪称中国哲学史上独一无二的完整体系，而且构建在遥远的两千多年前，和古希腊先哲一样，令人感到神奇与敬佩。

本来在战国时代，老庄、孔孟、荀子韩非、墨子杨朱并无高下之分。孔子虽然欲行吾道，不像老庄那样淡泊，在现实中却四处碰壁，惶惶如丧家之犬。儒家的时来运转，是在权力干预思想的过程里发生的。孔孟思想能够逐渐被改造、通俗化成经久不衰的意识形态，多少是由于它的内在理论更适合于用作意识形态。孔子虽然对当时的现实不满，却是由于"礼崩乐坏"，与其说是批判性的，不如说是出自对周公时代的肯定，那个时代就是孔子心中的理想社会。重视社会秩序、高扬道德标杆是孔子的基本态度。君主制、君臣父子的尊卑，在他乃是不言自明的存在。因此儒家学说对于后来的统治者来说，是有利于稳定的。

经过一千多年的教化，汉、唐、宋几代的理论发展创新，儒家终于随着科举制的施行成为主流意识形态，随后深入民间，构成了道德观的基本教条。

孔子对宗教敬而远之，对天地宇宙缺乏兴趣。孔子关注的仅仅是人、作为社会人的修养与人际关系，说他是人本主义也罢，算他有民本精神也好，孔子学说集中于行为规范及其实践，与其说是哲学，不如说是用道德指导功利行为的伦理学。

儒家的一枝独秀，遏制了其他学说的发展，在大一统帝国的递嬗里逐渐形成了思想一统的习惯。道家此后在哲学方面没有什么发展，而是以一种生活方式、民间宗教绵延。

老子的逃遁、庄子的逍遥，是中国思想史上可望而不可即的坐标。不可知论者是没有传人的，唯有在漫长岁月里，偶尔听到寥寥无几的呼应。老子的思想，到了其后不久的黄老之学那里就已面目全非；庄子的集注，多由后世的儒生完成。老庄思想得以流传至今，与其说是思想本身的演变，不如说是由于人生无常、宦海险恶这一不可逃避的现实，使一些失意知识分子不得不在老庄的怀抱里寻找安慰，获得内心的宁静。

大二时我修了一门"西洋法学史",是法学部的选修课。我当时很偏科,只喜欢文史哲,对经济、法律兴趣缺缺,本来只是想多几个学分,不想越听越有意思。在此之前,我并不知道大宪章是立宪制的起点,从限制王权到以法律保障人身和财产权,经过几百年的演变,形成了个人权利的法律根据。

　　也是在日本读本科的时候,我对欧洲中世纪史有了完全不同的理解:近代的烛光其实是在黑夜里点燃的。神权统治有时是严酷的,但在神权之下众生是平等的。神权与王权并存,既互相冲突也互为犄角之势,大宪章就是在这样的背景下保护了个人权利、宗教信仰。当宗教改革与文艺复兴发生时,信仰的个人化与自由度增加、社会急剧走向世俗化,个体观念和自由意识也就同步成长。

　　在欧洲,个体意识的自觉,不仅有哲学的来源,法律的、宗教的来源也具有同样的重要性。由于缺乏后两者,在我们的思想系统和话语传统里,人没有从抽象的集合进展到个人。至于所谓儒教,是圣人的学说在很多时候蜕变为不容置疑的信仰,在一个缺乏宗教传统的国度里,相当程度执行了宗教的功能。其本身仍然是身份的规定,绝无神面前的平等可言。

　　"个体"的缺位,既是强大君权的结果,也是君权强大的依托。"内圣外王"是附着于"国体"的人的道德化,道德化的人则是在"国体"中呈现的一种榜样,并非鲜活的"个体"。通过科举制教育,士绅阶级、文官集团不仅仅是治国的中坚力量,也是思想文化的承载者、意识形态的提供者,成为漫长的王朝时期的主要支点。

同样,"个体"的成长,也是与现实中"国体"的变迁有着相互呼应的关系。"个体"权利逐步受到保障、伸张,扩大到所有人,便是"个体"与"国体"有一种趋于平等的关系。这种关系并不是一成不变的,"个体"感受到危机时,往往期待"国体"能够提供强有力的救助与引领,为此放弃自由,在所不惜。我三十年前读弗罗姆《逃离自由》一书,感慨良深。希特勒就是在这样的情况下以一个民粹主义狂人的姿态上台的。渴望救世主、渴望强人,是许多人很自然的想法,虽然历史反复证明,救世主是不存在的,带来的多半是灾难。

波澜起伏的20世纪已成往事,然而这个世纪有着新的动荡。历史是经常重复的,民粹主义的幽灵又在游荡。也许,两千多年前老子就是因为失望才骑着青牛远遁吧?他一骑独行,不知去了何方。

不逍遥又怎能归去？

我知道庄子梦蝶的典故，是在十二三岁时读李商隐的诗："庄生晓梦迷蝴蝶，望帝春心托杜鹃。"当时少年朦胧的心情，还只能喜爱"此情可待成追忆，只是当时已惘然"，对庄子、蝴蝶既无知又没有兴趣。我的少年时代正值"文革"后期，反智愚昧的气氛仍然弥漫，即使在知识分子成堆的大院里，也没有几个小孩子读书。我这一代人，绝大多数小时候都没看过几篇古文，更甭提《庄子》这样深奥难懂的文章了。所谓"学养"，大多是上大学以后恶补的，那种在20世纪前半叶长大的人们当中偶尔还能看到的国学童子功，我们是不具有的。若论童子功，有的不过是玩弹球、打群架，乃至写大批判文章的童子功吧。所以如今清华大学校长念个白字或中国人民大学校长用错典故，其实不足为奇。套个流行语式，都是"文革"惹的祸。当然如果深究，就不免把整个20世纪的历史文化进程都扯进去了。所以，搞不清庄子是谁也很正常，而花里胡哨的蝴蝶，在一片蓝制服海洋的时代里，也属于反面形象，首先让人想起《林海雪原》里许大马棒的小老婆蝴蝶迷。一代人审美意识的塑造，往往就是这样在不知不觉间完成的。

庄子梦蝶的原文是："昔者庄周梦为胡蝶，栩栩然胡蝶也。自喻适志与，不知周也。俄然觉，则蘧蘧然周也。不知周之梦为胡蝶与，胡蝶之梦为周与？周与胡蝶，则必有分矣。此之谓物化。"曾读过一篇亦真亦幻的散文，写几位茶中高手，一道品尝在高山之巅采摘绝世茗茶的经历和与此茶相关的故事，起伏之间，写的是对茶道的理解。品茶是一件极有学问的事，比如茶具，沏茶的水质、水温，如何沏，每种茶的品法，等等，都颇有讲究。我是只喝咖啡的人，对我国博大精深、如今又流行一时的茶道一窍不通。前年回国时友人招待我在茶室品茗，茶味也不觉怎样，倒是五百多块的价钱，尤其是加壶开水居然要三十块这件事令人难忘。

虽然如此，品文如品茶的道理，我还是明白的。像《庄子》这样似易实难的经典，尤其要静静地读，慢慢地品。比如上面这段，第一遍读，没有什么感觉，大抵是读字面上的意思。第二遍读，可能会明白庄周与蝴蝶到底谁梦谁其实说不清楚，这就有点儿味道了。第三遍读，也许会思考庄周是谁，蝴蝶又是谁？两者的分别何在，"物"与"我"的关系又是如何，等等的问题，似乎真的读进去了。第四遍读，多半会开始感到文字背后的哲学意识和美学观念，感到"此之谓物化"究竟该作何解并不那么简单，难怪庄子的思想到现在还未必说得清楚。今年是我第五遍读，好像又回到了初始的那种没有什么感觉的状态了，而我早已深深地走进中年。虽然好像回到了起点，但我这次有几点感触。第一，读《庄子》和一个人的年龄、经历、性格、气质很有关系，很多人不适合读《庄子》，读了也不过白读或者误读而已。第二，我无法判断自己是否也只是白读或者误读，就好像当庄子抵达与天地同在的境界时，他人无法想象那里究竟是一片空明澄澈的智慧还是一片混沌未凿的本真。第三，读着读着，忽然想到，关键不在于说出什么，而在于说出什么是不可说的。琢磨庄子说出了什么真的那么重要吗？光琢磨这个，难道不会掉到"白首穷经"的陷阱里吗？我们围着古人的几部经典解读了两千多年，解读得连篇累牍，解读到了专家可以看着白话译文谈读后感的通俗地步了。

我读经典，除了查生僻的字和典故以外，极少参照别人的解读。解读者写的，是自己的理解，而不是经典本身。固然大家的解读有其自身的思想光彩，可惜这样的大家从来不多。倒是考据文章往往值得一读，比如前些年发现的郭店楚简，其研读对于《老子》的校订似乎很有裨益。而且，重视考据的人，多半说话会小心点。至于在电视上唾沫横飞，口吐莲花或冒泡的男女教授们，我尊重各人的选择，只是，如果名利双收之余，还要以普及文化、教化众生自居，未免有些此地无银地"竖牌坊"，还不如王朔那句"我是流氓我怕谁"来得痛快无耻。在泡沫的年代，经典阅读成为一种作秀也不足为奇。然而，经典与泡沫的区别，恰似好茶与茶叶渣的区别，会品的人一啜便知。如果不会品，也就大可不必硬累着自己，不妨改读日本漫画或看韩剧，都是很好的消遣。

品茶是件很私人的事，最好心无旁骛。读书也是要自己去读，在没有大师的年代不必供奉一位精神导师。但是，如果不触类旁通，只管死抠章句，那些语义多重而模糊的方块字弄不好就成了在眼前飞舞，挥之不去的一堆虫子，古人称之为"翳"。读古书，即使对逝去的时代有所了解也未必有什么心得，但不了解就顶多瞎感想一下罢了。

虽然不似老子，究竟是不是骑着毛驴出了关谁都不大清楚，但庄子的生平事迹也有许多传说的成分，大多只能从故事里寻出一些线索：当过漆园吏一类的小官，后来成了名满天下的大名士。和老子一样，庄子生于乱世，但是那个时代又是很尊重名士的，而且在一个国家待不下去的话，跑到另一个国家就安稳了。所以春秋战国时期，固然动荡，却还不乏自由。诸子百家产生的背景在此，庄子的逍遥情怀与自由精神也在此。随着秦始皇一统天下，焚书坑儒，建立了强大的皇权；再到董仲舒提倡独尊儒术，东汉儒学复兴之后，儒家确立了思想主流的地位，百家局面从此不再。唯一还维系一线而不坠的支流，就是老庄之道。从思想史的大线索看，幸好还有老庄这一路命脉留传下来，我们才不至于完全坠落在一元化的窠臼中，才得以在怀疑、批判与逃避时有所凭依。

然而，尽管老庄的影响一直存在，但我以为道家的思想发展早在南北朝之后就陷于停滞。事实上，此后的道家，更多是以会道门的方式著称于世，有其对于宗教史的意义，而从思想史的角度看则乏善可陈。与此相对应的，是儒家的伦理价值观念日益普及，渐渐浸透甚至可以说支配了中国人思维的潜意识层面。在陶渊明以后，还有谁可以说是老庄思想的继承者呢？老庄此后不过为失意文人提供一个避难所和一种精神按摩而已。智慧高超如苏东坡，内心深处还是似乎未能忘怀事功的。

如此，我们能读懂多少《庄子》呢？说庄子"消极"，说庄子"避世"，听上去好像都没有错，可是仔细想想，这种说法背后是不是已经隐藏了某种入世的、唯物的、积极向上的价值观呢？戴着"眼镜"读书，阅读体验就不免沾上"眼镜"的颜色与角度。进一步想，诸子百家在几经战火频仍后尘埃落定，浴火重生后一枝独秀的，为什么是最缺少想象力，关注世俗秩序，相对来说最无趣的儒家呢？这是一个巨大的无解方程，不过，想一想这样的问题也许比谈论定义模糊的国民性或一厢情愿地探讨道德重建与儒学现代化等等更靠谱一些。在此种商品经济物质利益至上的时代，伦理的困惑和诚信的丧失固然表现在方方面面，但是否应该想一想，经过长达两千多年的专制统治后，我们的文化想象力、创造力还剩下多少？换言之，我们是否还能够梦见蝴蝶？

∴

如果说，20世纪80年代的思想文化界经历了一场远承新文化运动，激进喧闹，昙花一现的泡沫，那么90年代则开始了一个回归"整理国故",追寻失踪者,保守沉闷的漫长时期,延续至今,还看不到终点。自然,也没有人能够预见未来。这是一个务实不争论的年代,这是一个闷声挣钱的年代。外面的世界很热闹,想静心守住一张书桌,还真需要很好的定力。"整理国故"究竟有多少能够传世的结果还难定论,倒是许多曾经在20世纪后半叶销声匿迹的名字重新出现,变得如雷贯耳。由于短缺,人们开始像追星一样憧憬那些不可复现的文化守护者。虽然数来数去,能够"默念平生固未尝侮食自矜,曲学阿世"的人,不过王国维、陈寅恪等极少人而已。

我和大多数人一样,其实对王国维、陈寅恪二位先生一知半解,不过高山仰止。我自然不敢追随时尚,引用二位的文章来成就自己的思想。我们这几茬人,对静安先生的了解其实都是从那本薄薄的《人间词话》入门,其中最广为人知的,便是下面这段:"古今之成大事业、大学问者,罔不经过三种之境界:'昨夜西风凋碧树。独上高楼,望尽天涯路。'此第一境界也。'衣带渐宽终不悔,为伊消得人憔悴。'此第二境界也。'众里寻他千百度,回头蓦见,那人正在灯火阑珊处。'此第三境界也。"然而,这些境界怎样去理解,后人还是仁者见仁,莫衷一是。虽然王国维学贯中西,深受叔本华、尼采影响,《人间词话》却完全是继承传统诗论的写法,纯粹形象、感性的语言。也许,这正是《人间词话》的魅力之所在。一方面,中文本来就语多褒贬而缺少内在的严谨思辨,而语言很大程度上决定了思维方式。所以中文的思维往往是简单的二分,有意无间已形成价值判断,直达或是或非的结论。另一方面,汉字堪称硕果独存的象形文字,其中丰富多彩的意象,因大半只能感受却难以分析,所以传统诗论富有美感却无美学体系,《人间词话》可以说是这一道统的最后一点绝响吧。

我一直是"好读书,不求甚解"的众多传人里的一分子,中年后更接近"不读书,不求甚解"的痴呆境界。近日为写专栏,重读庄子、阮籍和陶渊明这三位我极喜欢的古人的部分作品。这次阅读,与上一次之间,横亘着二十余年的岁月。中国人往往要在感受到一点作家周泽雄所说的"生命的厚味"之后,才能走近历史的脉络。这次阅读,不仅对具体文字有崭新的印象,而且庄子以降这一脉思想的演变时不时萦绕在心。我似乎有些感觉,却找不到话语来陈述。就好像十五年前初次到纽约小意大利社区的一家据说闻名遐迩的咖啡店品咖啡,一杯卡布奇诺,一小盅蒸馏浓咖啡,醇而不同,令我兴奋不已,却说不出个所以然,证明自己虽然爱喝咖啡,却没有品尝的资格,连野狐禅都诌不出。

昨晚临睡时,半梦半醒之间,石击电闪一瞬,静安先生的三重境界照亮了我的思路,难道不是恰好可以借用来比照一番吗?

在我看来,以"独上高楼,望尽天涯路"说庄子,虽不中,亦不远矣。庄子之"独",在于他的世界是逍遥而纯粹的,直通自由的彼岸。"至人无己,神人无功,圣人无名",庄子的思想,与天地相齐,高远而简洁。调侃地说一句,庄子就是一位大宗师，远远地微笑着伫望人间世。后来的绝大多数人，在人间世折腾，焦虑而烦琐，不知不觉就成了庄子的反衬。庄子之"独"，更在于他的思想虽然和其他各家一样，属于人生哲学之一种，却独一份地关注个人而不是社会。总体而言，中国的思想基本上都是人生哲学，在春秋战国时代就已经主要聚焦在世俗社会的秩序、伦理、权谋等等，庄子主张"逍遥"，正是要跳出这一切，达到个人的最大化。

然而，历史的演变已经显示，个人自由与个人意识在中国经历了一个不断递减的过程。即使只从这层意思上讲，鲁迅先生那声看到史书上写满了"吃人"二字的惊呼也是"良有以也"。庄子的时代还有相当的自由度，或迁徙或逃避，比如孔子从一个小国晃悠到另一个小国，"此处不留人，自有留人处"，又比如伯夷、叔齐，可以躲到山里，也不一定就会饿死。到了阮籍时，这些可能性已经大为降低。所以在阮籍的文章里，少了飘逸恣肆的想象，多了忧伤沉痛的感慨。同样是关于"以天地为卵"的人生境界，《大人先生传》更着力于对名教与现实的批驳，在在流露出"衣带渐宽终不悔，为伊消得人憔悴"的执着。

阮籍已无力仿效庄子的自由驰骋，也就是念想一下。他更多是逃避在半真半假的醉梦里，在现实中不免半无奈半情愿地妥协：混迹于官场，写劝进文章。不是所有人都爱喝酒，更没有多少人真能醉梦，加上越彻底的人越具有榜样的力量，所以阮籍不如陶渊明那样影响深远。陶渊明之所以更广为人知的另一个原因,是阮籍在思想上更接近庄子,而陶渊明的思想有更多儒家的要素。陶渊明曾经胸怀"猛志",直到不惑之年,历经宦海浮沉,阅尽乱世沧桑,才蓦然醒悟,写下《归去来兮辞》,正好合了《人间词话》第三境界。

陶渊明不仅以其文章,更以其人生选择而成为庄子的传人。我个人以为,他也是庄子最后的传人。后人即使想学庄子也学不来,顶多学学陶渊明。换言之,时势不同,庄子的想象力只能让人惊为天人,而陶渊明却是走过尘世后回归自然,让人觉得切近真实。庄子不可学,由儒入道的陶渊明却可学。事实上,后来的中国知识分子里的少数彷徨在入世出世之间的另类,几乎无一不是仿效陶渊明。取法乎上,仅得其中,学陶渊明究竟学得如何,也是见仁见智的一件事,姑且不论。

儒家思想成为主流思想的一个标杆就是,它很早就包围了中国知识分子的灵魂,在他们的潜意识里构筑了价值体系的基础。儒家推崇道德事功,善恶是非极其分明。不管它是严肃的,还是虚伪的,有时都不免令人不堪重负或产生疑惑,此刻道家的思想和指向恰好提供了一个避难所。所以,道家能够作为中国思想传统里最重要的一个分支历千年而不坠并成为知识分子多面性的一个重要思想资源。但是,从另一个角度看,在儒家思想的洪流里浸淫越深,离庄子难免越远。当儒家蜕化普及到极致,化进一个民族的思维模式里的时候,"逍遥"听上去越来越虚无缥缈不靠谱,属于可望而不可即且没有实际用处的奢侈品;当一个民族几千年来屡经战乱，为"生存权"都要来回转圈反复挣扎的时候，道德的功能更多是用来将功利行为正当化，只有财富和权力才是最实在的。《庄子》虽然幸运地被流传至今，但庄子的思想究竟有多少发展呢？那些喜爱庄子的读书人们，是不是仅仅用他为自己的多重人格又添了一重呢？尽管隐逸精神一般被认为是一种高尚品质，尽管历朝历代都有些唱着《归去来兮辞》回到林泉下的隐士，但他们当中的多数人，其实是身在草野，心怀庙宇。如果心灵失去了逍遥，又怎样才能真正地归去呢？

矫情任性与贵族精神

北京人说起小孩子，常说这孩子忒任性、矫情，都不是什么好评语。我小时候被认作乖孩子，其实我很想任性一下，但是没胆量也没本事，只好老实待着。至于矫情，倒一直和我无缘，我是一向不跟人找别扭更不会为难自己的。长大一点儿，语文程度提高了一点儿，就觉得任性和矫情实际上是完全相反的两个意思，不知怎的就相提并论了。

我不常饮，但喝一点儿酒后，往往思路更加活跃清楚。当年在炎热的夏天高考时，便是有赖每天中午一瓶冰凉的啤酒，下午三场才没犯晕，只是引来监考老师惊诧的目光。二十多年以前，在朋友家的一次家庭派对上，喝了二两白干后，心中暖意微升，开始满嘴跑舌头。

既然提到喝酒，就从阮籍说起。阮籍的嗜酒任性，亦真亦假；天真与世故浑然一体，让人能直感到魏晋风度在放诞一面的深层里别有怀抱。当时我刚过而立之年，在世事人生的大变动里体会到"有悲则有情，无悲亦无思"。至于"时无英雄，使竖子成名"之叹，从来适用于许多年代。

说到阮籍，就不能不说嵇康。后人议论他们，多扬嵇抑阮，大抵中国人品评人物，总要分出高下，并且归结到人品上。嵇康自然人品很好，少年时读陈翔鹤的《广陵散》，他那从容就死的风范也很感人。不过，他本是曹家女婿，大约怎么都是在劫难逃的。而阮籍并非被卷入得很深，也就得以避祸。

也没有什么原因，仅仅根据传世的记载，我更喜欢阮籍的性格。他的任性，看起来自然，说到底是很难得的修为。他做事极不靠谱，想起哪出算哪出；遇事得躲且躲，先醉了再说，实在躲不过去，就写了为世所诟病的劝进文章，但也未因此捶胸顿足地忏悔得肠子发青，而是接着找酒喝去也。当然，由此而认为阮籍是率性天真的人可能才具有傻子的天真。我不大相信我们这个历尽忧患的民族能够容忍天真，事实上，生于乱世又要率性生活的人，恐怕既需世情练达的清醒，更要有不为所动的定力。而且从阮籍的角度看，司马代曹又与他有多少干系呢？

如果非要拿阮籍和嵇康比，那么嵇康虽然崇尚老庄，但是其方正的个性与气节的坚守，倒更近乎真正的名教中人，而不是出世之人。这一点儿鲁迅好像也说过，而据不少大大小小的鲁迅学家说，鲁迅便是一位更进步和伟大的现代嵇康。嵇康不洗澡和谢安的折屐，固然也显出非凡的定力，但总让我觉得有些矫情。

矫情在我看来才是我国源远流长的传统，比如坐怀不乱，又比如吾日三省吾身。前者予人想象空间：柳下惠是不是阳痿，或者是同性恋？后者令人怀疑曾子本人能否做到，就算他做到了，这种反省方法又能否被传授，能否不流于虚伪或者自虐？

经过孔夫子之后世代知识分子的批评与自我批评、学习学习再学习，我国充分普及了有关君子仁人、烈士贞妇的道德观念与是非标准。它们是如此崇高，以至人们无论出于真心还是装蒜，除了矫情几乎没有别的途径达到。在此不必多谈装蒜的人，时人对厚黑学、潜规则一类的关注已经够多，大可不必再开一门矫情学。

问题在于，那些真诚的人们，为了当高尚的人、不自私自利的人，玩儿命拔着脖子提升自己。中国知识分子越活越累，道德的内在压力和对统治者的恐惧混合在一起，使他们的内心恒常地处于一种紧张状态。于是阮籍这类人物渐成绝响，到了清朝，数得出的一个是李渔，却多了些狎玩行径；再往后的所谓放诞，就转来转去不脱醇酒美人了。

前仆后继、辈出不穷的是讲究文章事功的大儒们，其中近世在修身方面最继承曾子的，似乎当数他杰出的本家曾文正公。我读《曾文正公家书》，没有一次能够读完。文正公是有原则和极强意志力的人，也是极其矫情的人。律己宽人，是他的美德之一，但这种美德，恰如许多先圣的教诲一样，本身就是矫情的。任性自然的人，恐怕对自己会很宽容，对别人则大半无所谓。

榜样的力量是无穷的，曾国藩影响了几代人，然而，榜样之所以为榜样，正在于其与众不同，所以也就不能代表什么。从孔夫子开始，我们的思维和判断能力一直深受榜样的操纵，矫情的传统越来越厚重，任性的余地也就越来越小了。

那晚说到这儿，就到了酒足饭饱，主客半醺时分。海外华人的家庭派对，或以打拖拉机，或以卡拉OK来杀饭后时光。我的舌头也就没有再跑下去，说过的话也就和岁月一起被遗忘。直到去年，已经搬到外州的主人看见我的文字，来电话聊起。听的人比说的人记得更清楚，这也是常有的事。回首这二十多年，忙碌的日子之余，大多是在杀时间。看朋友和自己渐渐变老，看下一代匆匆长大。打牌也罢，写文章也好，不过是消遣有生之年。在寻找一个榜样需要上溯一千来年的时代，以我们的修为，精神上想活得任性与自由一些也许只是个念想。

∴

随着经济高速发展与富裕阶层的形成，近两年"任性"忽然成为一个流行语。基本逻辑是有钱就能任性，任性才能幸福，所以"任性"象征财富与对幸福的追求，进而言之，是一重人生境界或者是一种贵族精神的体现。

不过当下成功人士都是从无到有、辛劳奔波，在变动的社会环境里、在急剧商业化的时代白手起家。他们熟悉策划与计算、谋略与人际关系是正常的，对于"任性"则是陌生的，往往不脱任性就是可以由着性子这种字面上的理解。事实上，很多人对于词语的理解是颇为可疑的。他们并不去多想定义与边界，比如自由被理解成想干什么就干什么、比如分不清任性与胡为的区别。至于把"任性"上升到贵族精神的一部分，则令人不免疑问：谁是贵族，什么是贵族精神，如今存在吗？

我小时候，"贵族"可不是一个好词，通常和"反动""腐朽""没落"连在一起，出身贫下中农才最光荣，革命的目的之一，就是革贵族的命。不过人们嘴上说的和心里想的，往往并不一致，越是高压的时代越如此。对上流社会的向往与好奇，无论何时何地都顽强地存在着。这上流社会对于大多数人来说神秘而遥远，似乎高不可攀，可能引发各式各样的感触与倾向。

"贵族"究竟是些什么样的人，其实并不被人所知，也似乎没那么重要。20世纪60年代在北京东城区的一条胡同里，星星点点地住着前清皇族、民国高官、大学教授、银行巨子、梨园名伶、起义将领，虽然在这个时代他们已被边缘化甚至妖魔化，大多很低调，夹起尾巴做人，但他们的穿着打扮、气质风度还是有些与众不同的。

在平常的日子里，他们令人艳羡，或许也有些令人嫉妒，然而"文革"开始不久，抄家之风一起，嫉妒与恨膨胀交错，于是书籍字画被付之一炬，黑胶唱片碎落满地，被剃阴阳头、剪瘦腿裤的情景时有发生，刻在我童年记忆中。

贵族与贵族精神重新被提起，是20世纪90年代以降的事，"文革"结束后，贵族虽然污名不再，但随之而来的20

世纪80年代改革开放加速,流行的关键词是现代化、西方新思潮和当下,对于听上去有几分复古气息的贵族不甚感冒。进入90年代,风气骤变,不复西化,转而趋向绍述前辈学人、追溯本国历史,贵族与贵族精神,由此颇获肯定,在21世纪更进一步成为一种当代时尚与追求。

不过我们看历史很容易流于以古喻今,即使不那么急切,也往往强调以史为鉴,终究逃不脱通过历史诠释此时此刻的思路,忽视了历史学的本质在于寻找与复现历史情景。另外,缺什么想什么是人性使然,如今找不到的,很多时候我们就自然而然地求诸古人,以今天的想象与期待进行描述,究竟本来面目如何反而成为次要的。

"贵族"一语自是很古,不似今天许多常用词是19世纪末20世纪初由日语转口,但其当代含义更多源自西方,又以英国贵族为标本。大抵英国贵族自成一体,与王权既互为掎角之势又充满张力,在中国历史上与之最相似的,大约是春秋战国时期的各国大夫。英国从中世纪到近代的政治史,就是一部从王权与贵族共治逐步走向议会制与地方自治的演变历程。而中国早在秦汉就以大一统皇朝和郡县制取代分封制,拥有自己领地的世袭大夫不再存在。虽然门阀士族在东汉兴起,直到唐末五代才身影湮没,但更多听命于皇权或武力,在历史上的影响逊色许多。

如果说贵族是一个中性词,那么贵族精神却是褒义的。它有两重意思,一是本意指贵族的精神,二是说高贵的精神,并不一定专属于贵族。我们今天所用的,大多是第二重意思。

器物文明一般是百姓创造的，文字文化则多出自受良好教育者。由此观之，中西共通之处是，贵族是文化发展传承的主要人群。并没有很多人意识到，诸子百家的主张其实是贵族的学说。姑不论其中有多少欲献明主的统治术，基本概念里的君子与民是不同的，类似柏拉图笔下的哲人，是统领民众的贵族。说孟子或墨家的思想是"平民思想"，在我看来是可疑的，他们至多可以说是认识到民众的重要性而已。

说中国的贵族，人们最容易想到门阀士族和与之相关的魏晋风度，也易于由此产生一种好感与肯定。简单的臧否是我们传统的一部分，实乃史学大忌。西晋时期少数民族政权之所以能建立，与门阀政治的速朽有莫大关联。曹操虽然出身寒门，本姓夏侯，但曹氏也好，司马氏也好，都是由东汉末年高门转升皇位的。西晋虽然武力灭蜀降吴，但摊上一个白痴晋惠帝，问遭遇饥荒的民众"何不食肉糜？"，所以仅仅安稳了十几年就"八王之乱"，不作不死地死了。

南渡的士族与江南的豪门联合安定了南方的半壁江山，东晋是唯一称得上门阀政治的朝代，当它被起自卑微、靠武力与寒士的刘宋取而代之后，贵族继续存在，但更多是社会身份上；他们留在历史上的痕迹，更多是文化方面的。

贵族在发迹地有着自己领地的政治、经济、军事实体，在隋唐经历了一个渐渐衰落的过程。从黄巢起事到五代十国，在战乱频仍中，门阀士族彻底消亡。宋朝以后的中国是一个平民社会，不再有世袭贵族。通过科举制批量生产的文官集团辅佐并依附于皇权，科举制和与之相关的教育促进了理学思想统治的确立，文官治军防止了武力割据的再现；虽然异族的入侵和改朝换代两度发生，但是直到清朝末年为止，这一结构基本的格局没有变化。

❖❖❖

在过去"后贵族时代"的一千年里，书香门第、乡绅阶级是社会的主要支撑者、文化的主要传承者与普及者。他们不是通过血缘继承，有更多流动性，在一定程度上阶级的森严壁垒不复存在。在11世纪，这样的转变听上去非常合理，而且提供长期稳定的可能性。相当多的宋史学家都会赞美当时的繁荣在世界上首屈一指，是中国史的巅峰年代。我刚到日本留学时遇到的东洋史教授，是一位宋史专家，他的谬论之一，就是中国在北宋时就已经转型为庶民社会，为什么在现在反而强调阶级斗争呢？

我倒觉得，虽然没有了世袭贵族，但以宋朝为拐点，君臣尊卑在现实中、在理论上开始了一个逐渐强化的过程。与之相伴随的是文化的世俗化、伦理化与一统化，贵族时代的浪漫情怀、个性化日渐式微，所以再也出不了嵇康、阮籍这样的人物了。

在没有贵族的地方谈论贵族精神，是一件很滑稽的事。词语在谬误中定型是时有发生的、使用与理解上的歧异也可能折射出当时的现实与氛围。贵族原本基于血统的等级身份，与价值判断无关，贵族精神却令人联想到高贵、正直、风骨、气节等种种稀缺的品质。这些品质其实与是否为贵族毫无关系，贵族只是由于天生环境的优越，可以有更好的教养与气质，在历史上有更多文化方面的机会。更值得指出的是，他们可以出于自然、毫不作秀地活得相对个性化、任性一些，留下"雪夜访戴"一类的佳话。

令人向往的历史人物，大约不是那种道德楷模，而是性格鲜明、特立独行之士。然而魏晋之后，对个体的重视从未成为主流、对个性的张扬多被视为异端。个人主义实在是纯粹的舶来货，陌生到许多把它挂在嘴边的人都搞不清楚。个体观念在中国的阙如，不是近百年，而是上千年。我对所谓观念更新，是很悲观的。自居精英的知识分子往往以此为己任，然而这种思路，和主张道德重建的卫道士如出一辙，都是以为把自己的一套东西灌输给民众就大功告成了。

我想，我们需要谦逊一些，对我们的历史多了解一些，对我们这几代人的文化根基和修为认识得清醒一些。如果你真的想活得相对个人化，那么你也许该想想，什么是内心的任性与自由？怎样才能不仅仅活在别人眼里，而且为扮演某种社会角色而生活？

读阮籍的诗，便知他内心其实清醒而忧伤——人情有感慨，荡漾焉能排？挥涕怀哀伤，辛酸谁语哉？

闲暇文化的境界

"雪夜访戴"堪称即兴的滥觞,是我一直喜欢的故事。据《世说新语》:"王子猷居山阴,夜大雪,眠觉,开室命酌酒,四望皎然。因起彷徨。咏左思《招隐诗》,忽忆戴安道。时戴在剡,即便夜乘小船就之。经宿方至,造门不前而返。人问其故,王曰:'吾本乘兴而行,兴尽而返,何必见戴!'"那岸雪溪舟的一幅夜景、潇洒飘逸的一时即兴、举重若轻的一份友情,是已流传千古的佳话。

林语堂先生在他讴歌中国文化的大作里,曾有"文化是闲暇的产物"之名言,我想,林语堂先生所说的文化,其实是要进一步界定的:应该既非喜闻乐见的流行文化,也不是慷慨激昂的正统文化吧。延续数千年的中国文化里,其实有很多层面,往往相反互斥,在不同的时期显示迥异的风格。在我看来,历史上闲暇文化的最高境界,还是魏晋风度,到了近世李渔的讲究食色已趋衰落,至于后来的遛鸟、玩鼻烟壶则基本不入流了。

少年时读范文澜先生的《中国通史》,对"魏晋风骨"

不乏肯定，对于玄学却多有批判。风骨接近气节，一个有气节的人自然是高尚的人；玄学接近空谈，而空谈一向是误国误己的。范老是当代马克思主义史学大家，但我觉得他论史为文的方正持重，更接近儒家风格。范老的评价，事实上也是继承了儒家，尤其接近理学的思想统治地位确立之后大多数史家对于魏晋的看法。大抵这种评价的思路，是把道德、事功和文章联系在一起的。论人要归结到人品，所以嵇康、陶渊明得到表彰；论思潮要归结到效益，所以高谈阔论只落得掉脑袋的何晏难免被低估。

伦理加事功的判断方式，早已浸透到国人的潜意识之中，然而我以为所谓"魏晋风度"，正是玄学时代的文人风气，两者密不可分，也无法分开评价。儒家思想在相对安稳的时代，容易深入人心，而一到乱世礼崩乐坏时，其地位就极大地动摇了。玄学在东汉末年到三国的战乱中兴起，上承老庄，提倡无为，批判礼法，崇尚自然。虽然空谈无用，消极遁世，但也是张扬个性，回归本真。用当代人熟悉的话语讲，魏晋时期是春秋战国后又一个思想解放的时代，魏晋风度之所以令人神往，是因为其中有着独立人格、自由思想的气息。事实上，从魏晋到南北朝，一方面长期处于战乱中，另一方面，玄学盛行，佛学东渐，思想的多元化也类似东周时期。中国历史上，思想活跃的年代大都是乱世，近代的新文化运动亦然，这是思想史上颇值得思考的一件事。

个性的张扬，不仅表现在思想方面，更多表现在生活与行为方式之中。随意即兴，岂止是闲暇的产物，更不是只有贵族才能够享受的奢侈品，陶渊明不就可以"采菊东篱下，悠然见南山"吗？而王徽之从他大名鼎鼎的父亲王羲之那里继承的，除了高贵的门第，还有深厚的文化功底与名士风流的气质。在那个时代，特立独行蔚然成风，精神的高贵为文人所追求。在那个时代，出世的倾向被相当普遍地认为高于入世猎取功名，这种价值观以及与之相伴的审美观使魏晋风度成为后世不可复现的文化风景。

我读过一篇文章，认定王徽之雪夜之行不过是因为其身为贵族，有条件玩潇洒；又是因为混得不够得意而作秀以吸引眼球。我对这种根据当代文人流行的小阴暗心理推断古人的考证是怀疑的。许多当代文人，始囿于生存终囿于名利，需要考虑的现实问题太多，难以想象出古代悠容的生活中自然发生的即兴，或者是即使想象得出仍不免揣度猜忌。另外，动机是无从考证的，仁者见仁，智者见智。比如，推测作者的观点以做翻案文章来吸引眼球，这也是当代文人常做的事。我原不愿如此推测，他大概只是借古讽今，挤对他所鄙视的做作之人而已。

当代人的炒作背后，是精细的计算，多数连附庸风雅都谈不上。但由此就能比附出古人也会炒作，而且炒作得更高明吗？我更倾向于，受斗争哲学熏陶后被拜金主义习染的人们，真的是很难看见古人的心境。今人有谁曾经在一个下雪的夜里泛舟江上，又哪能找到一条河流尚未被污染呢？

223

..

在我印象里，梁启超是第一位比较中西历史的学者，开风气之先，胡适、鲁迅等都承认受到他的影响。梁启超的很多见解，今日读来仍然很有意思。比如"泰西之政治，常随学术思想为转移。中国之学术思想，常随政治为转移"。又如他认为欧洲有将国民划分阶级的风气，而中国没有，理由之一是，唐朝以后，科举制使平民也可以一步登天。以西方历史为参照的方法、阶级分析的概念就这样第一次进入了中国史学。虽然不大情愿认这位老祖宗，但后来的主流史学其实没有走得更远，倒是时常泛滥的教条主义导致梁启超引进的概念历久弥新。

中国是否有过贵族阶级，尚有异议。从魏晋到唐末，门阀士族由盛而衰，则是不争的事实。魏晋南北朝时期文化传承的主体多为高门望族，即便像陶渊明那样自甘淡泊的高士，也是名臣陶侃的后人。世袭士族的身份，是这一时期文人多追求名士风流的背景之一。所谓"名士精神"的本意，我以为特指当时一种傲视礼法的贵族精神。一个时代的文化气象，和文人的社会地位与处境有很大关系。虽然中国从秦始皇大一统后就进入了皇权时代，然而在科举制勃兴之前，皇帝与士族的关系多少互为掎角之势，而不像后来那种隶属关系，发展到清朝，干脆就是主子和奴才了。晋司马氏本身就是望族，两晋一百五十年，全凭门阀士族支撑。宋齐梁陈的皇家虽然多用寒士，但高门反更标榜清高，崇尚玄佛。空谈也许误国还加速自身的衰落，但也未尝不是贵族精神的表现。越以孤高自居，自然忠君意识越淡薄，南朝历代的短命，实在与此有关。

贵族精神的凸显，更由于其深刻的思想背景。虽然有过从焚书坑儒到罢黜百家的统一思想的尝试，思想却远未定于一尊。不只魏晋玄学直承老庄，西来的佛教更是屡仆屡起。以自然为最高境界、对世俗持否定态度、向往出世乃是"魏晋风骨"的精髓，虽有乱世逃避的一面，也是思想史上最后一次对个体的弘扬。

当然，中国的事情向来是真真假假，假作真来真亦假。真事隐去，假语村言。冒牌货可以上溯到两千多年前的赵氏孤儿，那时就已经连婴儿都敢掉包。后人赞许程婴、公孙杵臼为忠义之士，仔细想来，他们却有一种缺乏起码父子亲情的残忍。人们常说的还有一句话"是真名士自风流"，这句话反过来读就是假名士其实很多的意思。从第一拨大名士"竹林七贤"里，就可以找出一位王戎，不仅善于审时度势，还是个日夜数钱的葛朗台式人物。后来的"竟陵八友"，包括了梁的开国君主萧衍（梁武帝）。能当四十多年皇帝的人自然不简单，萧衍无论在权谋机变还是在文事武功上都有相当的修为，唯一与众不同的是信佛，极其虔诚，走火入魔，最后只好饿死台城。沈约是"竟陵八友"中的另一人，是古代四大美男子之一，放在今天绝对是粉丝满天下的"学术超男"。他的学问很好，写出多部史书，首创"四声"理论，流传下来的《宋书》是二十四史之一。不过，沈约先是很起劲地辅佐萧衍当皇帝，跟着当上了宰相，随着皇帝猜忌的加深，不久就忧惧而死，活得并不怎么风流潇洒。

宋朝以降，中国真正进入梁启超和后来不少史家所说的"平民社会"，庶族倒是可以通过考试平步青云了，然而，从这一条挤破头的羊肠小道走出来的精英，也就满怀感恩地跪在了皇帝脚下。文人从此成为礼教的主流，贵族精神自不必说，就连"名士风流"也极为罕见，这个词也就逐渐被滥用起来。并不是有点才华、有点名气，再有点行为怪异就能算个"名士"，"风流"更是不带色的。在"存天理，灭人欲"的漫长岁月里，在"为主义不怕牺牲"的现代史上，个人一直不被待见，个性长期受到压抑。等到20世纪也已随风而逝，处在社会转型路口的当代人不无茫然地想从先人那里找回个体生命的光辉，却往往只能从一些有待考证的名人逸事甚至花边绯闻中错觉到所谓"贵族"或"名士"的气息。

⋯

前两天看到一篇文章讲黄仁宇，肯定民间治史和大历史。《万历十五年》自然是本好看的书，民间治史更是史学的应有之义。但是"大历史"其实有些可疑，一不留神就会成为大言不惭的忽悠。我倒觉得，一切历史归根结底是个人史，见微知著才是功夫所在。在我看来，历史学是一门描述性的学科，不是一门解释性的科学。固然，历史真相如赫拉克利特的河水，逝去的时空终不可复现；然而，历史学的目的，正在于从历史遗迹里寻找并构筑历史图景，尽可能接近历史真相。固然，每代人所看到的历史，是他们眼中的历史，有他们所处时代的痕迹，从这个角度而言，一切历史都是当代史；然而，历史学一旦服务于某种当代目的，就难免罔顾史实，甚至成为现实道具。在谎言成为习惯的时代，越来越多的人以为，历史不过是一个任人梳妆打扮的小姑娘，想怎么写就怎么写。其实，胡适先生当年说这话不过是有感于官修史学的片面，提倡怀疑精神。别忘了他更强调的是"小心求证，大胆假设"，而忽悠历史的人如同说谎者，往往在欺骗别人时自己也信以为真了。研究史实、追溯当年是一个严谨的过程；它应该为历史而历史，而不是为其他功利目的；它发生于当代，却应该超越当代的时空。

历史学既是对细节的追求，也是对全景的关注。后者就是所谓史识或通识，对于史料的切入点和把握细节的能力有关键性的影响。所以，关于历史时空的大局概念，是需要探索的。史识至少和史实同样重要，黄仁宇的《万历十五年》历二十年仍脍炙人口，主要由于其史识与视角对于中国人来说很新鲜。《万历十五年》虽然在西方显得有些野路子，究其方法论，还是源自西方战后兴起的社会史的路向。由于历史原因，这一路向迟迟未被传入中国，二十余年始行其道。这个路子尤其要求史学家以大局的史识读细节的史料，一走样就会流于八卦野史。比如，如果不对"名士精神"有一基本认识，很可能我们就会把一些一点也不风流的人物看作名士。

中国社会科学院当年流传很广的一件逸事是：金岳霖先生从家里去研究所上班，是坐在一辆平板三轮车上，四周摆满书，他一边读书，一边就着三轮车吱吱呀呀的声音，穿过20世纪五六十年代很少有汽车驶过的胡同与马路。听说刘再复先生在芝加哥曾经以此为例，说金岳霖先生那一代知识分子还是有个性的。一辆平板三轮车的个性，或者说名士范儿，其实已经令人感慨，而刘再复先生那一代连这个都没了。

严格说起来，金岳霖先生并不是一个名士，而是民国时期一位严谨的哲学家。不过如今知道他写过《论道》《逻辑》《知识论》的人寥寥无几，更多人知道他的名字，大概是因为他追林徽因的事。在商业时代，那些遥远的名字也在被消费。

大约十年前，我因为做文学网站认识了几位诗友，偶有唱和。行走在高楼之间，坐在金碧辉煌的五星级酒店大堂寻章觅句，仿佛过去与现在以一种很不协调的方式混合在一起，构成了我们的生活。我从前台要了纸笔，记录下这一首七律：

口占步诸诗友原韵

半生湖海未还家，种菊悠然不设笆。

雪夜浮舟思旧友，青梅煮酒话京华。

  人穷犹爱黄金梦，世盛偏多井底蛙。
  峨宇新城非故里，当年人面尽桃花。

  那一天，我也是去拜访一个朋友，在21世纪灯红酒绿的北京，照例是一个饭局，照例有酒助兴，照例尽兴后各自打车归去。"雪夜访戴""青梅煮酒"早已成为文字。那些美好的故事，虽然存在于文字，却往往已在人们心中失传了。所以说"当年人面尽桃花"。

『美丽心灵』与『性情中人』

获得奥斯卡最佳影片奖的《美丽心灵》，讲述了一个知识分子内心孤独的一生和人世间温暖的爱情，获奖实至名归。当然从另一个意义上讲，也就难免是一部好莱坞电影，有一个光明的或者大团圆的结局。在我看来，优秀好莱坞电影的特点是，能够在大众化的电影里讲述一个动人的故事，而最终有一个富于启示或者正能量的完整结局；接触到深刻，而不走向深刻的破碎。

《美丽心灵》的英文原名是 A Beautiful Mind，"mind"更准确的翻译是"精神"或者"心智"，不过在这里被译成"心灵"，又好懂又有助于票房。我看这部电影的感想是：美丽心灵虽然不必精神分裂，但往往是孤独的、脆弱的，需要宽容与爱惜。一个时代对知识分子特立独行的容忍程度，与文化精神的自由发展息息相关。

不过美丽心灵究竟是怎样的，实在很难界定，毕竟是一句不那么准确的翻译语，似乎没有庶几近之的词汇，一时间令人联想到的，是"性情中人"。在现代汉语里，"性情中人"是个褒义词。然而仔细想想，这四个字的意思和汉语里许多词汇一样，有些含混。我不通说文解字，好在人们用"性情中人"形容别人时，虽然反映出自己的认识水准，但一般还不至于太离谱，顶多是用词不当。需要留神的是那些以"性情中人"自居的人，轻轻松松地就把装疯卖傻、犯浑吹牛正当化了。

我们的文化是主张整齐划一的，是推崇道德人格的。在日常生活中得到赞美的，更多是喜怒哀乐不形于色。"定力"是一个完全正面的词汇，"脸不变色心不跳"也被认为是勇敢的表现。平时最看不出性情的人，常常是那些大大小小的精英人士。岂止性情，在公共场合，他们往往连语言和表情都像是被编过程序的。人本是有性情的，所以在一些私人场合，尤其是酒后或者走背字的时候，我也见过一些朋友的真实面目，或有趣，或无趣。总须掩饰内心的人，无论如何与真性情是风马牛不相及的。我想，所谓"性情中人"起码要是习惯真诚的人。然而，中国人富于聪明才智，老于人情世故，习惯的是看碟下菜，巧言令色。

我没有考证过"性情中人"的出处，印象里，它原本是一个晚近的文人用语，形容那些淡泊潇洒、率性跳脱的高人。比如"我醉欲眠"的陶渊明，或嘱力士脱靴的李太白，至少也是纵情享受、无意功名的袁枚、李渔一路的文人。在革命年代，在凡事先问阶级属性的日子，讲究性情是不会有好果子吃的。性情被肯定，是十年浩劫后解冻的一环，是走向个人自由的一步，虽然我们关于自由的认识依然混乱，我们是否珍惜自由也颇为可疑。

  当"性情中人"的使用频率开始高起来之时，忽然变得通俗，似乎和武侠小说的迅速流行有莫大关系。李寻欢、张无忌这等行侠仗义、快意恩仇、敢爱敢恨的小说人物，特别适合作为感情常年受压抑时的情感依托，虽然韦小宝才是最多面也最接近真实的那个。能够深入人心的杜撰人物，并不见得是因为其像真的，更多时候只是因为其符合人们的幻想与期望。我的感觉是：中国文学里的所谓正面形象大多如此，倒是那些坏人往往入木三分。

  我倒希望自己是个性善论者，可是我的理性和经验总在提醒我，事情并不是这样的。人生经历里，真性情固然感人但很少见，丧心病狂的事件却时有发生。我更希望自己多看到曾经的亮色，憧憬光明的未来，然而历史的阅读需要严谨，容不得把它当成一个小姑娘去涂脂抹粉。如果一寻找"性情中人"就得向上追溯一千多年，那么他们是不是已濒临绝种了呢？自然，标准不妨放宽，只不过语言的使用和许多事情一样，宽则滥。现在，"大师""不朽"随处可见，让活人闹心、拿死人开涮，反衬出当今之世流行的是文字的浮夸与速朽。

  汪曾祺先生是他那一代人里很出色的作家，我读过几位后辈作家怀念他的文章，写得很有感情，看来汪先生为人谦和，人缘是极好的。后人说汪先生，常以"性情中人"言之。我读他的文字与人们对他的回忆，觉得汪先生难得既十分熟悉市井文化，又一生常存文人情怀。说汪先生人情练达，闲散自得，也许更确切一些。"性情中人"的一层意思是特立独行，是不谙世故或超出世故的痴心人，以我对汪先生的浅见，似乎并不合适。

钱锺书先生的大才，20世纪后半叶在中国鲜有其匹的。且不说他那其实没多少人读得懂和读完过的《管锥编》，即使平常与朋友在南沙沟家中聊天时，钱先生也是才气纵横，放情随意，倾倒众生的人物，古今中外，上天入地，亦庄亦谐，刻薄有趣。然而，钱先生好像又是一个警醒甚至谨慎的人，表达思想极其曲折，或根本就不说，或不想让人读明白。留在新时代的旧知识分子，大多极关注现实而又噤声无语。钱先生在中国社会科学院几十年，总是超然时事，谈笑风生，到90年代，才出版《槐聚诗存》隐约流露心曲，如"何时榾柮炉边坐，共拨寒灰话劫灰"（《王辛笛寄茶》，1974年），又如"魂即真销能几剩，血难久热故应寒。独醒徒负甘同梦，长恨还缘觅短欢"（《代拟无题七首》之七，1991年），最著名的当数那一阕沉痛的《阅世》："不图剩长支离叟，留命桑田又一回。"

朽木易摧，在世变频仍的年代，生存本能、社会本能压倒一切也是不得已的，严格意义上的"性情中人"能否存活都很难说。

．．

20世纪是革命的世纪，到了后革命时期，传统究竟是什么似乎也已模糊。我以为，传统是多元的，虽互有交集，但不可一以论之。从文化上讲,至少有士大夫文化与庶民文化之分;从思想上讲,儒、道、释是三个独立的单元。儒家的道德伦理是主流意识形态,浸透全民文化,再被打倒几次只怕也依然流在我们的潜意识里,不知不觉地影响着我们的思考方式与判断能力。流得溢出来,便成就了新儒家。"新儒家"是个很驳杂的讲法,未必准确。从熊十力到牟宗三再到钱穆,这些大家,或有指证孔孟思想与西方价值相似者,但最多是想要打通中西哲学,使儒学现代化,仍然谨守治学的分寸。

如今一提传统,就容易想到道德。这自然有历史原因,在中国,道德一向是立国之本;更有其现实原因,缺什么想什么。其实,不应忽略的是非主流的传统,比如老庄。关于老子,广为人知的莫过于"道可道,非常道",而越广为人知的也就越众说纷纭。庄子的命运也好不到哪里,先被后世儒生注解成出世,到当代干脆变成消极了。老子究竟是先于孔子两百年,还是与孔子有交集这桩公案,大约还会继续。我倾向于,老子思想里与人有关的部分,对孔子有影响。庄子继承老子的宇宙观,并且是与孔孟对立的:无是非、无为、无言。儒家的主流地位树立后,老子,尤其是庄子,被边缘化,被融解,成为"道不行,乘桴浮于海"的注脚,即失意文人心灵的补品或鸡汤了。

与儒家从人性善恶出发,以社会秩序为目的而走向道德体系不同,老庄以人性回归自然为指向,关注人与外在世界的关系而走向与天地合一。与儒家的功利理性思考相比,老庄更多是对审美的感性领悟。与儒家致力于界定人的社会角色与功能相反,老庄所强调的是人的本真与逍遥,接近西方的个人与自由的观念。

宋明理学是经过发展改造的儒学,融入部分道、释思想并成功地消解了二者。在思想史上,此后的论争主要在程朱理学与陆王心学之间展开,都不脱离儒学基本范畴,道与佛从此成为民间宗教。思想融合与统一的过程,也是一个从书院思辨演变为大众价值观念的固化过程。我们今日仍然似曾相识的传统道德,虽然追本溯源岁月久远,大多却是随着理学的普及而深入人心。一元化价值观在民间的确立,多少近似西方中世纪的神学,对于美丽心灵与性情中人,大概不是福音。晚明李贽被视为异端,明末三大遗民思想家顾炎武、黄宗羲、王夫之的著作,有清一朝传播不广,真正被理解与推崇是清末民族意识开始高扬之际。

在严厉的道德禁锢与思想束缚下,一方面是世俗文学的流行,另一方面则是乾嘉之学兴起。思想的松动,似乎还是在被逼迫改变闭关锁国,新知开始涌入之后。随着新文化运动的突兀发端,一时间百家争鸣,如今我们回首寻找曾经的美丽心灵或者特立独行者,多半只有追溯到那时或者之后战乱频仍的年代。

陈旭麓先生曾说过,中国不是自己走出中世纪的,而是被轰出中世纪的。故步自封的老大帝国,被坚船利炮左右开弓打得发蒙,还在要求外国使节见皇上时磕头。如此被轰出来,就难免走得跟跟跄跄,注意力都放在如何改造思想、富国强兵、立足世界之上。在这个过程里,传统文化多受到负面批判,连新文化都在刚开花时就被扬弃。关于新文化运动，20世纪80年代李泽厚先生的"救亡压倒启蒙"曾流行一时。套一下李先生的句法，百余年来一直是"国家压倒文化"，这也是从梁任公的"中国之学术思想，常随政治为转移"中化出来的，谈不上有何创意。

到了今天，我们不仅有了压倒一切的稳定，而且经济高速发展，成了世界第二大经济体，李敖早就说是汉唐以来未曾有的盛世。乱世激进，盛世保守，也是很自然的事。再说中国人历来有"发达了就修家谱"的习惯，所以近来绍述传统的风气越来越时尚了。然而，经过许多内忧外患，长袍马褂、中山制服到西装牛仔，文言文被白话文取代，孔家店更是给打倒了好几次，连许多古迹文物都在"史无前例"的革命岁月里一起被泼了出去，如此折腾，其实不需要陈序经先生以降的众多激进呼吁，我们已远离了传统，徘徊在一个不中不西、非驴非马的转型时代。把毁了的古庙重新盖起来油漆一新，主要功能是增加旅游景点；不是办个国学院、电视上侃侃经典就能弘扬文化的。

从全局看，流传至今的许多意识和无意识换多少身西装也化不去，而业已流逝的文化再怎么穿汉服也找不回来了。道德体系的功能是规范人的行为，在时势迥异的现代，想要恢复它的愿望和孔子痛感礼崩乐坏，希冀回到周公时代的期待一样渺茫。我倒是以为，在少数个人的心中，传统会一直存在，尤其老庄思想里的境界、自由精神会有人理解。毕竟，对美与自由的向往是人性的一部分，与人的存在同在。这向往有如秋夜里的烛光，若隐若现在风雨飘摇之间，总有人把它点亮。

未来的事情，其实谁也不知道。一个在华尔街做资深股市分析家的朋友，工资很高，曾在喝高时畅谈：我干的这行跟算命差不多。关于还未发生的事件，理论再精致，思辨再缜密，也未必和一位竖着布幡在街边练摊的盲人先生打的卦有太多不同。不过，对于个人，倒可能用一句海德格尔式的话语来宽慰自己——过去存在于现在之中。活在现在里的个人，需要安静地阅读典籍、感受历史。

1996年夏天，两位大学同窗阖家来看我。我们在20世纪80年代初一起留学，在异国共读大学本科、研究生，走过青年时代。我们性格迥异、思想不同，但在平淡岁月与人生转折中保存了信任与回忆。那一年，我们已相识十五年，从我悄然离开那个依山傍水的大学城也已七年。见到他们，我体会了一次"人生不相见，动如参与商"。在各家妻儿入梦后，我们同饮了一夜，静静地说些往事。他们走后不久，某个难以入睡的夜晚，月光分外明亮，我坐在后院抽烟，写了下面的七律。

丙子年夏有朋自远方来

故人把酒话平生，书剑经年两未成。
世事棋局久做客，树云沧海总关情。
聚应有醉夜犹短，诗到无言意渐深。
西望长安月似水，几回梦醒坐天明？

记得进入20世纪90年代后，曾经历长时间的失望，是在那个温暖的夜晚，我忽然想到，即使上帝死了，一个人只要心中有光，他的世界便有了光。

儒家世俗化与市民文学的勃兴

我已经记不清是从哪里借到的"三言二拍"了,很有可能是近代史研究所的图书室吧。1972年父亲从"五七"干校回到北京后,有了随时可以使用图书室的权限。"文革"还在进行,去图书室借书的人很少,借回来一年半载不还也没有人问。我记得《醒世恒言》在家里躺了很久,那是我看的第一部"三言二拍"。第二部是《初刻拍案惊奇》,之后应该是隔了一段时间,从另外一个地方借的《二刻拍案惊奇》《警世通言》,最晚读到的是《喻世明言》。我读的本子都是竖版繁体字,大概是20世纪50年代初出版的吧。

在昏黄的二十五瓦台灯下,一个少年整夜整夜读那些或爱情、或志异、或公案的故事,如痴如醉。《醒世恒言》在家里逗留时间最长,我也就最熟悉,有一阵子能够背诵四十卷目录。我至今还很清楚地记得《卖油郎独占花魁》和《闹樊楼多情周胜仙》的内容。这两个故事一个圆满,一个悲伤;一个是冯梦龙的拟话本创作,一个改编自宋话本,富有市井气息,都是动人的爱情故事。想要娶得美人归,本是再寻常不过的愿望,卖油郎秦重却爱上了一位青楼花魁,辛苦攒了十两银子,所企望的不过是一亲芳泽。富家小姐周胜仙则是一往情深,死了都要变成鬼回到心爱的人身边,虽然结局不同,却都执着不渝。

我是从"三言二拍"上溯到宋元话本,从而才知道白话小说源头的。这些尘世间的故事,在禁欲枯燥的年代显得相当迷人。我由此有了一种好奇,对产生这样小说的朝代有了兴趣。虽然小时候关于宋朝的知识一多半来自《水浒传》《说岳全传》和当时备受肯定的王安石变法,但我至少知道了汴京、临安的繁华,城市的形成、商业的发展自然带来说书这一类娱乐的繁荣。

除了两三种通史,少年时我并没有接触到多少与宋史有关的书。反而是明史,因为吴晗被批判,所以读到了民国时期出版的《朱元璋传》,又不知道从哪里借到一本同样纸张发黄的《明代特务政治》,都看得津津有味。极其重视明末清初思想史的张遵骝先生,不管我能读懂多少,借给我几十种著作,我因此囫囵吞枣看了一些,对于那个时代的道德标榜和纸醉金迷、背叛与坚守、残酷与惨烈略有所知。

如今回想,那时我很幸运,在兄长们上山下乡进工厂、同龄人当"红小兵""红卫兵"的年代,我辍学在家,虽然毫无章法、漫无目的,却一直有我读得懂或者读不懂的书陪伴。由于没有人指点,我与文史的相遇,多半是支离破碎的,只有一幅幅场景的记忆,全然不懂内在的脉络与联系。

小时候阅读的历史,大多是说中国经历了一个漫长的封建社会,从秦朝到清朝一直是大一统王朝,强调的是历史的连续性、不变性。这样的视角自然有它的道理,不过不可忽略的是,在两千年的进程中,曾经发生过多次天翻地覆的变化乃至断裂。

我很早就知道黄巢,会背诵"待到秋来九月八,我花开后百花杀。冲天香阵透长安,满城尽带黄金甲",但是直到中年,稍微经历与理解了一点历史后才明白,黄巢横扫天下,被杀的不是百花,而是各地豪强世家。自汉以降,虽然屡经战乱,但是门阀世族始终是王朝的基石,虽然在"安史之乱"和之后的藩镇割据中日渐衰落,但是给予他们致命一击的是黄巢。事实上,唐朝的终结者也是黄巢的部下和叛徒朱温。五代十国的烽烟散去,宋太祖重新一统天下时,原有的皇族高门都已灰飞烟灭。

· ·

十年浩劫中的抄家、"破四旧",虽然疯狂恐怖,但也不可能完全彻底。小时候认识有些人,家里的书是自己吓破胆后当废纸卖了,在当时的氛围下也是可以理解的。我家里的书柜只是被贴了封条,里面的书没有被抄走。母亲只把自己年轻时的照片和旗袍烧了,没有卖掉家里的书。因为父母都不是藏书的人,所以家里没有多少好书,但是《古文观止》《唐诗三百首》这样的经典选本被留了下来,还有一本龙榆生选注的《唐宋名家词选》,都成了我的启蒙书。小时候读过的诗句雪藏在记忆深处,去年夏夜从鼓浪屿乘渡船回厦门时,忽然想起"估客昼眠知浪静,舟人夜语觉潮生"。

从汉到唐,中国文学的主要形式是高大上的诗赋散文,无论是创作者还是受众,主要是贵族阶层和读书人。从流传至今的作品来看,这种文人文学的作者到南北朝为止多半出自高门。曹操、曹植自不待言,嵇康是曹家女婿,谢灵运是淝水之战主将谢玄之孙,就连早年贫困、官职低微的陶渊明,曾祖父也是在世时位高权重的大将军陶侃。这一情形随着科举制在隋唐开始,诗赋成为主要考试内容后有很大改变。诗赋成为晋升之阶后,所有读书人都在上面下功夫,优秀作者自然也就出身各异。

不过像白居易那样诗要写得普通老太太都能读懂的主张,在当时是异端。司空图《诗品》的冲淡空灵、崇尚自然,继承的是老庄魏晋的传统;韩柳的古文运动虽然选择的是另一方向的复古载道,但两者都是在文人文学的坐标系上。

一方面,历史是多元的,"恺撒的归恺撒",政治、经济、文学、哲学各有独自的轨迹,并非同步演变发展。另一方面,历史也是相互影响相互作用的,以话本小说为滥觞的市民文学之所以兴起,似乎更多出于一些非文学的因素。

人们一说起古代的辉煌,往往将唐宋并称盛世,然而在许多方面,宋是一个崭新的朝代。贵族的消亡影响是多方面的:通过科举取士而形成与不断更新的文官集团成为王朝统治的执行者,社会的平民化自然导致相对大众化的文化与文学需求。

由于科举考试内容多半与儒家经典有关，而科举制成为平民进入官僚系统的主要途径，儒学应试教育也就发达起来。两宋是民间办学迅速发展的年代，北宋还是官办州学、县学占主导地位，王安石变法后更是压制大多主张理学的书院。王安石与反对他的人的党争缘由，并不仅仅在于是否改制，也在于经学的对立。南宋孝宗时，书院恢复与发展，官学衰落，在理宗时书院成为官家学校，理学也终于得到认可。

这个过程是一个儒家思想本身汲取禅宗、道教的部分演变成理学的过程，也是一个教育相对普及，儒家在教化的拓展中世俗化、通俗化，成为规范社会生活的伦理纲常的过程。

教育普及素来是大众文化的催生剂，城市化只是一个因素。北宋汴京、南宋临安人口都超过百万，前无古人，但是盛唐的长安也是百万人的繁华都市，据说是当时世界上最大的城市，出名的却是平康里的青楼歌舞。区别在于，宋朝的大都市是以平民为消费主体的城市，出现了诸多勾栏、瓦舍，表演说书与各种戏剧，流传下来的文本便是最早的市民文学。

∴

母亲去世七年多了，她的书柜还保持着原来的样子。打开来相当显眼的地方，放着一本《东京梦华录》。少时在母亲床头柜上经常看见这本书,不知道她看过几遍。在进入21世纪后,我还在她枕边见过。我并不清楚她为什么这么喜欢这本书,我长大后才发现它是一部写得详尽扎实的历史记录。《东京梦华录》作者孟元老,生平不详,应该是南渡后将其写就付梓。他以史家冷静笔触记录汴京的璀璨繁华,其对毁于一旦之后不动声色的回顾,令人读罢无法掩卷。不过我少年时浅薄,看不到这一层,觉得读来很枯燥,不若宋元话本爱恨情愁、悬念鬼怪读着过瘾。

那册已经翻得卷边的《宋元话本集》,若论语言自然比不上"三言二拍",但是故事结局给人印象深刻。《碾玉观音》里的秀秀和崔宁在阴曹地府才能团聚,直击人心;《错斩崔宁》是《十五贯》的前身,此崔宁非彼崔宁,死得糊涂冤枉,也很有震撼力。相比明朝小说,少许多说教,多一些悲剧。

对于宋史和明史的认知,我留学以后有了相当的改变:影响一直持续到近现代的所谓传统价值观,大多是在这两个朝代塑造的。儒家礼法固然早已是主流价值观,但是魏晋风度中自有隐隐对峙的佻达洒脱——游牧民族在汉化过程中,也多少还存有自由奔放的一面。

这一点也反映在男权社会中对女性道德要求的严厉程度。唐代社会对于女子虽然也要求贞节、孝道,但是离婚、改嫁还被容忍,贞操观也不是那么严厉。这自然和唐朝皇室仍有胡人风俗残存有关,陈寅恪先生在《元白诗笺证稿》中下许多功夫考证杨贵妃入宫时是否处女,正是要由此考察当时风气。这是陈寅恪先生因微见著的史学研究风格,并非钱锺书先生所批评的"琐碎"。不过，皇室风气与民间风气的一致与不一致，还是值得后学进一步探究的。

正是因为有相对宽容的风气，才有美好圆满的"红拂夜奔"故事。到了宋元话本，周胜仙、秀秀对爱情的执着追求则是以悲剧收场，为尘世不容而化作鬼魂。到了冯梦龙那里，故事的主角转换为卖油郎。美娘从被骗卖入青楼，到自己赎身出嫁给秦重，一直是一个被动的角色。她虽然主动选择卖油郎，却是因为被对方的真情感动，而且出于现实的考虑，实施了一场精心准备的从良。

・・・・

一般讲中世纪以降的中国文学，大约是唐诗、宋词、元曲、明清小说四大部分，前二者是文人文学的巅峰，后两部分是市民文学的代表。不过，我认为诗词古文在明清数量巨大，大有可观，只是不似唐诗、宋词各有划时代的突破而已。它们在市民文学发生后的近千年里，与小说、戏曲鼎足而立，构成文学史上最多元的一个时期。

文学未必是一个时代的镜子，然而确实与当时社会的各个方面有关。理学获得正统地位已是南宋后期，真正达到在思想意识与社会生活中无处不在的程度是入明之后。道德戒律的强化对于小说的影响是一把双刃剑：一方面是教化倾向与对流行价值观的追随，另一方面是官能追求与香艳小说的增加，不过这两者倒也是市民文学难以避免的侧面。

市民文学本来就是多面的，既有着真切生动、直抵人心的可能性，也有着迎合大众、粉饰太平的工具性。当年初识这个概念，理解它是市民社会形成的表征之一。这种理解放在其起源地西欧大致不错，放在11世纪的中国也有一定的启发性。不过宋朝的平民化不意味着市民阶层的产生，只是世袭阶层退场，更富于流动性的士绅阶层取而代之。与此相关，伴之发生的儒家意识的浸透，更多提供了市民文学的审美与价值取向。这些取向和小说戏曲这两种主要文学形式在一定程度上至今还有影响，尤其在大众流行文学领域。

　　在某种程度上，市民文学的勃兴类似于新文化运动中新文学的呈现。话本小说和杂剧在当时是前所未有的，20世纪二三十年代的新诗、新小说庶几近之。这种划时代性往往也意味着一种割断与隔膜，在这一点上新文学更加彻底。

　　话本小说杰作相对不多，"三言二拍"里真正的经典，非《杜十娘怒沉百宝箱》莫属。冯梦龙笔下的杜十娘，勇于追求，决绝刚烈，所以冯梦龙誉之为"千古女侠"。她的沉江而逝，是古代中国作品里难得一见的具有人格力量的悲剧。

　　在我看来，那也是市民文学里最动人的篇什之一。

家国情怀与历史诠释

"60后"里，像我这样在日本读过大学本科的不多。大概因此，不时有人问日本哪所大学最好。日本公立大学中，东京大学和京都大学双雄并立，就好像一提起中国的大学，首先想到的自然是北京大学、清华大学。不过当今的北京大学与清华大学并不对等：1952年高校院系调整后，清华大学成为以工科为主的大学，北京大学则主要是理科和文科。清华大学恢复人文社科学系，北京大学重建工学院，都是近年的事。当然这并不意味着清华大学的文科或者北京大学的工科就弱些，实际上清华大学的经济管理学院从一成立就被赞誉为起点很高。至于偶尔人文学科里一个副教授不认识蒋介石的英文名字，翻译成了"常凯申"，也只是近年出的诸多笑话之一。这位副教授本科是北京大学毕业，在俄罗斯留学后去清华大学任教，想来俄语是很好的吧。

东京大学是日本最早成立的大学，京都大学的前身是第三高等学校，简称三高。我当年去日本东北大学留学，一入校接受校史教育，了解到其前身是第二高等学校，简称二高,紧跟着三高被改为大学,但是仙台地处偏远,无法和自古以来就是文化中心的京都相比。无论在哪一个学科领域,东京大学和京都大学都呈现出不同的学风和竞争关系。史学尤其如此:东大学派和京都学派的对峙已经延续了一个世纪以上。一般而言,东大学派在西洋史上占优势,京都学派以东洋史为擅长方向。"西洋史"自然是指欧美史,"东洋史"则是以中国史为主。我上大一时的东洋史老师毕业于京都大学,专攻宋史,自然言必称内藤湖南,我因此甫到日本就接触到了这位京都学派的祖师爷,他的著作对于年轻的我来说,颇有些振聋发聩,可以说是初到国外所受的文化冲击中,堪称"史学冲击"的一部分。

内藤湖南在20世纪刚开始不久的清末民初,最早提出门阀世族政治在唐朝消亡,由唐至宋是中国从中世纪走向近世纪的变革期。他定义的"近世纪"从宋朝一直延续到清末,这一时期君权独大,倚靠通过科举制选拔的文官集团统治,是与此前的"贵族社会"全然不同的庶民社会。这一"宋代近世说"是对19世纪西方史学中的"中国历史停滞论"的突破,以"内藤假说"闻于世的史学范式至今影响深远。内藤湖南的不少具体论断引发后学的质疑与修正,然而他的框架与视角多半被继承。我虽然读他的书已经是三十多年前的事了,然而不少基本的理解仍然来自他的启迪。

内藤湖南的立论,在我看来内容很是扎实,然而我的导师吉冈先生却认为还是"大历史"了些。吉冈先生战后不久毕业于东京大学,专攻近代英国史,学术路径上继承实证史学，极重视史料辨析，上课时文献必是逐句分析。这种让史料说话的态度与训练，至今还时刻在提醒我谈论历史时必须保持应有的谨慎与敬畏。历史是由无数事件组成的，一个事件的发生，固然有各种背景，更取决于当事人的抉择。历史事件是人的行为，不管有多少外在情境的制约，毕竟是人的主观能动选择。而且，对后来有深远影响的历史事件，在发生时，大多只是当时情势的一时因应，理由和意图都很具体。梳理历史脉络，是通过考证分析历史事件，检出前因后果、相互关联。我对从中找出历史规律、总结必然性的研究是有保留的，那未免超过历史学的实际能力。

..

唐朝初期，为防外族入侵，强化边兵，终致安史之乱。此后藩镇割据，朝廷积弱；经过黄巢"我花开后百花杀"的致命一击，残存的中央统治土崩瓦解，进入军阀混战时期，史称五代十国。这一时期的政权，不是兵戎攻伐就是军人哗变的产物。赵匡胤也是由"陈桥兵变"而黄袍加身变成了宋太祖，他为了坐稳帝位才"杯酒释兵权"，削弱武将势力，改以文官治军。

北宋通过加强禁军，形成了军事上的"强中央，弱地方"。如此实行措施，虽成功地杜绝了军事割据，却有"兵不知将，将不知兵"与边防缓弛的副作用，是北宋外患不断以致亡国的远因。更深远的影响是，宋朝实行募兵制，以重资养禁军，本意在于切断府兵制以来军队与地方的经济联系，由朝廷直接控制，使地方行政长官不再可能拥兵自重，成为仰仗中央任命的文官。

经过晚唐五代的战乱，门阀世族已然衰落。在削平地方势力后，朝廷自上而下，直达县一级的统治从而确立。这一君权体制和它的两大支柱——州县制与科举制，从此延续近千年。

经过不断完善的科举制，不仅是选拔官员的制度，而且阻止了新的门阀世族的产生。所以北宋不仅重建了中央王朝，更重建了社会结构。北宋官户，在制度上没有世袭制，鲜有代代相传的家族。自宋以降，中国只有主要通过科举产生的文官阶层，士大夫更多是指获取了功名的读书人。士庶之分虽然继续存在，中国社会的结构却已无世袭宗族，从贵族社会演变为庶民社会。这一社会结构的巨变，在思想文化史上有十分重要的意义。在此之前，中国的思想文化一直是贵族化、文人化的，而北宋时出现的庶民文化，实际是一次影响深远的转向。

较少为人注意的，是科举制的意义，远远超过为中央集权下的文官体系提供资源，而是成为构成理学兴起、思想统一的基础。正是由于科举考试成为做官的唯一正统途径，读书人不得不将圣贤典籍作为敲门砖来读，孔孟之学因而更为普及。在这样的社会背景下，宋朝书院广开，儒学研究声势大振，对儒学的重新认识与诠释十分盛行。程朱理学在书院里应运而生，将儒学当代化、通俗化。程朱理学产生后，儒家所主张的伦理道德才真正世俗化，作为社会道德规范而被确立起来。

宋儒理学，是孔孟、汉儒之后儒家的第三阶段并臻于顶峰。理学汲取道家、佛教的部分元素，从其开始就具有统一思想的企图心与排他性。理学的体系，与传统儒家相比更为完整、严谨和封闭；理学的内容，不分巨细，无所不包，将修身齐家治国平天下的观念普及，从个人到社会全体横向覆盖，作为道德伦理学说更为全面与严厉；理学的语言，尤其是朱熹的著作，在当时通俗易懂，故而被广泛传播。

科举制的勃兴，庶民社会的形成，理学本身的内在理路，尚文轻武的宋代风气下士大夫文化的发达普及，等等，都是理学成为支配性思想、获得统治地位的原因。宋代在各方面都是继盛唐之后的又一高峰，宋朝在思想史上的重要性，也是由于理学而与春秋战国比肩。不过，两宋思想家虽然很多，但这些思想家却都属于一家，他们的贡献仅仅是思想的一元化。道家与佛教的影响，从此局限于民间宗教的层面，此后直到清朝中期的思想史，只不过是理学演变的历史。

值得一提的是，理学意识形态统治的成立是一个自然形成的过程，是由于它浸透到民间，改变并构成了世俗社会价值体系的基础。正因为如此，它才能历千年而不坠，直到新文化运动才告解体。

理学从"二程"时就显示出禁欲倾向，其后愈演愈烈。比如程颐将女性贞节提到社会道德高度，唐时女子再嫁犹为一般，而南宋时一女事二夫就被认为不道德了。与此相对应的是直接描述世俗欲望的庶民文化，不仅和理学同步发生，而且和思想的日益道德化同步日益市井化。思想与文化的日趋乖离，是近世最显著的文化特征，由此也可看出这个时期思想如何走向僵化与式微。理学成为僵化禁欲的道德戒律并控制社会风气的过程，与欧洲中世纪神学意识形态的情形颇为相似。但是，理学不是宗教，而是以世俗化的伦理学说为主的哲学体系。它与君主制的结合，是宋代一个由种种历史事件组成的相当漫长的过程。很难说是历史的必然，然而历史已经证明，二者的结合十分牢固并且达到了互相巩固的效果。与此相比，西欧中世纪的两大标记是封建制和宗教统治，神学的统治地位没有绝对王权的支撑，几场宗教运动和战争就足以使之轰然倒塌。

宋朝文艺之美，自不待言，器物之精雅，足见当时文明发展程度之高，然而一切终究毁灭在外族骑兵铁蹄之下。南宋最后亡国时，十多万人蹈海殉国之惨烈，是极具悲剧性的。也正因此，从南宋时起，知识阶层常常有极强的救亡意识，久而久之，成为浸透在潜意识层面的家国情怀。

⁂

人对历史的了解，往往是随着年龄与经历改变的。个人书写的历史，既是历史本身，也往往带有个人的痕迹。史书因此而有个性，也往往因此而精彩。司马迁在受宫刑之后写出《史记》，陈寅恪在双目失明之后写出《柳如是别传》。古人云"诗穷而后工"，在一定程度上，文史也是如此。活跃于现世名利场中之人，很难写出传世的作品。《史记》之所以在二十四史中是较为突出的一部，就在于它是私人著作，而不是官家修史。陈寅恪历经三朝，晚年避居岭南，以"著书唯剩颂红妆"的认知与心境论《再生缘》，写柳如是，走的是"以诗证史"之路，写的是"所南心史"，非一般史书的体例。

我年轻时对于父辈多有批判与怀疑。父亲主持过《中华民国史》等几部大型史书的编撰，20世纪60年代任范文澜副手，辅佐他编写《中国通史》。我80年代和他聊天时，说他主编的书也就是大学教科书。这话严格讲也没有错，他主编的《中国新民主革命通史》确实长期被用作教科书。我进一步对父亲说，您主张研究历史的人要有史识，可是集体写史书怎么才能把史识写出来呢？您向来反对以论代史，不过您编的书，还有您十分尊敬的范老（范文澜）编的通史，不都还是以一定的史学理论为预设前提的吗？

我不记得父亲是怎样回答我的了，也不记得我和他是否争论过。在青年时代，我和父亲之间观点不一致的时候远远多于一致的时候，由于性格原因，我并不怎么和他争论，但我是很坚守自己想法的人。父子之间，由于意见与认知的巨大差异产生了一种张力，也是很寻常的事。不过，我上大学不久就离家去国，现实生活的距离加上张力，最终造成我俩之间的隔膜。

父亲去世多年后，我渐渐明白他其实对我很宽容，很少说教，也不曾想说服、改变我从少年一以贯之的异端，这一点在他的同代人中是很难得的。当年每次回国探亲，和父亲只要一聊天，就会以南辕北辙告终，他自然不会对我表示赞许。但是后来我听说，他在别人面前提起我时颇多夸奖与自豪，这是我多少感到意外的。

1988年到1996年，我八年没有回国，也没有和父亲通过信、打过电话。在这段时间里，父亲也有了很大变化。在某种意义上，他经历的时代改变了他对历史的许多认识。我们真正的长谈其实只有一次，更准确地说是我听父亲神采飞扬、激情四溢地独白了足足两小时。由于耳背，他说话声音洪亮，有时接近吼叫。看他情绪激动而又中气十足，我当时还想父亲身体很不错呀！却没想到，这有可能是他的脑血管已经开始硬化，自我控制也越来越低的迹象。

那是一个炎热的下午，父亲就像童年记忆中的那样，穿着一件旧圆领衫，摇着大蒲扇。1967年或者1968年夏天，他就是这个样子给我讲故事的。1998年八十岁时，他回顾自己的一生，有着更多的反思，最终回到一生的起点：抗日与一二·九运动。他告诉我这一初心的回归，让他更清楚地看到曾经曲折的道路。他告诉我，他自觉唯一问心无愧的，是一生常怀救国与求真之心。我听他这么说，心想：在波澜变幻的时间里能有几个人自觉问心无愧呢？能在某一方面问心无愧就不容易了。父亲年纪大了，说得又很真诚，我就什么都没有说，只是告诉他，在去国多年之后，我开始理解小时候读《古文观止》背诵下来的那几句:"远托异国,昔人所悲,望风怀想,能不依依?"

我临走时,父亲拿出一张纸,上面是一首给我的七绝,是在听说我要来看他之后匆匆写的。父亲和许多经历过各种风暴的同代人一样,极少表达自己的感情,久而久之也就不擅表达了。他写诗给我,让我一愣,心中有些感动,便请他多保重,下次回来再长谈。然而几个月后他就再度中风,直到去世一直口不能言,意识也渐渐消失了。

※ ※ ※ ※

父亲晚年据说一反几十年来的谨慎温和,变得直言不讳,既曾拍案而起,也曾拂袖而去。他似乎有过不少计划,但是心有余而力不足,最终没有写出带着他个人印记的史学文章,只留下了一本回忆录《流逝的岁月》,其中多半完成于20世纪90年代。年过古稀,有着清醒的求真意识,力图在个人经历的冷静叙述中映出时代的轨迹,虽然有些重要的年份与人物没有来得及写出来,但是依然能够折射出他生命黄昏时的忧患感与反思。

虽然我更认同要像"为文学而文学"那样"为历史而历史",虽然我对"以史为鉴"这样一种听上去很有道理的说法存疑,而且我认为人们更多时候未能从历史中吸取教训,但是我也意识到,即使是非常出色的历史学家,其问题意识与所处的时代及个人经历密切相关。不仅陈寅恪如此,内藤湖南在国内史学界经常被批判的，就是其史观中的唐宋变革论背后的现实意识。

内藤湖南本来是记者、政论家，华丽转身为历史学家后，其视角颇受现实关注影响。一方面，他的历史观主张中国文化在东亚文化中的主导地位；另一方面，他年轻时是明治维新后日本的民族主义大潮中的论客之一。他的文化兴衰与中心转移观多少是从清代史学家赵翼的气运论那里引申出来的，确实与晚清腐败衰落，日本在甲午战争、日俄战争之后势力急剧膨胀有关。期望日本在东亚取中国而代之，在一定程度上是当时日本政界乃至学界主流的一种集体冲动。

不过无论赞否如何，内藤史观在国际史学界的影响无远弗届；即使在国内，近年来也引起了相当的重视，尤其是张广达先生的一篇长文介绍，在普及内藤湖南应有的知名度和学术地位上功不可没。海外老一辈宋史学家刘子健先生，在普林斯顿大学任教多年，晚年写过一本篇幅不大的著作《中国转向内在》，备受好评。原著是用英文写的，我不久前在北京大学历史系校友群里遇见中文版的译者赵冬梅教授，蒙她惠寄电子版，初读之下，受益匪浅。

刘子健先生这部大作在一定意义上是对"宋代近世说"的修正与批判。以研究王安石变法而成名的刘子健先生，着眼于北宋与南宋的不同：所谓"唐宋变革"早在南宋之初就失去了进取劲头，从皇帝与文官集团共治转向君权独大，从锐意变革转向保守。与此呼应的是北宋的学术多元被独尊理学取代，而理学成为官学后，失去原有的一些独立性与批判性。在权力与道德思想合流之治下，整个社会从此转向保守乃至停滞僵化，其影响一直持续到清末。

刘子健先生早年就读于燕京大学历史系，是洪煨莲先生弟子，坐过日本人的牢，参加过对日本战犯的东京审判。他虽然久居海外，却一直心系故国，1972年尼克松访华后，他是最早回来访问大陆的美籍华人学者之一。不过他并不像一些学者那样半真半假地被忽悠，而对"文革"有清醒的认识，或许这是因为据说他的三个兄弟在"文革"中被迫害致死。改革开放后，他数度回国讲学，培育后进。他在20世纪80年代写作《中国转向内在》，大约也是出于对历史上改革之艰难的感慨吧？

一个有意思的对比是：身为日本民族主义者的内藤湖南对宋朝十分推崇，而抗日爱国的刘子健先生对南宋有相当严厉的审视。他曾经考证是宋高宗要杀岳飞，辩驳秦桧陷害岳飞这一历史定见，令人耳目一新。正是出于对从此开始的君权独断的认知，他对此后儒家思想和知识分子的处境，表达出一种同情。

刘子健先生逝世于1993年，享年七十四岁。虽然先后任教于斯坦福、普林斯顿这样的世界一流名校，据说他最后几年的心境与身体都不是很好。前不久，资中筠先生也在电子邮件里证实了这一点。可以想象，家国情怀与关注，晚年的失望是其原因之一。父亲和刘子健先生几乎同龄，略有来往，相当佩服。他曾经说，刘先生和芝加哥大学的邹谠先生是真学者，而且真爱国。

他们那一代知识分子家国意识之强，不论是出于真诚，还是自我安慰，都是我年轻时未曾理解的，也是我这代人大多数不具有的。这种差异无关好还是不好，每个世代各有各的关注点。在任何时代，日常生活总是实际且碎片化的，只要诚实，精致利己比虚假还更令人舒服一些。

每代人对历史的解读不同，热度有别，与这种差异应该也是有关的。在生活日益个人化、物质化、技术化的今天，历史也似乎无可避免地成为一种消费品。上一代人的情怀与诠释本身，已随风而逝，成为历史。

三百六十五里路

20世纪90年代中期,我因为工作关系,经常出差回国,穿梭在江南几个城市之间。白天在各种商务会议上或者旅途中,日程非常紧密;晚间在酒席上或者歌厅、保龄球馆,貌似是在放松,其实也是人际交往与工作;只有午夜回到酒店房间到早晨这一段时间属于我自己,但基本上也是累得只能洗洗睡了,还时不时被暧昧的电话骚扰。我那时三十多岁,精力充沛、睡眠不多、不用倒时差,又有着易于适应环境的随遇而安精神,所以这种奔忙虽然不是我这种天性闲云野鹤之人能够接受的生活方式,却也是一种难忘的体验、一种对故国的了解。

那时候浦东机场还在图纸上,有好几次我从虹桥机场走出来,就有一位面孔黝黑、瘦小精壮的小伙子非常热情地迎上来:"李先生,您好,一路上都好吧?"小牛师傅是一家有合作公司的司机,每次我去江北,都是他开一辆桑塔纳来接我。高速公路还没有建成,从上海到他所在的小城,不堵车都要开五六个小时,而国道只有一条车道,不堵车几乎是不可能的。

在漫长的旅途中,我经常打盹,迷迷糊糊中感觉车忽然开得快起来,一睁眼发现车在国道的另一车道上逆行,不很远处一辆运货大卡车迎面而来。第一次遇到这种情景时,我马上惊醒,手不自觉地握紧了,但见小牛师傅在大卡车逼近时,一下就挤回原来的车道上。后来,我知道他年轻时在部队里当司机,开着大卡车行走在崇山峻岭之间,驾驶技术自然不是一般的好。人对重复发生的情况很容易习以为常,见怪不怪之后,不管小牛师傅怎么开车,我都可以在车上安然入睡。

那是江南经济开始起飞的年代,虽然交通尚在建设中,但沿途城镇已经熙攘繁华,入夜人影幢幢,霓虹灯此起彼伏。车抵小城时,天色已黄昏,尹总照例率领一众人在公司门口迎接。他看上去总是略有倦色,也不是很健谈,然而见面次数多了以后,我发现他其实精力充沛、反应机敏。那几年我接触的几位企业家多半如此:穿着朴素、言语沉稳、厚重辛劳,都是一手创业的魅力型领导,在公司里一言九鼎。

尹总待客热情细致、礼数周到,他不抽烟、不喝酒,吃得也很少,但招待客人的时候,总是温和耐心地陪到最后。他的一个副手王总能言善饮,用喝水的杯子喝白酒,后来我才明白这就是王总的主要工作。小城晚上饭局后主要的娱乐就是唱歌,尹总不管在哪里,都花很多时间在电话上处理事情。有一次他忽然高兴,主动唱了一首《花儿为什么这样红》,竟然唱得很地道。那天晚上他告诉我,他年轻时曾经是县里毛泽东思想文艺宣传队的主力队员。

虽然我20世纪80年代在日本就偶尔去卡拉OK,但是对中文歌曲却十分陌生，到这时才开始补课。许多当时已经流布经年的歌曲，对我来说都是新的。第一次听到那首十分大众的流行歌曲《三百六十五里路》时，歌厅里觥筹交错、人声喧哗。我却突然被沙哑的声音和几句歌词打动：

   三百六十五里路啊
   从故乡到异乡
   ……

✦✦

  在出差的旅途中，有时半夜在酒店醒来，不知身在何处，要清醒一下才明白今夕何夕，自己为什么会在这里。有一次我半天才回过神来：原来是刚刚住进苏州竹辉饭店。凌晨一点半我下楼来，只有酒吧歌厅还在营业，里面没有客人，只有一个服务员在打盹。我要了一瓶啤酒、点了一首《涛声依旧》，这也是因为到了苏州，"月落乌啼，总是千年的风霜……"

  从竹辉饭店去沧浪亭，走路一会儿就到。沧浪亭是苏州最古的园子，我第一次去还是"文革"后不久，园子有些荒芜，游人很少。那时我第一次知道"清风明月本无价"就出自这里，这句诗似乎一直符合我的价值观，尤其在一个几乎一切都有价码的时代。

  1978年夏天，我戴着草帽、墨镜，脖子上挂条毛巾，踏

261

一双黑色塑料凉鞋,大书包里放些换洗衣服,短裤口袋里放了一百块钱,乘一天一夜火车去上海,住在华东师范大学陈旭麓先生家里,然后从那里出游江南。此前我从未出门远游,独自行走的旅途自由而漫无目的,走到哪儿算哪儿。比如某一个晚上,在西湖畔走到夜深,岸边寂静无人,我坐望湖水,又不知过了多久。那种感觉几十年后回首,似乎构成了我的审美基调。

生命中某些时刻的重要性,需要经历很长的时间才渐渐呈现。而且在西湖畔我已感到腰部隐隐痛痒,第二天就摸到一串硬包。开始我还以为是在杭州大学学生宿舍里借宿,蚊帐破了个洞,一夜被咬了几十个包所致。第二天腰就疼得不能动弹,我只能僵直地站着动身回上海,似乎谁也没有想到这竟是带状疱疹。当时在西湖畔想了些什么我已不记得,写下的诗句也大半散佚,只记得当时让人刻骨铭心、龇牙咧嘴的痛感,由此也可见身体记忆的长久。

然而当我回首往事,会觉得那一夜我第一次接近生命不可言说的、孤独的本质,一切尽在黝黑的湖水中。不知道是不是由于这次江南行激发了我的游吟诗人之梦,第二年我坚决弃理从文,而且选择去学最不实用的历史。此后的若干次选择,也无一不是缺少实际考量。

在学习历史的过程中,我渐渐感受到,多少由于宗教影响力的匮乏,我们的世俗伦理社会大体上以事功为判断基准,只是不同时期有不同的事功追求,追求的过程本身却又往往是狂热的、集体无意识的。20世纪80年代的追求多半是务虚的,所谓"十亿人民九亿侃",终点仍然是事功,但经常听上去很夸张。务虚顿挫的结果,大约就是90年代的务实,以一种全民狂欢式的致富追求席卷并且持久,热烈的欲望与愿望从来都是经济高速成长的原始动力。我的不少朋友就是那时海归的,他们目标明确、意志坚定,与时代如此契合,或者说他们就是时代的一个部分。当冷战结束,意识形态阵营硝烟不再;当尘埃落定,或真或假的理想主义撞在铁板上头破血流,聪明的人们嘴上不说,心里认识到成功与财富才是无论哪一个时代、不论在哪里都通用的价值所在。

我20世纪80年代初留学,在海外度过青年时代。少年时充满对外部世界的向往,留学时不免受"独在异乡为异客"的文化冲击而感到惘然,待到十余年后忽然回到国内四处游走,在久违的故国反而更多有羁旅的感觉。多数人到中年便知道或自认为知道想要什么,换而言之,断了别的念想、找到了方向,从此精进,一路向前,不再看周围的风景。我在生活中与道路上看上去和别人没有什么两样,熟悉我的朋友认为我越来越正常。不过我时不时会突然感觉到:每日的生活更多是习惯的延续,我依然不知道自己要什么,依然深感与外部世界的距离,这种感觉更多是一种注定的命运或性格。

不过我并没有因为内心茫然就感到焦虑,部分因为我从小就迷迷糊糊地我行我素,部分由于我一直觉得自己顺风顺水,感激命运的眷顾。尤其是当尹总自豪地带我参观他的新工厂时,我看到那些穿着白大褂的年轻女孩坐在封闭式清洁厂房中,连续不停、单一重复地工作着。她们十个人的工作效率，顶得上一台价格十万美金的精密机器，我心中不禁有些感慨。不过更令人感慨的是，小城中有些下岗工人的补贴微不足道，能在尹总公司工作是令人艳羡的。如果我没记错的话，他厂里十八岁的女工月薪差不多九百块钱，而女工的父亲可能是每个月领一百多块钱补贴的下岗工人，在街上练摊。

劳力密集型出口制造业是那时发展的脊柱，价格是硬道理。我陪老板在餐桌上和尹总艰难地交涉着价格，既体会到市场经济杠杆的作用，也重温了剩余价值理论。我读硕士的时候，导师大约考虑到我来自红色中国，特意开了一门精读《资本论》的小课。当他发现我除了《1844年哲学和经济学手稿》之外什么都没读过时，不禁哈哈大笑起来。在课上，我对导师说，劳动并不一定创造价值，很可能什么都不创造。说这话时，我想到的是那些去插队很多年的兄长，他们曾经在农村或农场劳动多年，未必创造过多少剩余价值，他们的报酬低微而且支付了青春。

...

我们的个人记忆往往关联着一个时代，只是更多的时候自己难以觉察而已。那些最早写出真实感受，从而折射出时代的人，被称为先锋。食指（郭路生）就是"后革命"时期的先锋诗人，他的诗"文革"中在地下被手抄传阅，并不广为人知，却穿越岁月，成为那几年留下来的极少可以称之为诗的作品。他最著名的诗是《相信未来》，不过在我看来，颇有马雅可夫斯基式的红色基因和当时盲目相信的味道,虽然据说江青曾经批判他的"相信未来"是"否定现在"。他打动我的一首是《这是四点零八分的北京》:

> 这是四点零八分的北京,
> 一片手的海洋翻动;
> 这是四点零八分的北京,
> 一声雄伟的汽笛长鸣。
> 北京车站高大的建筑,
> 突然一阵剧烈的抖动。
> 我双眼吃惊地望着窗外,
> 不知发生了什么事情。

食指描写的是几百万中学毕业生上山下乡时,北京火车站人山人海,挤满了远行的少年与送行的父母亲人。汽笛长鸣,火车在巨大的抖动中缓缓出发,告别的喊声与哭声混响成一片。我曾经历过这样的送别,也许是因为年纪太小不懂得悲伤,在拥挤与喧嚣中,更多是恐惧。

那是1968年到1969年的北京,大多数家庭都分散流离:子女去插队,父母去"五七"干校。我家六口人,不到一年的工夫散落在四个地方。我去过好几次北京站,最后一次送走父亲和三哥回到家里,只剩下母亲和我两个人。我从小很少流泪,那天晚上在忽然变得空荡荡的家里痛哭。

空荡荡的日子没有过多久,长兄就从插队的地方偷偷跑了回来。他又黑又瘦,一米八几的个子像一根布满风霜的竹竿,整整快一年时间没有吃过肉,很少见到细粮。风声很紧,各个大院经常深更半夜查户口,私自跑回来的知青一旦被查获就给抓走。因此长兄回来,白天很少出门,也不敢待很久,大多是吃几顿好饭就匆匆溜回去了,留下我久久回味东来顺的涮羊肉。小时候吃火锅或者烤鸭的记忆屈指可数,清晰难忘,再一次去东来顺是三四年以后,和长兄的几个同学一起。十三岁的我脑袋巨大,身体瘦弱,但是和几个二十多岁的青年一样,一口气吃了一斤二两肉。

饥馑与匮乏,是那些年的过来人共同拥有的记忆,关于贫困的恐惧与对于财富的追求是成正比的。一个时期常常是对前一个时期的反弹,一方面以理想与革命的名义曾经带来灾难,另一方面走向繁华与物质充裕的过程也会失落诗与远方。一个人一生经历的历史轮回其实有限,大多数情况下刻痕最深的是早年的经验。所谓成长是在社会环境中不断进行自我调节的过程,然而底色多半不会改变。

我十六岁以前没上学,远离人群;我的家庭也很松散,而且成员分在好几个地方。感谢上苍以一种偶然的方式让我无拘无束地长大。虽然有"文革"的记忆与烙印,但我毕竟只是一个旁观者;虽然一个时代的语言与其氛围、思维是互文的,但我不曾被潜移默化地植入一套现成的价值观与话语模式。这使我一方面不受规范,另一方面缺乏确定的方向感和集体认同感。我后来也曾经努力融入、适应社会规范,然而这种努力本身恰恰说明张力的存在。

····

　　为纪念出国留学三十五年，曾一起接受外语培训的同学们下个月举办聚会，重温当年情景。据说宿舍还在，涂上新漆，用作治安派出所办公室。当然门窗、墙壁和地板都不是原来的样子，那时是木板门、大白墙、水泥地。晚上十一点熄灯以后，我经常坐在楼道里，在一盏昏黄的十五度灯泡下读书。1948年版《查拉斯图特拉如是说》就是在这里读的。如今记得最清楚的，是一辈子没结过婚、对姐姐相当依赖的尼采在书中用长长的一段写他对女性的轻视："女人是小牛……"

　　我年轻时颇有好为人师的宣讲愿望，唯一忠实的听众是一位室友，在三更半夜鼾声四起中听我滔滔不绝。他其实很有音乐才华，吹黑管，会指挥，却不到四十岁就归道山，是同学中第一个走的。

　　1977年恢复高考，多少也恢复了一考定终身的传统。被选中留学，多少是一场彩票式的误会，我就这样似乎很幸运地进入了一条精英跑道，虽然那并不是我想要选择的道路，当时我也不知道我自己到底想要什么。后来的轨迹表明，我可能比较清楚不要什么、拒绝什么、坚守什么，阵发性地逸脱常轨、做出自我边缘化的选择。

　　20世纪末的某一天，忽然接到室友的电话。他正在美国访问，刚刚被格林斯潘接见。多年不见，他还是那么热情地劝我回北京："你不要再在美国浪费生命！"我笑而不答。

　　一个星期后，我坐在秦淮河畔独酌，风很温暖，带着江水潮湿的气息。那家店可以点表演，于是有一个两腮涂得鲜红的乡村姑娘，怯生生地唱了两支小曲子，应该是古曲吧，但秦淮河的景象其实早已定格在古籍中。

南方的十一月阴雨连绵，第二天灰蒙蒙的下午，我乘渡轮过长江，回望金陵在一片雨雾之间渐渐模糊。南京是一个最能让人感受到历史惆怅的城市。

云低雨疾渡长江，回望金陵水一方。
几度笙歌终寂寂，卅年世事总茫茫。
小桥不复惊鸿影，锦瑟依然明月窗。
舞罢秦淮风曳柳，扬州梦里是他乡。

之后我再也没有回国出差，而是选择在芝加哥安静度日。我越来越沉浸在古典音乐与文字之中，当你进入别的世界里，你就与现实保持了距离。也许是一种错觉，我仿佛又回到童年，成为这个世界的旁观者，我喜欢《铁皮鼓》也是其来有自吧。

真切无误的是，镜中两鬓斑白，唱这首歌如今是再贴切不过：

三百六十五里路啊
从少年到白头
……

遥远的哈瓦那

很小的时候,我就记住了一首旋律优美的歌曲,是颂扬游击队员的:"美丽的哈瓦那,那里有我的家……"不知从几岁起,我有了一个印象:哈瓦那是一个温暖美丽的海滨城市,离北京非常遥远。后来我来到芝加哥,但是美国离古巴似近实远,对于哈瓦那来说,芝加哥也是地处寒冷的北国。

今年芝加哥到十一月末还没有下雪,气温也还在五度左右,依然可以去林间漫步。这是一个清冷明亮的初冬早晨,落叶犹在,阳光从枯枝与笔直的树干间射进来,映出几种颜色的和音。

感恩节长周末,照例有若干个聚会,旧友新朋,在一起喝酒聊天唱歌。这也是一种习惯,日常生活本就是惯性的延续。少年时,我就感到节日的空洞,桥上人喧,桥下流水。直到出国留学的头几年,逢年过节我反而会有寂寞之感,大概也是青年人的一种矫情吧。三十岁以后,生活多了些习惯,少了些感觉,也就按照习俗,尊重礼节:休假、聚会、祝福,一年一年就这样过去了。不过酒会醒、聚终散,林间早晨空无一人,独自走在小径上不禁唱起"一条小路曲曲弯弯细又长,一直通往迷雾的远方……"

当我不再年轻,当远方成为时尚或鸡汤,我宁愿在冬天回望来时路,虽然可能依然在迷雾之中。很多具体的事情已经忘记,虽然暗黑年代的记忆,终究会浸透在潜意识里伴随一生。悲伤的时候,我喜欢放声歌唱,所谓成长,往往是一个走出恐惧、克服自我压抑的过程。肖斯塔科维奇的不和谐音乐、铁皮鼓的尖叫,释放也是一种寻找与自我救赎。

我们比起肖斯塔科维奇要幸运得多,前一段时间有一篇文章很流行,其中写到肖斯塔科维奇曾经说"等待枪决是折磨了我一辈子的主题",应该是引自沃尔科夫记录整理的《证言——肖斯塔科维奇回忆录》,然而这部回忆录的可靠性相当值得怀疑。

也许更能反映肖斯塔科维奇内心恐惧的是他自己说的话,第十四交响曲曲折表达一种深刻的绝望:"死亡无处不在/它注视着/即使在幸福时光……"然而在《真理报》采访他时,肖斯塔科维奇说这部音乐献给那些光荣牺牲的人,并且引用奥斯特洛夫斯基《钢铁是怎样炼成的》那段语录:"人,最宝贵的是生命。生命对每个人只有一次!这仅有的一次生命,应当怎样度过呢?每当回忆往事的时候,能够不为虚度年华而悔恨,不因碌碌无为而羞耻。在临死的时候,他能够说——我的整个生命和全部精力都已经献给了世界上最壮丽的事业,为人类解放而进行的斗争!"

在我的童年世界里,与之并存的是街头、广播里的豪言壮语与关于抄家、外调、查户口的恐惧。我的一位同学至今能够背诵"老三篇",在朋友家回忆老歌时提起吴雁泽,我不假思索就唱出"满载友谊去远航,望大海、迎朝阳,万里金光。人民海员满怀豪情,乘风劈开千重浪⋯⋯"这首歌在20世纪70年代初响彻电波和高音喇叭,那时候旋律好听一点的歌很少,所以每一首都会重复播放重复听,直到耳朵起膙子,直到四五十年后我还能把歌词倒背如流。

　　那一年我的兄长辈大多数都已经上山下乡,青春的荷尔蒙迷失在广阔天地里。在真实的生活中,王二其实很少见。即使年轻,大多数人还是很现实的,在不由自主的时代、在物质匮乏的环境里,经营现世安稳。但是也有少数"老三届"依然在从小接受的世界革命图景里寄托浪漫情怀,偶尔会听到谁谁也越过边境去缅甸革命的小道消息。大约也是那一年,一本"供批判参考"的《切·格瓦拉日记》开始在地下传阅。当时和古巴关系冷淡,"修正主义者"在内部被批判,格瓦拉更是被斥责为"小资产阶级狂热"、冒险的"游击中心主义者"。

・・

　　有些喜好是天生的,并不需要什么理由。我从来对大胡子的革命者不大感冒,看电影《列宁在1918》,让我激动的是那一段短短且美丽的《天鹅湖》,所以我对格瓦拉完全无感,倒是在1974年第一次抽到古巴雪茄时印象深刻。有时候我想，关于古巴，除了雪茄和那支动听的民歌《鸽子》，我们还知道什么？

从1974年变声起，我经常唱"当我离开我那美丽的故乡，你想不到我是多么悲伤！"一语成谶，后来我就成了青年离开故乡再也没有回去的人。2002年冬天，在迈阿密海滨假日酒店，看着黄昏的海，唱起这首歌的最后一句："我们飞过那蓝色的海洋，去向遥远的地方……"

我已经想不起是在谁家听《鸽子》的黑胶唱片，依稀记得那是一张七十八转粗纹唱片，刘淑芳的声音充满磁性。《鸽子》是地下音乐启蒙圣书《外国民歌200首》里流传最广的几首之一，从美声、流行，到北京胡同串子的唱法，不一而足。《外国民歌200首》里爱情歌曲并不多，但是也足够传遍村镇城乡，完胜一年一册的《战地新歌》。《深深的海洋》其实是一个姑娘诉说抱怨花心男友的，当年却经常是男孩唱给女孩听的歌。

我应该是从《外国民歌200首》知道了舒伯特："谁骑马飞奔，夜半风中？"1974年我经常听完卡鲁索、比约林后，在夜半风中，满怀音乐带来的陶醉走回家。根据日记记载，最晚在1975年我已经听过贝多芬的《英雄》与《命运》交响曲，卡拉扬的大名也是在20世纪70年代中期就已经如雷贯耳。

不过，我一点儿也不记得是什么时候第一次接触勃拉姆斯的。几年前，当我入手《卡拉扬指挥勃拉姆斯交响乐全集》时，有似曾相识之感，好像找到了失散多年的记忆。记忆是一件随着时间慢慢破碎的文物,往往需要被精心修复。在每一个修复过程与文物本身的叙述之中,历史断断续续、若隐若现。然而集腋成裘,许多片段记忆或者互文,或者各自呈现,多少勾勒出历史的脉络。

这套1964年出品的唱片,其中第一、第二交响曲的演绎,被誉为经典。卡拉扬正当盛年,封面照片不那么帅,目光中却是才华横溢。如果不听勃拉姆斯,就无法鸟瞰西方古典音乐的全景。勃拉姆斯不仅是浪漫主义的象征性人物,后浪漫时期的音乐元素亦多自他始。

这就如同不读宋史,就无法把握中国历史的脉络。宋朝不仅是中世纪的巅峰,更是近世纪社会政治、伦理思想的滥觞,影响至今犹存。这样的认识是我在留学以后,重新学习中国史时渐渐领悟到的。我虽然在留学时接受了严谨的学术训练,貌似是学史之人,然而小时候读过的古籍经典有限,史学著作是从史学家范文澜先生开始的。一部他生前只写到五代十国的《中国通史》前四卷,不知翻过多少遍。在仙台上大学时,教授中国古代史的先生是内藤湖南的再传弟子,我由此才知道除了分成几个社会的历史分期之外,还有上古、中古、近世纪、近代的分法。宋朝是近世纪的起点、庶民社会的发端。皇权与文官集团结合形成稳定结构,科举不仅为权力结构提供制度性流动,而且有思想教化的功用。

也是在留学时我开始读民国时期的史学著作,在我出国之前,线装书虽然见过很多,却很少见民国时出版的书。在相当长的一段时间里,上承乾嘉传统、外接欧美史学或由日本转口传入中国的民国史学,宛若俄国"白银时代"的文学一样湮没无闻。我很小的时候就听到孟森先生的名字,却一直没有读到他的文章。先生号心史,出生于19世纪60年代,科举出身,后来又留学日本,先从政后治史。在西学东渐的岁月,他那一代史学家是转折的关键。他的《明史讲义》,其实只是根据课堂讲义编撰的教科书,但是叙述得平实中正,梳理得细密严谨,后人几难望其项背。最要紧的是,那一代学人对历史满怀虔敬之心,唯以考据求实为目的。

孟森先生也是最早考证董小宛并非董鄂妃的学者,与现在的历史八卦热完全不同,他对传说故事的考证,是为了重现大变动之际的世态人生。"心史"之号,并非无由,孟森先生是对官方修史、集体著作的弊端有过明确批评的人。他可以说是近代个人著史的开拓者之一吧。

我们几代人,由于对历史所知甚少,不知不觉中,在对具体语境缺乏了解的状态下,就真以为历史是个任人打扮的小姑娘了。一个人的见识,和他读过的书是密不可分的。虽然有的人读了多少书还是白读,但是不读书或者很少读书,也就很难具有哪怕是部分的真知灼见。在能够看到的书非常有限的时代,认识与思想也就自然有其局限性。少年时代,外面的事情也就是《参考消息》有一些报道,对世界的知识多半来自《各国概况》,关于国外历史只有一本周一良、吴于廑主编的《世界通史》。

具有冲击性的是《赫鲁晓夫回忆录》的出版,据说出版这本书的本意,是揭露苏修勃列日涅夫集团,却对父辈一代知识分子产生了巨大的冲击。由于名字的敏感性，这部书被传阅得更为隐蔽，大约也因此激发了我的好奇心，所以虽然很多地方还不懂，也一口气读了下去。

更为有趣、也更有知识性的是《光荣与梦想》，这本书不只好看，而且提供了在封闭的环境中从未了解的视角。尼克松、肯尼迪、猪湾事件都是如此栩栩如生，历史不再是黑白分明的判断、抽象的概念与意义。

···

许多发生在20世纪的悲剧事件，十年浩劫里都被屏蔽了。我见到过不少同龄人或者兄长辈，他们真诚地相信，在全球南方有三分之二受苦人等着他们去解放，切·格瓦拉自然是他们的偶像。那些年我们看着电影《收租院》，读着《青春之歌》，唱着《红星照我去战斗》，长大后却发现这一切踪迹全无，成为过去的符号、共同记忆的密码。然而，过去是一直在那里的，尤其那些结束在暧昧和刻意遗忘里的事，时不时暗中影响着现在。

也许，读史的意义就在于此：我们关于遥远往事的追溯，也关系着我们对当下的理解。也许，就是在这层意义上，那句名言"一切历史都是当代史"是成立的。读《明史讲义》时，常常有太阳底下无新事的感慨。所谓"六部一院"的明制，后来往东厂演变。先父所在的近代史研究所，就坐落在东厂胡同，偶尔走进那个院落，似乎能够感到历史的沉积。

20世纪90年代初我已到美国，看罗伯特·雷德福主演的电影《哈瓦那》，革命成为爱情故事充满悬念的背景。无论在怎样的年代、什么地方，乌托邦的理想与革命的热情大多不能持续长久，取而代之的往往是爱情的靡靡之音，或者是享乐主义的消费社会。当然，一直隐藏在背后不变的，是现实生存与日常生活，其难易程度往往影响历史的走向。

从闭关锁国到改革开放，几十年的时间中国故事如万花筒般变化，人们的知识与视野亦然。在剧变之中，认知的混乱与迷茫往往在所难免。即使是同一段历史，看到的角度与场景往往不知不觉中已经改变。

当你死我活的战争被柔情替代，我们就可以看到在遥远的民国，大漠孤烟直的秋口黄昏，一座孤零零的边城之上，一个穿长袍的青年，风吹起他的围巾轻扬。伫望太阳升起的方向，暮色里只有天野茫茫。他想起那个梧桐树林荫道的城市，穿青花布旗袍的女郎静静走在身旁，有一种淡淡的芬芳穿过雨后湿润的空气。

我成长的20世纪80年代已不再是那样含蓄，林荫道渐渐消失，公园的长椅上有情侣相偎依。在天色微明的早晨，一栋红砖居民楼下，青年乘了十七个小时的火车，来给他心爱的姑娘一个惊喜。他们拥抱，轻轻一吻，太阳就升了起来。

又过三十多年，传诵一时的诗是《穿过大半个中国去睡你》："我是穿过枪林弹雨去睡你/我是把无数的黑夜摁进一个黎明去睡你……"大半个中国都起了高楼，燃亮了霓虹灯。入夜，都市街道是一个闪亮灯光的大停车场。在微信匆匆的年代，人们相逢、相识、相睡，然后领证买房，或者消失在茫茫灯火夜色中。

波兰诗人米沃什说过，人生可能是悲剧，但本应是庄严的、神圣的。这是希腊美学的基本要义之一，然而当代人的生活更多是荒诞与一地鸡毛。在变幻的年代，很多时候是自己把自己灭了。"不作不死"这句流行语被直挺挺译为"no zuo no die"，恐怕不仅意味着中国元素影响力的增加，也反映出全球化时代的某种共同趋势。不过从另一个角度看，20世纪的悲剧与冲突，如果能够转换成闹剧乃至喜剧，还是值得庆幸的。作为一个历史读多了的人，狂热、盲目乐观、理想主义与我无关，冷静而不冷漠，有时悲观但是并不绝望，对人的命运常怀温情与期待。

80年代初在日本时，去美国旅游是日本人的时尚，日本游客也是美国旅游业的支柱之一。三十年河东，三十年河西，如今中国游客在全球范围取代了日本游客的位置。少年时听我唱《鸽子》的朋友中，许多人都去过了古巴，只有我依然离哈瓦那很遥远。不过，我从来不是通过旅行了解世界的人，在读书与行走之间，一直倾向于前者。一方面，多少由于我并不是一个具有敏锐观察力的人，路过一个城市，也就能记住风景与美女。另一方面，我也不认为短暂的旅游能够增加多少对异乡的认知，留下的更多是照片和美好时光。

朋友请我抽古巴雪茄，它在美国曾经也是非常稀罕的。

听朋友讲他的见闻——古巴当地人朴素的生活。不少事情似曾相识，便彼此会心一笑。我忽然想起小时候家里有一本《历史将宣判我无罪》，书里的慷慨激昂让我读了好几遍，现在却一个字也不记得了。从那以后我也经历了一段历史，走过来才明白盖棺往往不能论定。历史学的目的，在于寻找真实，而不是做出评价。